CUON韓国文学の名作

005

深い中庭のある家

金源一
吉川凪 訳

마당 깊은 집

This Japanese edition is published by arrangement with K-Book Shinkokai.
This book is published with the support of
the Literature Translation Institute of Korea (LTI Korea).

目次

主な登場人物 006
第一章 011
第二章 040
第三章 060
第四章 101
第五章 128
第六章 162
第七章 204

第八章　249
第九章　297
第十章　331
作家の言葉　352
訳者解説　354

【凡例】
・［　］は訳注。
・文中の太字は、原文が日本語の単語をそのまま使っていることを示す。

主な登場人物（年齢は数え年）

上の家に住む大家の家族

ご主人……紡織工場〈五星《オソン》織物〉経営

奥さん……貴金属店〈宝金堂《ポグムダン》〉経営

大奥さん

長男　成準《ソンジュン》……大学生

次男　チャング……高二

三男　トルトリ……中二

ご主人の姪　桐姫《トンヒ》…高三

女中　安《アン》さん……若い寡婦

下の家に間借りする四家族

1.

京畿宅《キョンギテク》……開城《ケソン》出身。高女卒
五十代前半

長男　興圭《フンギュ》……歯科技工士

長女　美仙《ミソン》……米軍ＰＸ勤務
夜間商業高校の生徒

2.

俊鎬《ジュノ》の父……朴《パク》チョンモ。傷痍軍人

俊鎬の母……果物の露天商

俊鎬……五歳

3.
平壌宅《ピョンヤンテク》……五十歳前後。
市場で中古軍服を売る
長女　順花《スナ》……母を手伝って働く
長男　正泰《ジョンテ》……肺病を病む
次男　正民《ジョンミン》……高三

4.
母……仕立屋、三十代後半
長女　善礼《ソルレ》……中三
長男　僕＝吉男《キルナム》……小学校を卒業したばかり
次男　吉重《キルジュン》……小一
三男　吉秀《キルス》……五歳

外の家（大門脇の小さな店舗兼住宅）の間借り人
金泉宅《キムチョンテク》……大家の奥さんの従妹
福述《ポクスル》……五歳ぐらい

その他
漢柱《ハンジュ》……新聞配達で家族を養う少年
鄭《チョン》技士……宝金堂の職人
朱《チュ》オクスル……薪《まき》割りの男
姜《カン》刑事
頬に傷のある男
文子《ムンジャ》……妓生《キーセン》

※「…宅」は「…出身の奥さん」の意

深い中庭のある家

第一章

故郷の市場にある酒幕《チュマク》［簡単な宿を兼ねた飲み屋］に住み込みで働きながら何とか小学校を卒業した僕を、善礼《ソルレ》姉さんが迎えにきてくれた。一緒に大邱《テグ》行きの汽車に乗った時の僕は、ひどく乗り物酔いをしたせいもあっただろうが、まるで売られていく子馬のようにしょんぼりしていた。母と共に暮らすこれからの生活が、なぜか暗澹《あんたん》としたものに思えたのだ。三年間続いた朝鮮戦争が休戦した翌年だから一九五四年四月下旬のことだ。戦争が勃発した年の冬以来ずっと家族と離れていた僕は三年ぶりにようやく家族と暮らすことになったけれど、僕にとって大邱は見知らぬ都会だった。姉について進永《チニョン》から大邱に来てみると、もう中学の入学シーズンは過ぎていた。

わが家は、大邱市中心部に当たる薬屋横丁［薬令市場《ヤンニョンシジャン》］と、華僑がたくさん住む鐘路《チョンノ》通りに挟まれた壮観洞《チャングァンドン》［〈洞〉は市、面、区の下に置かれる行政区域］にあった。いや、それは〈わが家〉ではない。僕たちは伝統家屋の敷地内にある下の家〔低い土地に建てられた離れ〕に部屋を一つ借り、家賃を払って住んでいたのだから。壮観洞は番地が二百五十ほどしかない小さな洞で、南北にくねくね走る三百メートルほどの、リヤカー一台がやっと通れるような狭い道を抜ければ、もう別の洞だった。道端には蓋のない下水溝があって冬以外はずっとドブの臭いがしていたし、夏にはピンク色がかったボウフラがうじゃうじゃ湧いた。菱形の洞の周囲には舗装された幹線道路が走っていた。僕たちが間借りしていた家は、薬屋横丁から壮観洞を斜めに横切って鐘路に抜ける長い路地の中間あたりにあった。壮観洞にある家は、日本の植民地時代に改修された、三、四十坪ほどの背の低いコの字形の瓦屋根の家屋が大半だったけれど、僕たちが住んでいたのは壮観洞に数軒しかない、部屋数が多くて広々とした屋敷だった。

僕が小学校を卒業して大邱に来た時から、江原道楊口《カンウォンドヤング》の最前線で陸軍兵士として満期除隊する一九六〇年代半ばまで、うちの家族はずっと壮観洞一帯を、リスが回し車を回すみたいにぐるぐると引っ越しながら暮らした。もちろん、ずっと間借りだ。尚書女《サンソ》子高校——僕が大邱に来た頃には、校舎を軍に徴発された慶北《キョンブク》高校が、その建物を臨時に使っていた——の塀沿いに、初めて母の名義で家を買った一九六六年まで、うちはその近辺で九軒もの貸し間を転々としながら暮らした。短い時は一年足らず、長い時は三年近く住んだ。だから僕が大邱に来た当初に住んでいた広い家を他の家と区別するために、うちでは〈深い中庭のある家〉と呼んでいた。貧しかった頃の話をする時には、きまって「あの深い中庭のある家にいた時……」と言ったものだ。壮観洞に住んでいた母方の伯母がその家の奥さんと面識があったために、僕が大邱に来る前年の夏に、すんなり部屋を貸してもらえたらしい。ちょうどソウルから疎開していた一家が、三年続いたうんざりする戦争が休戦によって幕を下ろしたので、その部屋を出てソウルに戻っていったところだった。

休戦協定が締結され、年が明けたとはいえ、大邱にはまだ二軍司令部、軍統合病院、アメリカ第八軍司令部があったし陸軍本部もまだソウルに移れないまま残っていたから、軍部隊を当てにしたいろいろな会社や軍需工場、下請け工場がたくさんあって戦争景気に沸いていた。市内のメインストリートである中央通り、香村洞《ヒャンチョン》、松竹劇場《ソンジュク》などは、ネクタイを締めた背広姿の男たちやハイヒールを履いた洋装の若い女たちで溢れ、軍服を着た韓国人兵士やアメリカ人兵士も、民間人と同じくらいよく見かけた。その一方では避難民、失業者、零細な商人、担ぎ屋、乞食、靴磨きも、石ころみたいにごろごろしていた。当時の流行語で言えば〈バック〉のある富裕層はぜいたくに暮らして湯水のごとく金をばらまき、バックのない貧しい庶民はスイトンで食いつなぐことすら容易ではなかった。戦争で避難民が押し寄せて規模が数十倍にふくれ上がり、〈ヤンキー市場〉として成長した校洞《キョドン》市場には珍しい外国製品が出回っていたし、七星《チルソン》市場のような庶民相手の市場には、生きるために必死であがいている人たちが口々に話す、あらゆる地方の方言が乱舞した。戦争の後遺症で世の中がせちがらくなるほど、貧富の差は拡大した。鐘路一帯と徳山《トクサン》洞の裏通りにある料亭は毎晩遅くまで電灯が灯り、歌声とチャンゴ［鼓に似た打楽器］の音が絶えなかった。僕が大邱に来た時、母はそんな料亭にはべる妓生《キーセン》たちのチマチョゴリ［女性の民族服。チマはスカート部分、チョゴリは上衣を指す］を仕立てることで、ようやく食べていた。

善礼姉さんは中学三年で、怯えたような大きな目をぱちくりしていて、ちょっとぼんやりして見える吉重《キルジュン》はその年、小学校に入学したばかりだった。戦争が起こった年の四月に生まれ、母乳どころか重湯すらろくに与えられずがりがりに痩せていた下の弟吉《キル》秀《ス》は五歳になり、青ばなを垂らしていた。僕が故郷にいた時、ときどき会いに来てくれた母が、末っ子はどうもちゃんと育ちそうにないと愚痴をこぼしていたとおり、僕の目にも吉秀は発育状態や健康面に問題がありそうに見えた。まだ斜視が治っていなかったし、手足がみすぼらしく痩せているうえ、がに股で歩いていた。同じ年頃の子供に比べると話し方もたどたどしく、知能も劣っていた。

「ようやく食べていけるようになったから、あなたを呼び寄せたのよ。吉男《キルナム》、あなたをあのまま進永に残しておいたら、自分一人は何とか食べていけるだろうけど、あの田舎じゃ、下男か行商人にしかなれないでしょう。あなたはこの家の長男なのに、小学校卒業だけで、将来どうやって暮らすの。肉体労働をするにしたって、そのひよわな身体ではひと月も持たない。だけど知ってのとおり中学に入学する時期は過ぎてしまったから、一年間は家でぶらぶらするしかないね。一カ月早く連れてきてどうにか中学に入れようとも思ったんだけど、まだ家族が食べるのに精いっぱいで、あなたを学校に入れられる状況ではなかったから、まあ、こんなことになった。でも家で一生懸命勉強して、来年には一次募集の中学に入らないといけないよ。お母さんはどんな苦労をしてでも、あなたたちがちゃんと勉強しさえすれば、人並みの教育は受けさせるつもりだから」

母は大邱に来た僕を座らせ、孟母三遷の教えの話をした後に、そんなことを言った。

戦争前、うちがソウルに住んでいた時も、母は自分の服はもちろん、僕たちきょうだいの服も縫っていた。仕事の勘がよくて針仕事が上手だったから、自分で作ったチマチョゴリを着て外に出れば、近所のおばさんたちが実によくできた服だと口をそろえてほめた。だから、生活費はサラリーマンである父が稼いでいたけれども、母は近所のおばさんたちの頼みを断りきれずに、おかず代の足しにする程度の手間賃をもらって退屈しのぎにチマチョゴリを縫っていた。その頃わが家には、当時珍しかったシンガーミシンがあった。それは、母が最初の男の子を生後一カ月で失って気落ちしていた時、父が母を慰めようと思って買ってくれた足踏みミシンだった。馬山《マサン》商業学校を出た父は当時、故郷の進永で金融組合［農協の前身］に勤めていて、家計はかなり余裕があったそうだ。手先の器用な女は寡婦になりやすいということわざのとおり、一九五〇年の秋、国軍［韓国軍］がソウルを奪還する直前に、家族は父と生き別れになってしまった。家族と連絡がつかなかったために、父が一人で越北《ウォルブク》［韓国から北朝鮮に行くこと］してしまったのだ。家族はその年の秋まで戦況を見守りながら父の便りを待っていたけれど、待ちきれなくなって十一月初めに避難民移送用の南行き列車に乗った。二年暮らしたソウルを、一文無しになって離れたわけだ。父がいなくなって以来、食べていくためにお金になりそうな物は片っ端から売り払い、しまいには、母が大事にしていたミシンまで売らなくてはならなかった。僕たちが避難民移送列車の屋根のない車両でおにぎりを食べて飢えをしのぐことができたのも、ミシンを売ったおかげだ。母は故郷で何とか生活しようとしたけれど、ソウルに引っ越す際に家と田畑を売り払ってしまったから生計を立てる手段がなかった。そのうえ、北朝鮮の人民軍に占領されていた三カ月の間に父がソウルで何をしていたのか、その後なぜ失踪したのかと地元の警察にしつこく追及されるようになったので、母は僕を故郷の市場の酒幕に預け、自分と三人の子供は実家の親族が住む大邱に落ち着いた。大邱に来て二年近く、母は三人の子供を伯母の家の玄関脇の部屋に住まわせ、自分は何軒もの家を渡り歩きながら雇われて働いていたという。その頃は家族が一日に二回、おかゆかスイトンを食べるのもやっとで、母の回想によると、「一番お腹をすかせていて、一番きたならしかった歳月」だった。そうして前年の春から必死に貯めたお金で中古の手回しミシンを購入し、服を仕立てる仕事を始めたらしい。市内中心部にある壮観洞はそういう仕事をするにはうってつけだったし、母の腕前が評判になって仕事はどんどん入ってきた。母は自分で言うように、「何とかして子供四人を食べさせ、学校にやるために、身体がぼろぼろになるまで」朝早くから夜中までミシンを回した。

大邱に来た最初の数日間、僕は姉と吉重が学校に行ってしまうと下の弟の手を引いて大通りに出て、ぶらぶら歩きながら近所の道を覚えた。薬屋横丁は、横丁とはいっても、車の通る広い舗装道路だった。道の両側には瓦葺きの平屋にガラスのドアをつけた薬材問屋や漢方薬局がずらりと並び、店の中や軒下に各種の薬草が干し草みたいに積み上げられていた。その通りに行けば、甘草なんかを押し切りで刻む様子が見物できたし、芳しい薬草の匂いが心地よく鼻をくすぐった。薬屋横丁から直角に折れて鐘路通りに出ると群芳閣《クンバンガク》という、大邱で最も大きい中華料理店があり、宴会でもある日には店の前にバスや乗用車が何台も待機していた。僕は、ツバメみたいに敏捷な黒い高級乗用車を見るのも、ソウルを出て以来初めてだった。群芳閣の向かいには中国人学校があった。休み時間になると中国人の子供たちが狭い運動場で叫ぶ聞きなれない言葉が、まるで異国にいるような錯覚を起こさせた。都会の光景はどれもこれも珍しくて、まだ田舎っぽさの抜けない僕には恐ろしくすらあった。僕たちと同じ家に間借りしている順花《スナ》姉さんの後について、壮観洞から二キロほど離れた新川《シンチョン》に、吉秀の手を引いて行ったりもした。順花姉さんは、お母さんの持ってくるさまざまな中古の軍服を洗濯しに、毎日川に行っていたのだ。新川は大邱市を貫通する唯一の大きな川で、そこに行けば田舎の市場より大勢の人に会うことができた。ほとんど女の人だった。当時、水道の事情が良くなかったから、大邱の人たちは新川を洗濯場として利用していた。川原の砂地にドラム缶を立て、下から薪《まき》で火を焚いて洗濯物を煮るという珍しい商売をする人もいた。そこには聞き取りづらい北の方言が飛び交っていたし、身体の前後に碁盤ぐらいの板を垂らしている人もよく見かけた。「故郷は咸鏡南《ハムギョンナム》道《ド》長津《チャンジン》。興南《フンナム》埠頭で別れた妻と息子チョンフン、娘マルスクを捜しています。妻は耳の下にほくろがあり……」。板にはそんな文句が書かれていた。数年前、テレビでやっていた離散家族捜し［韓国ＫＢＳは戦争の混乱で消息不明になった家族を捜すための番組を一九八三年六月三十日から十一月十四日まで生放送した。この番組を通じて一万以上の家族が再会を果たした」を、僕は当時、新川で目撃していたわけだ。

僕がそんなふうに外をうろついていても、母はしばらく見て見ぬふりをしていた。僕もまた、一つきりの部屋で仕事をしている母と向かい合っているのが苦痛だった。いや母というより、訪れるお客さんのせいで部屋にいづらかった。仕立てを頼みに来たり、せかしたり、確認したり、できた服を引き取りに来たりと、家には女のお客さんがひっきりなしに訪れた。たいていはきれいな盛りの若い女性で、にこにこしながら服を取りに来ると、試着してサイズや形を確かめるために、着ていたチマチョゴリをさっさと脱ぎ捨てながら、胸が見えやしないかと僕のほうをちらちら気にするのだ。思慮の足りない女たちは、横で聞いている僕が恥ずかしくなるような水商売の男女問題をあけすけにしゃべるから、母が僕の表情をうかがうこともあった。馬鹿ね、こんな時は席をはずすものよ。僕は母の視線をそんなふうに解釈し、さりげなく部屋を出た。

もう三十年以上の歳月が流れた。うちだけでも既に二人が亡くなったのだから、深い中庭のある家に住んでいた、当時中年を過ぎていた人たちはほとんど世を去っただろう。まだ生きている人たちは今、どんな姿になっているだろうか。もう道端で出くわしてもわからないはずの人たちの顔があれこれと思い浮かぶ。いや、当時もう老人だった人たちまでが、あの頃の姿のままよみがえる。何といっても、あの深い中庭のある家で、休戦直後の混乱期を何家族かが共に乗り越えたのだ。僕の大邱生活があの家でスタートしたために、人数は多くてもみんなの姿がいっそう鮮明に記憶に刻まれているのかもしれない。

深い中庭のある家の構造を説明するには、まず大門［正門］のことから話すべきだろう。それは輿《こし》に乗って出入りできるよう門柱を高くした、東向きの立派な大門で、片方の軒が傾いて低くなっていた。夏になると本瓦葺きの瓦の隙間に草が生えるほど古色蒼然とした大門だった。大家さんちの大奥さんが、戸締りをきちんとしろと明けても暮れても命じていたから、大門はいつもかんぬきがかかっていた。そうしなければ一日に何十回も行商人や乞食が出入りするのだ。大門の前で大声を上げたところで母屋にまで聞こえはしないのに、乞食が朝夕に大門を揺らして、ご飯をお恵み下さいと叫び、しばらく門の前で耳を傾けたあげく、がっかりして帰っていったりしていた。腹を立てて大門を蹴飛ばしてゆく乞食もいた。

大奥さんの言うには、彼女がまだ新妻で美しかった植民地時代の初期に、東洋拓殖株式会社［日本が植民地的農業経営のために朝鮮に設置した国策会社。略称〈東拓〉］大邱支店の偉いさんだった舅に会うため義城《ウィソン》から輿に乗って大邱に来た時にはまだ、大門の内側にある外庭に、馬小屋と馬の世話をする一家の住む小さなわら葺き屋根の家があったそうだ。その家はいつの間にかなくなって跡地が雑草に覆われたり、ある時期には野菜の畑になったりした。解放［一九四五年八月十五日に日本の敗戦で植民地支配から解放されたこと］の年の秋、そこにトタン屋根の家が一つ建てられ、大家さんの奥さんの親戚一家が日本から帰国して住み着いた。やがて朝鮮戦争が勃発した年の夏、その家族が突然出ていった後に、新しく入居したのが金泉宅《キムチョンテク》［〈宅〉は女性の出身地の地名の後につけて、そこから嫁いできた人であることを表す言葉］だった。金泉宅も奥さんの親戚だ。彼女は大門の左側の土塀を崩して路地に店を出し、飴や乾パンなど子供のおやつを売ったり、ドラム缶を逆さにしてプルパン［どら焼きのような菓子］を焼いて売ったりもしていた。しみがいっぱいできた顔がいつも憂いに沈み、怯えたような小さな目を細く開けていた金泉宅には、まだ学齢期に達していない男の子がいた。母屋の人たちは、いつも閉ざされている大門を使わないで金泉宅の店と粗末な台所を通って脇戸から出入りしていた。ただご主人と奥さんだけはどっしりした大門のかんぬきをはずし、蝶番がきしむ扉を大きく押し開けて堂々と外出した。大門の戸締りは金泉宅が任されていて、彼女はこの立派な家の門番みたいな役割も果たしていた。

外庭と中庭の間には、空色のペンキが剝げてまだらになった中門があった。中門は屋根のない引き戸で、母屋の人たちのうち最も帰りが遅いご主人か、京畿宅《キョンギ》の娘で夜間の商業高校に通う美仙《ミソン》姉さんが閉めるまで、いつも開けっぱなしになっていた。

古めかしい大門に比べるとずいぶん見劣りするその中門を入れば、五段の石段の下に、地面がぼこっとへこんだ五十坪ほどの広い中庭があった。僕が服の入った風呂敷包みを小脇に抱え、善礼姉さんの後についておずおずとその中庭に初めて入った時、隣家との境界を成す土塀の外の下水溝を兼ねたドブには、既に雑草がいっぱい伸びていた。そのドブは中門の階段の下に板でこしらえた便所から始まっていて、いつもひどい悪臭が漂った。中庭の真ん中にある小さな池は、周囲に庭石を配置して趣のある花壇が造られていた。こんもりとした花壇のさまざまな木や花や草が、上の家と下の家を適度にさえぎっていた。

南に向いた上の家は、大庁《テチョン》［伝統家屋の中央にある広い板の間］と四つの部屋がある母屋と、舎廊《サラン》［家の主人が寝起きする部屋。接客にも使う］に分かれていた。上の家の二棟の伝統家屋は五段の石段の上に建てられた、本瓦葺きの立派な家だった。苔むす屋根には草が生え、軒には風鈴がつるされていた。舎廊は縁側の端に模様を刻んだ欄干を付けた格調高い朝鮮木造建築だったけれど、植民地時代に改修したという母屋は大庁にガラス戸をつけて西洋式の応接セットを置き、韓国式とも洋式ともつかない、何とも中途半端な格好だった。大庁には米びつの横に大きな電蓄があって、僕が深い中庭のある家に初めて足を踏み入れた日曜の午後には、意味のわからない英語のポップソングが大音量で流れていた。

母屋の端の台所の前にある水場を間に挟んで母屋とL字形を成していた細長い下の家は、東に向いていて中門と向かい合っていた。下の家は昔、羽振りのよかった時代に下男や下女が住んでいたと思われる、平瓦葺きの背の低い家だった。上の家は、下の家からは見上げるほど高い所に建っていた。はっきりとした身分制度があった時代に、身分の高い人は家を建てるにもそんなふうに高低差をつけたらしい。

下の家には同じ大きさの部屋が四つあり、その頃は僕の家族を含め四世帯が住んでいた。家の裏は塀が迫っていて、やっと煙突が造れるほどの広さしかないからまともな台所は造れなかった。そのためどの部屋も縁側前の一坪ほどの面積を僕の背丈ぐらいの高さの板で囲い、ルーフィング［屋根材の下などに敷く防水シート］を屋根代わりにかぶせて台所として使っていた。部屋にはたんすも屋根裏部屋もないから、棚を造っていろいろな物を載せた。避難民の状況はみんな似たり寄ったりで、リンゴの木箱を積み重ねて食器棚代わりにする、ままごとのような生活をしていた。実際、下の家の四世帯はみんな避難民だったし、当時壮観洞の家にはたいてい一世帯か二世帯の避難民が、玄関脇の部屋や母屋脇の、あるいは母屋から遠い離れに間借りして住んでいた。僕の家族が住んでいた四坪にも満たない――母の表現を借りれば白粉箱みたいな――小さな部屋は下の家の端っこで、便所から始まる下水溝を兼ねたドブの悪臭が明かり窓を通して入ってきた。もともと下の家は二部屋だったのを、戦時中、たくさんの世帯に貸すため部屋の真ん中を板壁で仕切って四部屋にしたものだったから、五人家族が寝ると部屋はいっぱいで、耳を澄まさなくても隣の話し声が聞こえた。しかし避難民が大邱郊外の小さな山を切り開いて手当たり次第に板やむしろで造った、下水溝や便所すらろくにない、腰をかがめて出入りする掘っ立て小屋に比べれば、深い中庭のある家の貸し部屋は、曲がりなりにも人間らしい暮らしができる場所だと言わざるを得なかった。

下の家と上の家に住んでいた人たちを紹介すれば、現代の小さなアパート一棟に住む人をすべて列挙するのと同じぐらいの人数になってしまう。でも僕はその人たちの顔を、ポケットに入れて持ち歩いていたみたいに、今でも鮮明に覚えている。

水場に一番近い部屋は、京畿道延白郡《ヨンベクグン》から疎開してきた京畿宅一家が住んでいた。家族は三人だ。五十代前半の京畿宅は、その年代としては珍しく、開城《ケソン》で高女［高等女学校］まで通った人だ。背がひょろりと高い息子の興圭《フンギュ》さんは郊外の歯科医院の技工士で、まだ独身だった。彼は、のっぽは間が抜けているということわざどおり、人の良さそうな笑みをいつも浮かべていた。娘の美仙姉さんは胸とお尻が大きく、深い中庭のある家ではおしゃれな娘だと定評があった。いつも風船ガムを噛んでいて、口の中で音を立てて割った。

二番目の部屋は、元将校の傷痍軍人の家族が住んでいた。やはり三人家族だった。右腕を戦場で失い、ゴムの義手についた鉄の鉤二つが指代わりになっている俊鎬《ジュノ》のお父さんは、人に会うと戦場で敵に対するような鋭い目つきをする、口数の少ない人だった。顔にそばかすがいっぱいある俊鎬のお母さんは僕が大邱に来た時は妊娠していて、パガジ［ひょうたんを二つに割って作った器］を入れたみたいにお腹が丸くふくらんでいた。五歳の俊鎬は外の家に住む金泉宅の息子福述《ポクスル》と年が近いので、しょっちゅうけんかしては仲直りする遊び仲間だった。僕の下の弟吉秀は曲がった脚でそのいたずらっ子二人について回り、しくじってばかりいた。江原道平康《ピョンガン》出身の傷痍軍人の一家は、僕が大邱に来た年の早春に住み始めた、最も新しい入居者だった。

三番目の部屋は平壌《ピョンヤン》宅一家が住んでいた。四人家族だった。京畿宅よりも三つか四つ年下の平壌宅は、ヤンキー市場で中古の軍服を売っていた。娘一人と息子二人がいた。色が浅黒く、二重まぶたがきれいな順花姉さんは結婚適齢期だった。痩せっぽちでいつも怒ったような顔をしている長男の正泰《ジョンテ》さんは、肺が悪くて家でぶらぶらしていた。

ニキビのある次男の正民《ジョンミン》兄さんは正泰さんとは違って健康で、家に近い慶北高校の三年生だった。

下の家の四家族はこんなふうに生活レベルが似通っていたから、互いの暮らしぶりをよく知っていた。どこの家ではおかずの皿がいくつ食卓に並ぶとか、ベトナム米に大麦をどれぐらいの割合で混ぜてご飯を炊くのかすら知っていた。毎月の電気代、水道代、便所の汲み取り代を払う時には、少しでも自分の負担分を減らそうと言い争いもしたけれど、みんな一生懸命生きていた。よその家の悪口を別の家にそっと伝えたり、自分のうちの内情は隠したまま異郷で間借りして暮らす悲しさを慰め合ったりしながら、遠い親戚より頼りになる近くの他人としての絆を保っていた。

上の家に住む大家さんの一族は慶尚北道《キョンサンプクト》義城郡で先祖代々の名門で、今のご主人の曽祖父が朝鮮王朝末期に大丘《テグ》［当時の表記］府都事を務めたほどの家柄だった。大邱市壮観洞に家を建てたのは、その曽祖父だったそうだ。曽祖父が引退して故郷に戻ってからは、この壮観洞の家は東拓に勤めていた祖父の住まいとなり、植民地時代には故郷から出てきて大邱の学校に通う一族の子供たちが暮らしていたらしい。東拓に勤め、植民地時代に羽振りが良かった人の長男の長男である今のご主人が壮観洞の家に住むようになったのは解放の年のことだ。彼はその頃、既に実業家として活躍していた。

上の家の家族は全部で八人だった。ご主人は朝出かける時にちょっと顔を見るぐらいで、いつも忙しかった。外泊も多く、毎日酔っぱらって夜更けに帰ってきた。彼は大邸郊外の砧山《チムサン》洞に紡織機十数台を備えた工場を経営していた。ボタンの花みたいに肌が白くむっちりした奥さんは活動的で、家の中で家事をするより外を出歩くことが多かった。彼女は事業を営む夫のつてを利用して繁華街にある松竹劇場入り口近くに貴金属と時計を売る店を出し、有閑マダム相手に頼母子講を主宰したりもしていた。夫婦とも生活費を入れるだけで、家の中は何がどうなっているのかわからないほど外で過ごしていたから、家は大奥さんが切り盛りしていた。大奥さんは七十になっていたけれどまだ腰も曲がっておらず、市場に行く時も女中の安《アン》さんを連れて出かけ、買い物の代金は自分で支払った。大奥さんは下の家の人たち相手に、家のことに無関心で姑を軽く見ている嫁についてひがな一日愚痴をこぼしていた。聞き役を務めるのは主に、息子と娘が働いているので毎日昼寝できるほど気楽な京畿宅だった。京畿宅は高女を出ているだけに物知りで、牛が食べ物を反芻するように繰り返される年寄りの不平をじょうずになだめていた。ご主人夫婦には大学二年から中学二年まで、男の子が三人いた。成準《ソンジュン》兄さん、チャング兄さん、トルトリ兄さんだ［チャングは〈さいづち頭〉、トルトリは〈賢い子〉を意味するあだ名］。大邱にある私立大学法学部に補欠で入ったという成準兄さんは、他の学生とは違って髪にポマードをつけ、ネクタイを締めて学校に通った。そんな軟派学生にふさわしく、勉強はそっちのけで家にいる時はいつも大きな音で電蓄を鳴らし、大庁で一人ダンスの練習をしていたから、下の家の人たちは〈恋愛大将〉というあだ名で呼んでいた。

高校二年のチャング兄さんと中学二年のトルトリ兄さんには、平壌宅の次男である正民兄さんが夕方二時間、週に五日勉強を教えていた。つまり時間給の家庭教師だ。そしてご主人の姪に当たる高校三年生の娘が、大邱の学校に通うため義城から来て居候していた。上の家にはもう一人、慶尚北道高霊《コリョン》出身の女中の安さんがいた。彼女は髪をまげに結ってかんざしを挿していたけれど二十代半ばの若い寡婦で、田舎者らしく働き者で気立てのいい人だった。

これで下の家の四世帯十四人と、上の家の八人の人物紹介がほぼ終わった。外の家に住む金泉宅母子を除き、深い中庭のある家に住む二十二人が全員集合する朝の光景は、まるで市場のような活気があった。

上の家は下の家と離れていたので大奥さんが孫たちを起こす声が聞こえる以外、中の様子はよくわからなかったけれど、下の家は全員が家族みたいだったから、今も朝の光景がはっきり思い出せる。辺りがほんのり明るむ頃、四世帯がほとんど同時に七輪の火をおこすことで一日が始まった。四つの部屋の前は煙が充満し、七輪の焚き口をうちわであおぐ音が大きく響いた。きびきびしてしっかり者の善礼姉さんは中学三年で、朝早くから入学試験の勉強に没頭していたので、うちではいつも僕が七輪の火をおこした。四家族のうち京畿宅の家は起床時間が遅く、いつも美仙姉さんが火のついていない炭をいくつか持って火を借りに歩いた。うちに火を借りに来る時には、えくぼのできる顔でにっこりして、僕にアメリカのガムをくれたりした。僕はガムも嬉しかったけれど、美仙姉さんは火のついた炭を二つあげるとお礼に火のついていない炭を三つ四つくれたから、他の家に行かないよう、「美仙姉さん、うちはもう火がついているよ」と声をかけたりもした。順花姉さんはそんな匂いはしなかったけれど、美仙姉さんが近くに来ると、いつもぷんと香水の匂いがした。

朝の光景のうち、何より記憶に残っているのは便所だ。中門の近くに板で雑に造った便所の前は、たいてい朝からにぎやかだった。その便所は下の家の四家族と外の家の金泉宅の専用だったが、急を要する時は、上の家の学生たちも中庭を通ってきて使った。だから朝八時頃までは、たいてい一人か二人はその前で足をどんどん踏み鳴らしながら待っていた。上の家の大庁の後ろにはタイル貼りの清潔な屋内便所があったけれど、下の家の人たちは使用を許されていなかった。下の家の人たちはおまるを持っていて、間に合わない時はそれで用を足した。皆は、上の家の便所は絶対に使用してはならない、急ぐ時はおまるを使えという大家の奥さんの命令を忠実に守っていた。

毎日必ず便所の前にいたのは京畿宅だ。いつも顔がどんより黄色くむくんでいた京畿宅は朝一番に便所に行っても、三十分も我慢できずにまた便所に行った。その時はもう下の家の誰かが入っているから便所の前で順番を待たなければならなかった。

「長いねえ。適当にして、さっさと出てくりゃいいのに。すきっ腹に臭い匂いをかいで、いやにならないのかね」

京畿宅は便所の前にしゃがみこんでぼやきながら、爪が焦げそうなほど短くなるまで煙草を吸った。彼女は一人目を産んで以来、腹が痛くなって煙草を吸うようになったと言っていたが、胃腸が悪いのか、そうして待っている間も時々おならをした。

母は便所の前にしゃがんでいる京畿宅を見るたび、便所を自分の部屋だと思っているのだろうか、汲み取り代は京畿宅が倍払うべきだと皮肉を言った。それなのに、下の家の四家族に金泉宅のうちを含めた五家族で汲み取り代を分担する時、文句をつけるのはいつも京畿宅だった。彼女は、子供たちが出勤してしまえば家に残るのは自分一人だから、家族の少ない傷痍軍人宅と合わせて一家族分にするのが理にかなっていると主張した。傷痍軍人夫婦もやはり、朝食を済ませてしまえば俊鎬だけ残して働きに出るからだという。

部屋ごとに慌ただしく朝食を作って食べた後、真っ先に家を出たのは学校に行く子たちだ。上の家には大学生まで含めて四人、下の家には平壌宅の次男正民兄さんと、うちの姉がいた。胸に名札とハンカチをつけた新入生の吉重は、一週ごとに午前クラスになったり午後クラスになったりして、登校時間がまちまちだった。

その次に家を出るのは、京畿宅の息子と娘だった。京畿宅が朝、何度も便所に行くから、朝食はいつも美仙姉さんが作っていた。興圭さんは「別れの釜山《プサン》駅」や「戦線夜曲」などの流行歌を、肩を揺らして口笛で吹くのが癖で、いつも弁当を持って口笛を吹きながら笑顔で家を出た。朝鮮戦争前、開城にいた頃に歯科医院で働いた経験を生かし、戦時中に軍隊の衛生兵として歯科技工の技術を身につけたらしいが、京畿宅は息子のことを歯医者だと自慢していた。美仙姉さんは洋服を着てきれいな長い髪を垂らし、バッグを肩にかけて、風船ガムをふくらませては破裂させながら家を出た。ハイヒールを履き丸いお尻を揺らしてさっそうと中庭を突っ切る時には、平壌宅の長男正泰さんはもちろんのこと、大家さんの長男で大学生の成準兄さんまで、いい目の保養だというように、その後ろ姿をちらちら眺めていた。美仙姉さんはアメリカ第八軍のPX［米軍の売店］の店員で、夕方になると家で制服に着替えて学校に行った。戦争のどさくさに紛れてできなかった勉強を、夜間の商業高校でやり直していたのだ。

彼らが出ていった後、大家のご主人と、傷痍軍人である俊鎬のお父さんがほぼ同じ時間に出勤した。

大家の奥さんは朝食を食べている時にちょっと家の前に出て、背広姿で出勤する夫を形式的に見送るだけだったけれど、大奥さんは必ず大門まで見送りに出た。「今日はお酒を飲まずに、まっすぐ家に帰っておいで。仕事もいいけれど、身体のこともちょっとは考えないと」。大奥さんは毎朝同じことを言っていた。「お母さん、ちょっと前まで工場に閑古鳥が鳴いてたじゃないですか。商売運や繊維景気がいつまでも続くとは限らないんですよ。景気のいいうちにがっぽり稼いでおかなきゃ、いつ稼ぐんです」。ご主人の返事も、いつも決まっていた。商売がうまくいっていることは、ご主人の太った腹と脂ぎった顔にも、よく表れていた。砧山洞にある紡織工場〈五星《オソン》織物〉は戦時中、原糸の購入が難しかったうえ景気がよくなかったために需要が激減して開店休業状態になった。米は故郷の義城から持ってきていたらしいが、家賃を子供の学費や小遣い、おかず代の足しにでもしようと、その頃に下の家を貸し始めたらしい。しかし休戦直前には原糸も買えるようになり、さらに戦時中は服装など構っていられなかった人々がようやく身なりを整えだすと需要が急増し、紡織機は昼夜を問わず稼働した。戦後は着る物商売と食べ物商売の景気が良くなるという理屈どおり、濡れ手に粟だった。春からは工場を拡張したのだが、官界や軍の要職に親戚がたくさんいたこともずいぶん助けになったと噂されていた。

俊鎬のお父さんは階級章のついていない将校用の作業帽をかぶり、軍服を着て、弁当の入った小さな軍用カバンを持って家を出た。彼の服は、奥さんがよく洗ってコテでしわを伸ばしていたから常にこざっぱりとしていた。「身体が不自由なのに着る物までみすぼらしかったら、このご時世でまともな扱いはしてもらえませんからね」。俊鎬のお母さんは、そう言っていた。彼女は夫が軍属として二軍司令部援護課に勤めていると言っていたが、深い中庭のある家で、それを信じる人はいなかった。俊鎬のお母さんはいつもていねいに大門まで出て夫を見送り、ご飯の後片付けが終われば俊鎬が一人で食べる昼食を用意しておいて、大きなお腹を抱えて果物を売りに出かけた。やつれた顔が日に焼けて赤黒くなり、首も腕も細い彼女は、一度も笑顔を見せたことがないほど常にくたびれていた。ついでに言えば、俊鎬のお母さんが周旋屋のおじいさんと一緒に家を見に来た時のエピソードは、深い中庭のある家の人たちの間ではよく知られていた。その時に来たのは俊鎬のお母さんだけだった。彼女は、子供は一人で、夫は田舎の小学校で教鞭を執っていたが戦時中は将校として入隊し、除隊した後は軍属として二軍司令部に勤めているると大奥さんに話したそうだ。ささやくような落ち着いた話し方と、おとなしそうな目つきが気に入ったし、夫がちゃんとした職に就いているうえ子供が一人だけだというので、大奥さんはすぐ部屋を貸すことに決めた。部屋を借りるのがひどく難しい時代だったけれど、その一家には家賃をきちんと払える条件がそろっていた。十日後、約束の日に引っ越してきた俊鎬のお父さんは、右手に鉄の鉤がついた傷痍軍人だった。みんながその手を見てぎょっとしたことは言うまでもない。俊鎬のお父さんは布団の包みと古い革のトランクを縄で背中にくくりつけ、手には甕《かめ》を一つ持っていた。俊鎬のお母さんは釜や小さな壺をいくつか置いた大きな木のお盆を頭に載せてお膳を手に持ち、俊鎬は大きな竹かごを頭にかぶってやってきた。引っ越し荷物はそれがすべてだと言った。大奥さんは、避難する時でももう少し荷物が多いものだ、貸す相手を間違えたと後悔したものの、約束を取り消すわけにもいかなかった。

俊鎬のお母さんが果物を入れた木のお盆を頭に載せて出ていってからだいぶ後に、平壌宅とその娘の順花姉さんが出かけた。一・四後退［一九五一年一月四日、中国軍が朝鮮戦争に参戦したことによって勢いを得た人民軍側がソウルを占領し、国連軍と国軍が戦線を南に後退させた」で避難する途中、米軍の空襲で夫を失った平壌宅は、仕立て直した軍服のズボンをはき、ぶかぶかの軍服の上着を着て、腰に胴巻きを巻いていた。声が太く、がっしりした体格の女はたいていさっぱりした性格だというが、彼女もまた闊達な〈北の女〉だった。平壌宅は五十着ほどの軍服を包んで頭に載せ、片手に背もたれのない木の椅子を持って朝十時頃家を出ると、日暮れまでヤンキー市場に店を出していた。店といっても、平壌宅が自分で言うように、雨風をしのぐことすらできない大通りの道端の、半坪にも満たない場所だった。順花姉さんはお母さんが家を出る頃、中古の軍服を入れたたらいを頭に載せて新川に洗濯に行き、昼時まで戻らなかった。家に帰ると洗った軍服を洗濯ひもに干し、午後の時間はその修繕に費やした。そして晩ご飯を炊いて、毎日ヤンキー市場にお母さんを迎えに行った。二人一緒に帰ってくる時には荷物が一つ増えていた。汚れた軍服の包みだった。

最後に出勤したのは大家の奥さんだ。彼女は朝食を終えると念入りに化粧をし、まるで見せびらかすようにチマチョゴリで着飾って家を出た。金のネックレスと金の指輪をつけ、ビーズのバッグを腕にかけて路地に出れば、壮観洞の女たちは、貴婦人のお出ましだとささやき合った。

潮が引くようにみんなが家を出てしまうと、深い中庭のある家は山寺のように静かになった。上の家は大奥さんと女中の安さん、下の家は京畿宅、平壌宅の息子正泰さん、そしてうちの母と僕だけになった。俊鎬と吉秀はご飯を食べ終えると、外の家の福述と一緒に路地や大通りで遊んだ。

第二章

中庭の植え込みにクロフネツツジの花が咲き誇っていた五月初めのことだ。吉重が午前の授業を終えて帰宅し、吉秀も含めて四人で昼ご飯を食べた後、母は僕を呼んでミシンの前に座らせると、ミシンの引き出しからお金を出した。

「いくらあるか数えてごらん」

数えてみると、八十ファン［ファン〈圜〉は一九五三年から一九六二年まで韓国で使われた貨幣単位］で、〈孔雀〉という煙草が四箱買える額だった。僕は、お使いに行かされるのだと思った。母は僕の顔を真っ直ぐに見据えた。

「吉男、よく聞きなさい。あなたはお父さんのいない家の長男なの。貧しいのは罪ではないのに、世間が貧乏人にどれほど冷たいか知っているでしょう？ 戦時中の食べ物のない時、あなたは小さかったけれど、貧乏のつらさをはっきり見たはずよ。裸一貫で世の中の荒波に打ち勝とうと思えば、他人より倍ほど努力して、やっと食べられる。あなたは上の家の子たちとは違うの。あの子たちは両親がいて家もある。食べ物もたっぷりあって何の不自由もない。自分さえ一生懸命勉強すれば、いい大学を卒業していい会社に入れる。金持ちで家柄もいいから人より出世も早いでしょう。あなたが上の家の子たちの倍の努力をして大人になってもその差は縮まらないし、今とちっとも変わらないかもしれない。だけど日照りの時に百姓が空を見上げてばかりいたって、何も実らないよ。これからもずっと上の家を見上げて暮らすことになったとしても、自分なりに、とにかくできる限りのことをしてみるほかはないでしょう。私はもう、子供たちが後ろ指をさされないような一人前の大人になるのを見守って生きるしかない、人生の下り坂なんだから……」

涙声のように聞こえた。うなだれていた僕が目を少し上げて見ると、母のまつ毛に涙がついていた。まだ四十にもならないのに、母は老人のようだった。実際のところ、母は戦争が起きて三、四年の間に倍のスピードで年を取ったみたいに肌の張りや艶を失っていた。母はハンカチではなをかみ、話を続けた。

「吉男、あなたにはこの先ずっと長い人生が残されている。だから今からでも歯を食いしばって生きていかなくてはならないよ。私の見たところ、今、あなたには二つの道しかない。一つは、必死で勉強して人よりずっと実力をつけて立派な人になる道だ。平壌宅んちの正民を見なさい。お父さんがいないからお母さんが軍服の商売をしているけど、勉強はとてもよくできる。上の家の子たちの家庭教師で稼いだお金を生活費の足しにして、夜の十二時過ぎまでランプの明かりで勉強してるから学校でも級長だし、成績はいつも一番だって。あの子は絶対判事か検事か大学教授になるよ。あなたが世の荒波を乗り越えるもう一つの道は、社会に出ていろいろな経験をすることね。特別な才能もなく、勉強が嫌いなら、せめて努力ぐらいはしないと。俊鎬のお父さんは片腕がなくてもお金を稼ぐために毎朝出かけてるじゃない。男はあんなふうに、ご飯を食べたらすぐに外に出て走り回らないと家族を養えないよ。一日中家でぶらぶらしてても退屈でしょ。だから考えた末に、そのお金をあげることにした」

「このお金でどうしろって?」

僕は訳がわからず、自分の手の中にあるお金を見下ろした。

「吉男、その八十ファンで新聞を仕入れて売ってごらん。新聞売りでいくら稼ぐかが問題ではなく、自分の力でお金もうけをしてみれば、お金の大切さがわかる。世の中の厳しさを知るにはそんな経験が役に立つの。若い時の苦労は買ってでもしろという言葉もあるし……」

逆らいようがないほど、強い感情がこもった口調だった。

今思えば母は、入学時期を逃した僕を大邱に呼び寄せた時、既にそのつもりだったのだ。田舎で放し飼いの子馬みたいに過ごし、小学校だけ何とか卒業して大邱に出てきた長男を一年で都会の生活に慣れさせ、自分で学費を稼ぐようにさせよう。母はそんなことを考え、僕が大邱に来て十日ほど過ぎた時点で実行したに違いない。

僕は八十ファンをポケットに入れ、途方に暮れて家を出た。

「新聞売りがいやなら、そのお金で切符を買って進永に帰って飲み屋で働くなり行商するなり、好きなようにしなさい」。母がとどめを刺すように言った言葉が頭に浮かんだ。勇気を出さなければ。ただぶらぶらして家に帰ったら夕食を食べさせてくれないだろうし、外で寝ろと言って追い出されるかもしれない。母は子供に対しては、誰よりも厳しくて冷たい人だった。

当時、大邱では大邱毎日新聞《メイル》、嶺南日報《ヨンナム》、大邱日報という三つの新聞が刊行されていて、すべて夕刊紙だった。母は既にそんなことも知っていた。大通りに出てポケットに手を突っ込んでとぼとぼ歩きながら、新聞社を探しあぐねている時、ちょうど郵便配達のおじさんに出会った。三つの新聞社の場所を聞いたところ、嶺南日報社がうちから一番近かった。嶺南日報社は大邱警察署から西門《ソムン》市場に行く角にあった。

ためらいつつ新聞社の裏庭に入ると、僕と同じ年頃の坊主頭の少年たちが二十人以上も新聞が出てくるのを待っていた。彼らは新顔の僕をちらりと見たけれど、離れた所にいる僕に話しかけはしなかった。午後二時頃だろうか。ハンチングをかぶった青年が刷りたての新聞を抱えて出てきた。子供たちはその青年から新聞を買うと、小脇に抱えてすぐさま大通りに駆け出した。僕も一番後に新聞を十部買った。通りに出ても大きな声を出せなくて、新聞を抱えたまま地面を見ながら歩いた。

「ヨ、嶺南日報!」と叫びはしたものの、その声は自分の耳にすらよく聞こえなかった。

僕は人通りの多い中央通り一帯とヤンキー市場を回って新聞を売ることにした。他の新聞売りの子たちも同じことを考えていたらしく、同じ地域で新聞を売っていた。他の子たちはツバメみたいにすばしこくて、売り方も上手だった。買いそうな人がいれば物乞いのように行く手に立ちふさがって新聞を差し出し、今日はどういう記事が出ているなどとまくしたてていたけれど、僕にそんな度胸はなかった。

最初の日、僕は六部売ったのだが、そのうち二部は椅子に腰かけて靴を磨かせているサラリーマンが買ってくれた。とぼとぼ歩いている時に「おい、新聞をくれ！」と声がかかると、僕はもうかることよりも声をかけられたのが嬉しくて胸が高鳴った。でも、どこからか飛び出してきた他の売り子に客を奪われることもよくあったし大邱毎日新聞や大邱日報の売り子に客を取られることもあった。

その日、僕は新聞を四部売り残して家に帰ったけれど五ファンの利益が出た。売れ残った新聞も僕の努力の代価として得たことになる。母は、吉男のおかげでうちも新聞を読む身分になれたと言ってほめてくれた。おかずはいつもと同じ水キムチに味噌汁だったのに、その日の夕食はいつもよりおいしかった。

一週間後、僕は新聞十五部を仕入れて売った。新聞を抱えて歩いていると一番下になっているページが服にこすれ、手垢がついて活字がにじんだり毛羽立ったりするから、丈夫な紙で包んで持ち歩くことも覚えた。そして駅や喫茶店のように待ち時間を持て余している人の多い場所で新聞がよく売れることも知った。軍統合病院の面会待合室で、たちまち五部売れたこともある。

軍統合病院は戦争で軍に接収される前は慶北医科大学だったから、広い庭に木がうっそうと茂って景色が良かった。ところどころに置かれたベンチには回復期の傷痍軍人やその家族が休んでいた。

ある日、面会待合室から出た時、カエデの木の下のベンチに座り左手でぎこちなく箸を使って弁当を食べている俊鎬のお父さんを見かけた。横に小さな軍用カバンが置かれていた。事務室ではなく庭でご飯を食べているのが不思議だったけれど、新聞を抱えているのが恥ずかしくて、僕は足を速めた。でもふと盗み見た瞬間、俊鎬のお父さんと目が合ってしまった。

「こんにちは」

僕はお辞儀をした。俊鎬のお父さんは弁当を食べているのが気恥ずかしかったのか、照れたように笑った。

「新聞を売ってるという話は聞いたよ。小さいのに苦労するな」

「ずいぶん遅いお昼ですね」

「うむ、ちょっと面会に……。同じ部隊にいた戦友が入院してるんだ。故郷の人の消息も聞けるかと思ってね……」

俊鎬のお父さんは食べかけの弁当に蓋をした。粟ご飯に、おかずは弁当箱の隅っこになすりつけたコチュジャンだけだった。

いつもの気の強そうな顔とは打って変わって気まずそうな俊鎬のお父さんを見て、僕はさっさと離れなければならないと思った。僕の存在を煩わしく思っていることが、はっきり見てとれたからだ。

「じゃあ、お先に失礼します。夕方までにこの新聞を全部売らないといけないんで」

僕は急いで正門に向かった。

新聞を売り始めて半月すると、ようやく大きな声が出るようになった。「嶺南日報、嶺南日報！　刷りたての嶺南日報！　特ダネが出てますよ！」と叫びながら風のように走って、楽々と十五部を売った。もちろん一定のルートもできて、中央通り一帯、松竹劇場周辺の喫茶店、ヤンキー市場、大邱駅、軍統合病院を順番に回った。靴磨きの子供や不良に新聞や金を奪われて泣きながら家に帰る日もあった。そんな時、母は僕の肩をたたきながら、「それこそ、お金で買えない経験というものよ。けがしなくてよかった。ここで勇気を失ったらもっと大きな困難を乗り越える心構えができなくなる。とにかく、気を引き締めて勇気を出しなさい」と励ましてくれた。新聞売りも次第に要領が良くなり、ヤンキー市場にお得意さんが三人もできた。そのうち二人は、口の達者な平壌宅が紹介してくれた。北出身の商人であるその二人はいつも、さて、故郷の人の消息でも載っていないかなと言いながら新聞を広げた。

新聞十五部が早々に売れた日には、僕はすぐ家に戻らないで大邱の中心街を見物した。家に帰ったところで母と顔を合わせて座り、若い女のお客さんが来たら席をはずさなければならないし、母からいつも同じ小言を聞かされるだけだ。だから善礼姉さんが帰宅して夕食のご飯を炊く頃に帰った。そうしているうち、ヤンキー市場で一日に二、三回平壌宅と顔を合わせ、彼女がお昼に食べ残した餅やジャガイモをもらうこともあった。ヤンキー市場から東城路《トンソンノ》を越えれば、道の両側に松竹劇場と自由劇場がはす向かいになっていた。その華やかな大通りには洋品店、貴金属店、時計屋、洋服屋、ラジオ屋などがあり、精いっぱいおしゃれをした人々でいつも賑わっていた。僕はそこのショーウィンドーを眺めるのが好きだった。大家の奥さんが経営する〈宝金堂《ポグムダン》〉という店のきらびやかな棚をガラス越しに眺めることもあった。鄭《チョン》技士と呼ばれる三十代半ばの男が、大きな釘の尻を小さな金づちでたたいて〈壽〉や〈福〉の字を銀のスプーンや箸に刻む手つきを、不思議な気持ちで眺めた。画数が多くて書くのも面倒な漢字なのに、小さな点を続けて刻んで線にして見事な文字を彫るのだ。その人は角刈りで目が小さく、顎がとがっていてハリネズミみたいだった。ふっくらした顔の大家の奥さんは真っ赤な口紅をつけ、よく店内で客の相手をしながら笑い声を上げていた。

ある土曜日の午後、僕は松竹劇場の前で、大家のご主人の姪である女子高三年生の桐《トン》姫《ヒ》姉さんに出くわした。彼女は白地に小さな赤い花模様のついたワンピースを着て、いつもは二つに分けて束ねている髪をほどいて垂らしていたから、あやうく気づかずに通り過ぎるところだった。

「あれ、姉さん、何してるんですか」

知らないふりをすればよかったのに、僕はうっかり挨拶してしまった。桐姫姉さんの横で、坊主頭で顔にニキビのある、開襟シャツを着た背の高い男子学生が僕を見下ろしていた。

「あら、吉男」

桐姫姉さんの頬が、すぐに赤くなった。

「一人かと思って……じゃ、僕はこれで」

僕が頭をかきながらその場を離れようとすると、桐姫姉さんは大きな飴玉を二つ、さっとポケットから出して僕にくれた。

「家に帰ったら、あたしに会ったことは誰にも言わないで。田舎の、親戚のお兄さんなのよ。ここで偶然会ったの」

僕が中央通りのほうに歩きながらふと振り返ると、桐姫姉さんは男子学生と一緒に、周囲を気にしながら松竹劇場の切符売り場に向かっていた。そこでは「歴史は夜作られる」という変なタイトルのアメリカ映画が上映されていた。立看板の絵も、西洋人の男女が抱き合ってキスをしようとしている場面だった。大学生の成準兄さんが年上らしい洋装のすらりとした女の人と並んで中央通りを歩いている時はそうでもなかったが、桐姫姉さんの時にはちょっと変な気がした。姉さんはまだ高校生だから、もし先生にばれたら、ひどく叱られるはずだ。だけど桐姫姉さんの横にいた学生も僕を見て変に思っただろう。桐姫姉さんみたいな金持ちの家の娘が新聞売りの少年と知り合いだということに、戸惑ったに違いない。

制服を着て学生カバンを持った僕ぐらいの年頃の中学生たちが帰宅する姿を見ると、学校にも行けず新聞を売っている自分が情けなくなった。そんな時は駅前で時間をつぶした。駅前には、物乞いをする子供や失業者がたくさんいた。空き缶を持って身なりのいい人につきまとい、哀れっぽく物乞いする子たちのぼろぼろの服や、汚れた軍服を着て駅の広場をうろつき、煙草の吸殻を拾って吸っているやつれた失業者を見ると、生きるとは何とつらいことだろうという気持ちになった。電車を降りて駅前の広場に出てくる人たち目がけて押し寄せる荷物担ぎの男たちや、日なたで板の上に果物や餅を並べ、蠅を追いながら売る商人を見ても同じだった。毎日をやっとのことでしのいでいる人たちの姿が、僕には少なからず慰めになった。

街路樹の鈴懸の木の葉っぱが大きくなり、蒸し暑くなってきた六月中旬のある日のことだ。

新聞を抱えて走っていた僕は、中央通りの韓国銀行の前で偶然、俊鎬のお父さんを見かけた。やはり階級章のない将校の作業帽をかぶり軍服を着ていた。一日のうちで一番蒸し暑い午後三時頃だから肩が汗に濡れ、右の袖の下に鉄の鉤二つがはみ出ていた。俊鎬のお父さんは三階建ての建物の階段を下りてきたところだったが、僕には気づかなかったらしい。いや、帽子のひさしを眉の上まで下げ視線を四、五歩先に落としていたせいで、通行人など目に入らなかったのだろう。左手に小さな軍用カバンを持っていた。

俊鎬のお父さんは隣の二階建ての建物の階段を上り始めた。一階はクリーニング屋、二階は喫茶店だ。僕はちょっと間を置いて後を追い、ぎしぎし音を立てる木の階段を上がった。二階の喫茶店には僕もよく新聞を売りに来る。俊鎬のお父さんが喫茶店のドアを押して入ったので、ドアが閉まらないうちに僕も素早く中に入った。僕は俊鎬のお父さんの背後に回り、まず喫茶店の隅を探した。店内はお客さんでいっぱいだった。半数ぐらいは何も注文せずに座っていてウェイトレスにせっつかれる客だったけれども、繁華街の喫茶店はどこも満員だった。客のほとんどは失業者か失業者同然の人たちで、何かいいもうけ口はないかとささやき合っていた。総選挙は五月二十日に終わったのに、客たちは飽きもしないで選挙の後日談や政界の噂に明け暮れていた。

僕はもう、新聞を売ることなど二の次だった。俊鎬のお父さんが軍用カバンの中の物を売りにきたのか、それとも誰かに会いにきたのかと、ドアの横にあるレジのほうばかり横目で見ていた。きれいなチマチョゴリを着たマダムがレジの前に座って電蓄のレコードをかけ替えていた。俊鎬のお父さんはその前に立ちはだかると鉤のついた右手をごつんとレジの台に置いた。行商をする傷痍軍人は軍服を着ていてもたいてい顔や身なりが薄汚いから喫茶店の従業員はすぐに気がつき、煩わしそうな顔で追い出した。でも俊鎬のお父さんは軍服の肩が汗びっしょりだったとはいえ、ぱりっと糊づけしてコテを当てた上着を着ていたし、ひげをきちんと剃って顔もさっぱりしているので行商人には見えなかった。呆然としていたマダムは、鉤のついた手を見てぎくっとした。俊鎬のお父さんは借金の取り立てに来たみたいにマダムをにらみつけ、軍用カバンを開いてレジの台に一つ一つ品物を並べた。鉛筆、ノート、櫛、歯ブラシといった日用品だ。俊鎬のお父さんはその間、何も言わなかった。

僕も俊鎬のお父さんがそういう仕事をしているだろうと想像はしていたけれど、自分の目で直接確認したわけだ。京畿宅は、ある日の夕方、何気なく俊鎬の家の戸を開けたら、俊鎬のお父さんが古びた小銭を部屋の床に並べて数えていた、都心の喫茶店や会社を回ってガムや鉛筆なんかを売っているのだろうとささやいていたし、深い中庭のある家の人たちも、そりゃそうさ、あの手で事務ができるものかと、京畿宅の推測を信憑性の高いものとして受け止めていた。それで僕も市の中心部を回って新聞を売っている時、俊鎬のお父さんに出くわすことを期待していたけれど、その時まで一度も会わなかったから京畿宅の話はあまり信じていなかった。中心街以外にそんな物を売る場所があるはずがない。かといって、仮にも将校だった人が家を一軒一軒訪ねて押し売りするような見苦しい真似はしないだろう、そもそもそんなことをしたって収入はどれほどにもならないと思っていた。

「今日だけでももう何人目かしら。ああ、うんざりだ。こんな物いっぱい買ったから、ひと月使っても使いきれないほどあるのよ」。マダムはいら立ちを露わにした。

俊鎬のお父さんは突っ立ったまま、敵意に満ちた目でマダムをにらんでいた。マダムはレジから一ファンか五ファンの硬貨らしきものを出して台に置いた。

「いらないから、持って帰って」

マダムは扇子を動かしながら、目をそらして店の奥に顔を向けた。

俊鎬のお父さんは何も言わずに品物を元通りカバンにしまった。そして背筋をぴんと伸ばし、黙ってドアを開けて出ていった。

「口がきけないのかしら」

マダムが、閉まったドアを見てつぶやいた。

僕は俊鎬のお父さんの後を追って外に出る時、台に小銭が置かれたままになっているのを見た。受け取らなかったのだ。俊鎬のお父さんがお金をしまい忘れたとは思えなかった。その気位の高さに、僕は少なからぬ衝撃を受けた。

僕は三十メートルほど間隔を開けて俊鎬のお父さんの後をつけた。新聞を売ることすら忘れていた。俊鎬のお父さんがまた喫茶店か商店に入るのだろうと思ったのだが、彼は駅に向かって中央通りを歩き続けた。俊鎬のお父さんが行商する場面をもう一度だけ見ようと、僕はせっせと軍服の後ろ姿を追った。でも俊鎬のお父さんは駅で東に折れ、歓楽街を過ぎて東仁《トンイン》ロータリーに向かった。弁当を食べる、人けのない場所を探しているのだろうか。僕は、ここまでつけてきたのがもったいなくて引き返せなかった。俊鎬のお父さんはガード下を通って七星市場に向かった。彼が立ち止まったのは、混雑する八百屋通りの入り口だ。道端で木のお盆に野菜を並べたおかみさんたちがずらりと座っていた。僕は俊鎬のお母さんの仕事場を初めて見た。彼女はきょろきょろしている夫を見ると、すぐに立ち上がった。ねんねこで背負われた生後間もない赤ん坊が、頭をだらりと垂らしている。僕は人波に紛れて俊鎬のお父さんの後を追った。

「まったく、腹が立ってやってられん。ちっとも商売にならないし」。俊鎬のお父さんが愚痴をこぼした。

「そうよ。あなたに行商なんて無理なのよ。人目につかない所ならまだしも。市外バスの停留所じゃなくて駅の構内や学校を何カ所か回るとか……」

「下っ端の兵隊はともかく、将校出身者には行商を厳しく禁止するそうじゃないか」

「押し売りをするわけでもないのに……」

「将校出身だから社会的体面に問題があるというのだが、それも一理ある。ひょっとしてと思って今日も市外バス停留所に行ってみたら、憲兵たちが行商する傷痍軍人を取り締まっていた。仕方なく中心街に行ってみたけれど不愉快で、とてもやってられん」

「再活院［身体障碍者が職業につけるよう訓練する施設］から職業斡旋通知が来るまで、家で休んでなさいよ。私がもっと稼ぐから」

俊鎬のお母さんは頭に巻いていた手拭いを取り夫の顔の汗を拭った。

「いつ斡旋してくれるものやらわからないのに、ぶらぶらしてたって食べていけないぞ」

「それでも、飢えてはいませんよ」

「せっせと歩いて少しでも稼がないと、いつまでも月払いの間借りしかできないじゃないか」

その時、ホイッスルがけたたましく鳴り響き、行商のおばさんたちは素早く自分のお盆やかごを持った。俊鎬のお母さんも青リンゴを入れた木の器を頭に載せ、音がするのとは反対方向に逃げ出した。背中で赤ちゃんの頭が揺れた。

俊鎬のお母さんは僕が新聞を売り始めて半月後に子供を産んだ。出産の日、彼女は仕事に出なかった。昼間から下の家の二番目の部屋では、時折、俊鎬のお母さんの呻き声がしていた。部屋を覗いてきた母は、なんて我慢強いんだろう、一人で子供を産もうとするなんてと驚いていた。僕が新聞を売って家に帰ると、俊鎬のお母さんの叫び声がいっそう高くなっていて、その間隔も短くなった。「お産の世話をしたことのある人が手伝ってやらなきゃ」。上の家の大奥さんの言葉に京畿宅は何も答えず、うちの母が引き受けた。平壌宅は仕事からまだ帰っていなかった。俊鎬のお母さんは母に、すぐ夫が戻ってくる、夫が赤ん坊を取り上げるから大丈夫だと言った。俊鎬のお母さんが子供を産んだのは、夜間通行禁止令［当時は午後十時から午前四時まで外出が禁止されていた］のサイレンが鳴った後だった。お産の世話は母と平壌宅がやり、俊鎬のお父さんは中庭をうろうろしていた。生まれたのは女の子だった。俊鎬のお母さんは二日休むと、生まれたばかりの赤ん坊を背負って商売に出た。下の家の人たちが、一週間は休めと言っても聞かなかった。彼女が、子供が一人増えたのだから、もっとたくさん稼がなければと言ってやつれた顔で中門を出る時、母が僕に言った。

「吉男、見てごらん。生活するために、むくんだ顔で仕事に行く姿を。ああいう心構えを持ってこそ、お腹をすかせないで暮らせるの。あの傷痍軍人の家族は、いつか絶対に立ち直る。この家に住んで、リンゴを売りながら苦労していた頃を笑いながら話す日が来るよ」

第三章

一九五四年の夏は、梅雨が長くてうんざりした。国土を焼け野原にした三年間の戦争の残骸をすべて洗い流してしまうみたいに洪水の被害も例年より大きかったから、町で、あるいは農村や漁村で試練を乗り越えてようやく生活の基盤を築こうとしている人々にとっては泣きっ面に蜂だった。六月二十九日に降り始めた雨は七月二十五日まで続き、新聞記事によれば、集中的に降った三南《サムナム》地方［忠清道《チュンチョンド》、全羅道《チョルラド》、慶尚道］だけでも四十四人が死亡し、被害額は四億五千万ファンに達した。

その間、青空を見た日が一日もないほどずっと空を覆っていた雲は、底が抜けたみたいにずっと雨を降らせていた。昼間でも薄暗く、世のすべては雨に濡れ、町は湿気の中で重病を患っているようだった。米すら決まった日に配給されないうえ、農産物の値段がひと月で二倍に跳ね上がった。夜十時まで供給される電気も、よく停電した。あちこちで水害が起きているのに、一日二時間小便のようにちょろちょろ出ていた水道水まで途絶えてしまい、水売りが繁盛した。そんなふうに断水が二日ほど続いたかと思えば、突然夜中に一、二時間水が出たりしたから、下の家の四家族は水をためておこうとして、短い夏の夜に、ろくに眠ることもできなかった。

梅雨が始まる前、僕は新聞を二十部仕入れて売っていたけれど、雨の日は十部売るのも難しかった。だから昼食を食べて新聞社に行く頃に、しとしと降っていた雨がまた強くなったら、八部から十部ほどを仕入れて雨降る街に出た。片手に破れかけた唐傘を持ち、もう一方の手には紙でくるんだ新聞を抱え、今日の夕刊！　と声を張り上げても、なかなか売れなかった。空が黒雲に覆われていて日が暮れたのかどうかも判然としなかったから、夕方頃になると時計屋を覗き、夕食の準備をする時間を見計らって家に帰った。新聞があまり売れない日は、半ズボンの下で雨に濡れたふくらはぎが震えるほど、家に向かう足取りが重かった。びしょ濡れの服からしみてくる冷気もそうだが、水の入ったコムシン［全体がゴムでできた平べったい靴。一九七〇年代まで庶民の間で広く愛用された］のぺちゃぺちゃいう音が、空腹をいっそう刺激した。金泉宅の店まで来ると、彼女がドラム缶の上で焼くプルパンの匂いで、ひとりでに唾が湧いた。肉のおかずで白いご飯をたらふく食べるのが夢だったほど、大邱での僕は食べ物のことばかり考えていた。母が、食べ過ぎたらお腹が痛くなるとか能無しの穀つぶしになると言いながら磁器の飯碗に綿菓子みたいにふんわり盛ってくれる、麦が七割も混ざったご飯をたいらげても、スプーンを置きたくなかった。とはいえ、いつも同じ量のご飯を炊くのだから、お代わりするご飯が残っているはずもない。

「吉男、今日も新聞が売れ残ったの？　そんなに雨に濡れたら風邪をひくよ。小さいのに苦労するね」

梅雨入りして以来、金泉宅は僕が帰宅するたびにそう慰めてくれた。

そんなふうに雨の続いていた、ある日のことだ。その日も新聞八部のうち二部も売り残して家に帰ると、金泉宅の店の軒下に、白いワイシャツを着てネクタイをつけていない三十歳ぐらいの男が、プルパンを焼く金泉宅に何か尋ねていた。顔が細くて、顎のとがった男だった。

「……さて。奥さんがそんなふうに言っても、我々はだまされませんよ。あいつがどこをアジトにして歩き回っているのかだけ教えて下さい」。だが男は、僕を見て口をつぐんだ。

金泉宅は怯えた顔で僕をちらりと見ただけで、何も言わなかった。僕は傘をたたみ、ドラム缶の横を通り過ぎて店の奥の台所を抜けた。外庭から中門に向かって歩いていると、後ろから「君、ちょっと待ってくれ」という声がかかった。僕は傘を差して立ち止まった。男は金泉宅の店を出ると、僕の傘に入ってきた。

「苦学生だな。ちょっと聞きたいことがあるんだ。君、福述のお母さんの所に来ていた人を見たことがあるだろう？　頬に傷のある、年格好は俺と同じぐらいかな。そんな男だ」

男が鋭い目で僕をじろじろ見ながら聞いた。

「そんな人、見たことないんですけど」

もごもごと答えたけれど、僕はすぐに、それらしき人物を思い出した。二度ほど見かけたと思う。僕が新聞を売り始めた頃、新聞社に出かけようとした時に、金泉宅の部屋から台所に行くその人を、初めて見た。色が浅黒く、頬から顎にかけて長い傷痕があったので印象に残っていた。彼は、戦後しばらく庶民の普段着のようになっていた、黒く染めた軍服を着ていた。もう一回は、ひと月ほど前の夕方だ。偶然だろうけれど、壮観洞の長い路地に入った。僕はその後を歩いていた。彼は肩で風を切って歩き、時折後ろを振り返った。僕と目が合うと、照れたような笑みを浮かべた。

「中学生だな。何年生だ？」

「学校は行ってません」

「じゃあ、新聞を売ってるのか」

「はい」

その質問で僕は、大人たちが新聞配達は苦学生で、新聞売りは学校に行かない子として区別していることに気づいた。

「君な……」

中門あたりから重い足音が聞こえ、男が口を閉ざした。振り返ると、平壌宅の長男正泰さんだった。彼は傘も持たず、咳込みながら外庭に入ろうとしていた。僕たちを見る彼のくぼんで血走った目が、妙な熱気を帯びてぎらりとした。

「じゃあな。また会おう」

男は言いかけたことを言わないまま、雨を避けて店の台所に向かった。

僕は中門から中庭に入りながら、頬に傷のある人を見たと言わないでよかったと思った。朝鮮戦争が勃発した年の九月下旬、国軍が再びソウルを奪還した時、母は姉と僕に、誰かに父のことを尋ねられたら、空襲で死んだと答えるよう言い聞かせた。うちの家族がソウルにいた時のことを聞かれたら、ただ知らないとだけ言えと言った。だから僕は結婚するまで、国軍がソウルを奪還した頃から家に帰らなくなった父は空襲で死んだのだと本気で信じていた。その後は、父がほんとうに空襲で死んだのか、拉致されたのか、あるいは自ら進んで越北してしまったのか、非命の最期を遂げたのかは確かめようがないが、とにかく戦時中に行方不明になったと思って今まで暮らしてきた。「私が思うに、お父さんは戦前、表立って思想関係の活動をしてはいなかったし、裏でもしていなかった。でも戦争が起こってからは、あの修羅場で男が生き残るために、どんなことでもしたはずだ。避難するなと言っていた政府の高官たちが真っ先に漢江《ハンガン》を越えて避難したことで、李《イ》博士［韓国初代大統領李承晩《イスンマン》〈在任一九四八〜一九六〇〉］。アメリカのプリンストン大学で朝鮮人として初めて博士号を授与された」の悪口を言っている時まではそうではなかったけど、その年の七月中旬からはあまり家に帰らなくなって、変だと思ったのよ。でもお父さんは外でのことをしゃべらないから、何を企んでいたのかわからない。それでも、どこで手に入れたんだか、時々は貴重な食糧を担いで帰ってきた。戦時中にどうやってお米を手に入れたのと聞いても、答えないの。亭主が外でしていることを、家にいる女房がいちいち聞くこともできないし……」。母はたった一度だけ、僕の結婚が決まった時に、戦時中の父についてそんな証言をした。その頃にはもう戦争からかなりの歳月が流れていたので、父が生きて戻ってくるという希望は捨てていた。それで母は僕に、父は空襲で亡くなったのではなく行方不明になったのだと明かしてくれたのだろう。

僕が下の家に帰ると、母は縁側に腰かけて雨の降る空をぼうっと見上げていた。顔が憂いに沈んでいた。善礼姉さんは台所の前にしゃがんで片手に英語の単語帳を持ち、もう片方の手で釜を載せた七輪をうちわであおいでいた。姉は僕を見て、おかえりと小さな声で言った。まるで俊鎬のお父さんを見習っているみたいに、子供っぽいいたずらをしたり冗談を言ったりせず笑いもしない吉重は、床にうつ伏せになってちびた鉛筆をなめながら宿題をしていた。末っ子の吉秀はその横に伏せ、青ばなをすすりながら兄のすることを見ていた。家の空気はいつもと同じく、天気みたいにどんよりしていた。

本格的に梅雨入りすると母の仕事が少なくなり、僕が池に落ちたハツカネズミみたいな格好で家に帰っても、誰も気にかけてくれなかった。「吉男、雨の日は新聞売りを休みなさい。どうせ売れないんだから。苦労をかけるね」。もし母がそんなふうに言ってくれたら、僕は「大丈夫だよ。やれるだけやってみる」と答えただろう。しかし母は、僕がみすぼらしい格好で震えながら帰ってきても何も言わなかった。よその子は、いや姉や吉重だって学校に行っているのに、学校にも通えず金を稼ぐために苦労するねという慰めの言葉すらかけてくれないなんて。僕は内心そんなことを思い、悲しくて涙が出た。

夕食の時、母は、水害がひどいから、いくらお金と時間のある人だって料亭でゆったり御馳走を食べて酒を飲んだりはできないだろうと、それればかり言っていた。こんなに仕事がなくては飢え死にすると言って、食欲すらないのか、茶碗半分も食べずにスプーンを置いた。母がご飯を残したのを見て、僕は急いでご飯を食べた。自分の分を早く食べてしまって、残したご飯をもらうためだ。

「吉男、これ食べなさい」

縁側に座った母が言うやいなや、僕は、自分の食べていたカボチャの葉の味噌汁の器に、母の残したご飯を入れた。

「雨が降り続かなくても、どのみち夏は暑くて飲み屋はあまりもうからないよ。マッコリを売る店のおばさんたちも、夏は商売にならないと言ってたし」

僕は上機嫌で母に言った。

「外を出歩いてるから、あなたも世間のことがよくわかるのね。ずいぶん物知りになったこと」

母が僕のほうを見て、力なく笑った。

蛍光灯が何度かちかちかしたけれど、電気はつかなかった。雨の降る中庭に闇の帳《とばり》が下りた。

僕はご飯を食べながら、どうして金泉宅は僕に会いに中庭に入ってこないのだろうと気になり、開けっ放しの中門をちらちら見た。金泉宅はきっと、顎のとがった男に何を聞かれたのか、僕に確認するだろうと思っていたのだ。

僕は夕食の後、外庭に出てみた。金泉宅の家の台所に入ると、いつもより早く店が閉まっていて、真っ暗な部屋の中からすすり泣く声が聞こえた。

「母ちゃん、母ちゃん……」。福述が泣いていた。

僕は、「福述、泣くな」と言いながら戸を開けた。

「吉男か」

真っ暗な部屋の中からかすれた男の声がして、僕は敷居の所で腰を抜かしそうになった。福述でも金泉宅でもない大人の男が部屋にいるとは思ってもいなかったから、驚きのあまり、声の主が誰なのかわからなかった。

「だ、誰ですか」

「正泰だ。入れ」

姿は見えず、声だけがした。

「暗くて……。ランプでもつければいいのに」

「つけたって暗いさ」

僕は膝をついて部屋に入り、戸を閉めた。くぼんだ目が血走った、頬骨の高い正泰さんの姿が、暗闇にぼうっと浮かんだ。肺が悪くて徴兵を免除された正泰さんは、平壌宅が苦労して手に入れてくる薬をのんでいたが、平壌宅によれば、よく効いているそうだ。米軍の医務隊からこっそり持ち出されるナイドラジッドというヤギの糞ぐらいの大きさの丸薬を正泰さんがのんでいるのを、僕は何度か見た。

「福述、母ちゃんはどこに行った？」

「あの人に連れてかれた。ご飯もくれずに、あの人についていっちゃった」。福述は泣きながら答えた。

正泰さんは、「売れ残りのプルパンを食べさせたのに泣きやまない」と言い、僕に聞いた。「吉男、顎のとんがった奴に何を聞かれた？」

「頬に傷のある男が福述のお母さんを訪ねてこなかったかと聞かれました」。僕はためらいながら答えた。

正泰さんは深い中庭のある家の人たちの中で一番、金泉宅と親しかった。

「あの野郎、何を探ろうとしてるんだ」

「あの人は何ですか」

「猟犬だ」

「猟犬？」

「刑事のことだよ」

「福述のお母さんが何かしたんですか」

「お前は知らなくていい。理由を知るのはもっと大きくなってからだ。あるいは、早く祖国が解放されるとか」


僕は何だか恐ろしい気がした。暗闇の中で正泰さんに向かい合っているのが怖いので、母が捜しているかもしれないと言って外に出た。僕が出てゆくと、泣きやんでいた福述が、また泣き出した。正泰さんが咳込みながら福述をなだめる声が聞こえた。

正泰さんは、午前中は部屋から出ずに本ばかり読んでいた。午後は散歩するのか誰かに会いに行くのか、外出することもあったけれど、たいていは金泉宅の店先に腰かけていた。僕は正泰さんが金泉宅と仲良さそうに話しているのをよく見かけた。俊鎬のお父さんが深い中庭のある家の誰とも付き合わなかったとすれば、正泰さんは自分の家族以外では、ただ金泉宅とだけ話をした。「お前、金泉宅と仲が良過ぎるんじゃないの。聞くところによると、店の前に座ってよく話をしているそうじゃない。だから近所の人に噂されるのよ。独身の男と寡婦が仲良くしてるなんて言われてもいいの?」。平壌宅が息子に言っているのを、僕は板壁越しに耳にしたこともある。しかし正泰さんは母親の言葉をあまり気にかけていないらしかった。それだから、午後は金泉宅の店で、正泰さんや京畿宅をよく見かけた。二人が一緒にいることもあった。おせっかいでおしゃべりな京畿宅がいる時、正泰さんは路地を行き交う人たちを落ちくぼんだ目で見ながら、黙っていた。

翌朝起きると、雲が重く垂れこめてはいたけれど、雨はやんでいた。晴れそうにはなかった。僕は、便所の前にしゃがんで短い煙草を吸っている京畿宅の横を通り過ぎて外庭に行った。夜の間に戻ってきた金泉宅が、台所の前でご飯を炊こうと、七輪に火をおこしていた。

「帰ってたんですね。昨夜、福述がずいぶん泣いてましたよ」

「ちょっと前に戻ったの。福述を一人にしておけないと思ったのか、昨夜は正泰さんがここで一緒に寝てくれたよ」

金泉宅は眠れなかったらしく、しみのある顔はむくみ、目が充血していた。髪もくしゃくしゃだった。

「どこ行ってたんですか」。推測はついていたけれど、僕は唐突に聞いた。

「ああ、あの……。親戚の家に行ってきたの。お米をちょっともらってきた」

僕が下の家に戻ろうとすると、金泉宅が、思いついたように尋ねた。

「吉男、あんたのお父さんはどうして亡くなったんだっけ」

「ソウルにいる時、空襲で」

「遺体を見た？」

「いえ。でも、空襲で亡くなったんです」

「まったく、何の因果でこんな国に生まれたんだろうねぇ」

金泉宅は、破れたうちわで七輪の焚き口に風を送りながらため息をついた。焚きつけの松の小枝を載せた七輪から、青い煙が上がった。

「下の家の人たちは、福述のお父さんは生きてると言ってましたけど」

僕はそれまで気になっていたことを聞いた。誰も見たことのない福述のお父さんについて、下の家の人たちがよくひそひそ話をしていた。最後には必ず、金泉宅の親戚だという大家の奥さんの話が出た。

「さあ、あの人は……」

金泉宅は言葉尻を濁し、チマの裾を持ち上げて涙を拭いた。七輪から上がる煙のせいだけではなかった。

僕が下の家に戻ると、隣の部屋で平壌宅の甲高い声がした。金泉宅の部屋で寝た正泰さんを叱っていたのだ。

その夏、深い中庭のある家は三度も水害に遭った。三回目の七月下旬の水害は、ほんとうに深刻だった。

その日はずっと風が吹き荒れ、どしゃ降りの雨が続いていた。僕が新聞を売り終える頃、東城路のラジオ屋の軒下に置かれたスピーカーを通じて聞いたニュースによれば、夕方六時現在、大邱地方の一日の降水量は百十ミリを超えていた。

その日も電気はつかなかった。うちの家族は暗い部屋で黙って夕食を食べた。こんなに仕事がないんだから、明日から昼ご飯は食べないことにしようと母が言った。隣の部屋からも、商売あがったりで、長男の薬代や次男の学費も出せないという平壌宅の愚痴が聞こえた。

夕食の後、善礼姉さんと吉重はランプをつけてお膳で向かい合って勉強し、母は仕事がないのでさっさと横になった。僕と下の弟は縁側に座り、暗闇に染まる雨を眺めていた。

台所のルーフィングの屋根を打つ雨の音、中庭に突き刺さる雨の音、うちの部屋の脇にある塀の下のドブに音を立てて流れ込む水の音。世のすべてが雨に閉ざされているようだった。

「吉男、あっちのドブがどうなってるか見ておいで。こんなに大雨が降ったら水が引かないだろう」

縁側に出て煙草を吸っていた京畿宅が、部屋二つ越しに弟と僕のほうを見て叫んだ。

僕はコムシンをつっかけ、軒下を通って家の隅に回った。暗くなってくる中で泥水がドブに沿って渦を巻きながら流れたけれど、水はなかなか引かなかった。裏の家は僕たちの住む下の家より土地が階段二段分ぐらい高い所にあり、ドブはその家の板塀に開いた犬用のくぐり穴につながっていた。雑草に覆われていつも臭っていたドブが大雨できれいに洗われるのはいいけれど、雨がずっと降り続いて水が引かなければ、いつかは中庭も水浸しになる。僕は家の四隅を回りながら、塀に立てかけてあった棒でドブをつついた。でも裏の家のくぐり穴に水が抜けていくスピードが遅く、そちら側は水たまりができていた。僕はくぐり穴を棒でさらに何度かつつき、中庭に戻った。いつの間にかランニングシャツと半ズボンが雨でびしょ濡れになっていた。

「ほんとに雨続きでうんざりするね。空の栓が抜けたみたいだ。ところで、あの子はどうしてまだ帰らないのかねえ。電気もつかないから勉強なんかできやしないだろうに」

京畿宅が煙草の吸殻を中庭に投げ捨て、開いている中門のほうを見ながらつぶやいた。

夜間高校が休みになると、美仙姉さんは英語学校に通っていた。美仙姉さんはおしゃれだけれど、開城の娘らしく、勤勉で真面目だった。夕食を作るのはお母さんの担当だったが、美仙姉さんは朝ご飯を炊き、職場と夜間高校に通い、日曜日には教会に行き、怠け者の母親の代わりにたまった洗濯物を片付けた。そのうえ二日に一度、長い髪を洗い、出勤用の服と学校の制服をきちんと着ようとすれば、洗濯したり管理したりが大変だろうに、そのすべてを見事にやってのけていた。「ガムを嚙む音がしない時は寝てるんだろうけど、あの娘は寝る暇があるのかねえ」と母が言うほど、美仙姉さんはてきぱきしていた。

「雨がこんなに降り続いたら、また中庭に水がたまる。どうしたらいいんだ」

京畿宅が独りごとをつぶやき、僕たちの部屋のほうを見た。

「吉男、もう何を言われても行きなさんな。自分は何もしないくせに。調べたけりゃ、自分の息子は大人なんだから、やらせればいいのよ。母親も息子も自分は何もしないで、子供をこき使おうとするなんて」

部屋で横になっていた母がちくりと言った。

口笛の音がしていたから、のっぽの輿圭さんは部屋の中にいたのだ。そんな皮肉を言うほど、母は普段から京畿宅をよく思っていなかった。平壌宅も嫌っていた。それで、京畿宅のおしゃべりの相手になるのは、いつも従順な俊鎬のお母さんと上の家の大奥さんだった。

その日の夜、とうとう事件が起きた。降り続く雨の音を聞きながら、僕の家族がぐっすり眠っていた時だ。

「何を言ってるんだろう」

母の言葉で、僕は目を覚ました。真っ暗で何も見えず、雨音しか聞こえない。雨の日は蚊帳をつらなかったけれど、いつものように戸をしっかり閉めていた。母は夏でもちゃんと戸締りをして寝た。泥棒に取られるような物はミシンぐらいしかなかったのに。大人になってから気づいたのだが、それは寡婦としての用心だったのだ。

「この家には人がいないのか！　家が流されてもいいのか。いくら自分の持ち家ではないと言っても、あんまりじゃないか！」

稲妻が障子をしらじらと照らして光った後、外からどなり声が聞こえた。酔っ払ったような声だから、大家のご主人だろう。何時頃なのかはわからない。ご主人は夜間通行証を持っていて通行禁止時間を気にする必要がなかった。

母は暗い中で、慌てて上着を着た。急ぎの仕事がたまっているか、善礼姉さんが勉強するのでなければ石油を節約してランプすらつけない母が、その時は火屋《ほや》をはずして芯に火をつけた。

「中庭が水浸しになっても寝るつもりか！　部屋に水が入ってこないと思ってるのか！」

外からご主人が、ろれつの回らない叫び声を上げた。

ようやく、下の家の四部屋すべてがざわざわし始めた。弟たちは熟睡していたけれど、善礼姉さんも起きて着替えた。母が掛け金をはずして部屋の戸を開けると、ランプに照らし出された中庭の様子はすさまじかった。縁側に溢れそうなぐらい水が満ち、真ん中にある花壇が島のように見えた。稲妻が空を引き裂くように光った瞬間、膝まで水に浸かり傘を差して中門のほうからよろよろ歩いてくる大家のご主人が闇に浮かび上がった。

中庭に波打つ水に大粒の雨が降り注ぎ、洗濯板やコムシンが水にぷかぷか漂っていた。

「七輪や台所道具が水に浸かってしまう。炭まで水浸しで、朝ご飯が炊けない」

「どうしてこんなに雨が降るんだ。中庭が大同江《テドンガン》になっちまう」

「ああ、うちの履物が全部流される」

「部屋まで水が入りそうだ。どうしよう」

下の家のどの部屋からも大きな声が聞こえた。

上の家の大庁に明るいランプが二つ灯された。起きてきた下の家の人たちは縁側より先に行くことができず、地団太を踏んだ。

上の家は石段を五段上がった所にそびえ立っていて、水は石段の三段目にようやく届く高さで打ちつけていた。大家一家は大庁に並んで立ち、眠そうにあくびをしたり背伸びしたりしながら、浸水した広い中庭と大騒ぎしている下の家を、見物するみたいに見下ろしていた。下の家が部屋まで浸かっても、上の家まで水が来るはずはないという、余裕のある態度だった。実際、上の家の大庁まで水が来るぐらいなら、壮観洞はもちろん、鐘路通りや薬屋横丁がすべて水に浸かるはずだ。

「どうしたらいいの。これでは、下の家が流されてしまう」

大奥さんが叫んだけれど、水の中を歩いて下の家に来ることなど、まったく念頭にないように見えた。もっとも、年寄りが来たところで、何かできるはずもない。

「水場の溝も詰まってるみたいです。水が流れる音がしません」

女中の安さんが台所脇の小さな部屋から出てきた。

「うちの台所は大丈夫？」

大奥さんが安さんに聞いた。

「そこまでは水が来ていません」

安さんは、どぼんと水の中に入って水場のそばに並べていた道具を引き上げ始めた。俊鎬のお母さんとうちの母は腰をかがめて台所に入り、食器や台所道具を手当たり次第に持ち出して縁側に置いた。

「ボートを浮かべてもよさそうだな」

上の家の大庁で腕組みをして立っていた成準さんが言った。

「僕の捕ってきた魚が流されちゃう」

大家の末っ子トルトリ兄さんが騒いだ。彼は父親の紡織工場のある砧山洞に遊びに行くと、大邱の郊外に向けて流れる琴《クム》湖《ホ》江《ガン》でウグイやオタマジャクシを捕っては瓶に入れて持ち帰り、池に放していた。

ズボンがびしょ濡れになったご主人は、上の家の土台に立った。寝間着姿で舎廊の欄干の所に出てきていた奥さんが、こんな大雨の日にどうしてそんな遅くまで飲み歩くのだと、夫をなじった。

「梅雨時でも機械はずっと動いてるんだ。家にこもってたって誰も飯を食わせてくれないぞ。ただで三度の飯が食えるとでも思ってるのか。取引先は早く品物を送れとせっついてくるし、つき合いで酒を飲んだりしてこそ、布もいい値段で売れるようになるんだ」

ご主人が偉そうに言うと、

「飯を食うことをお遊びだとでも思ってるのか。みんな苦労してるんだ。ただで飯が食えないと言いながら、どうして酒が飲める」

上の家に届かないぐらいの声で、正泰さんが皮肉った。

雨がやまなければ中庭の水が縁側を越えて部屋の中まで入ってきそうな勢いだった。下の家の人たちが急いで縁側の下を探って履物を取り出したり、手当たり次第に台所道具を縁側に移したりしていると、俊鎬のお父さんが中庭の水をちゃぷちゃぷいわせながらうちの部屋の前にやってきた。いつの間にか左手にシャベルを持っていた。僕も雨に打たれながら中庭に下りた。水は、すねの上まであった。僕は俊鎬のお父さんの後についてうちの部屋の角を回った。くぐり穴も見えず、光る稲妻に照らされた狭い裏庭は水浸しだった。板塀の向こうの裏の家からも、人の話し声や水を汲み出す音が聞こえた。

「おーい、そっちはどんな具合ですか?」

シャベルでドブをつついていた俊鎬のお父さんが、板塀をたたいて裏の家の人に聞いた。

「中庭と台所が水浸しです。下水溝が詰まったのか、水が引きませんね」

裏の家の男の返答を聞き、俊鎬のお父さんが中庭に戻った。

「これではいけない。みんな、バケツを持って出てきて下さい。水を汲んで外庭に捨てるしか方法がなさそうだ」

俊鎬のお父さんが下の家の人たちに言った。

どの部屋も自分たちの物を片付けるのに忙しくて、聞こえないふりをしていた。狭い棚に布団や服の包みが載せきれないから、興圭さんと美仙姉さんは大きなトランクを二人で持って上の家の土台に移していた。平壌宅と順花姉さんは軍服の包みを頭に載せ、中庭の水に浸かりながら京畿宅の息子と娘の後を歩いた。

「部屋の中に水が入ったらどうしよう。うちはまずミシンを片付けなきゃ」

母は必死でミシンを棚に載せようとしていた。姉さんは布団を包んで外に出た。吉重は黙って自分の本やノートを持ち、末っ子も起きて戸の前でぶるぶる震えていた。

「あめだ。たくさんふってる。しるがたくさんおちてくる」

吉秀が雷鳴のとどろく空を見上げて手をたたいた。

「抜本的な対策を立てなければならん。自分のことばかり心配していいのか。おい、お前、バケツを持ってついてこい！」

俊鎬のお父さんが軍服の上着を脱ぎ捨て、座り机を持って出てきた平壌宅の次男の正民兄さんに叫んだ。ほとんど口もきかなかった俊鎬のお父さんが大声を出すから、下の家の人たち全員が驚いた。

「そうだ。みんな、傷痍軍人の言うようにしなさい。うちの中庭はよそより深いから水を汲み出すしかない。路地の下水溝は、水がちゃんと流れていたが」。上の家の土台で、顔や頭を手拭いで拭いていたご主人が言った。

俊鎬のお父さんのどなり声に委縮していた興圭さんと正民兄さんは、ご主人の言葉に従ってバケツを持ち、俊鎬のお父さんの後について中門のほうに歩いた。頭に手拭いをかぶった俊鎬のお母さんが、ねんねこにくるんだ赤ん坊を抱いて上の家に上がっていった。僕もバケツを持って正民兄さんの後を追った。

「漢江の水をパガジで汲み出すようなもんだ。空の底が抜けたのに、こんな水をどうやって汲み出すんだよ」

木の桶に食器類を入れて上の家に向かっていた京畿宅が言った。

片手の不自由な俊鎬のお父さんは興圭さんにシャベルを渡し、泥をすくって中門の敷居を高くしろと言った。正民兄さんには中門の引き戸をはずすよう指示した。自分は甕置き場の横の納屋から古いカマス［穀物などを入れる、むしろで作った袋］を二枚出してきた。興圭さんが外庭の塀の下の泥をシャベルですくって敷居を高くすると、俊鎬のお父さんがカマスをその上に置いて踏みつけた。

「女の人たちも出てきなさい。さっさとしろと言うのに、何をぐずぐずしてる！」

俊鎬のお父さんの力強い大声に、正泰さんが先に立ち、その家族が後に従った。うちの母と善礼姉さん、美仙姉さんも出てきた。

「正泰、あんたの身体では無理だよ。雨に打たれちゃいけないってば。咳が出るよ」

平壌宅が言っても正泰さんは振り返らなかった。

「みんなで協力しないとうまくいきません。さあ、三つに分かれて下さい。一人が水を汲み、それをもう一人が階段の中間まで持っていって、最後の一人は外庭に水を捨てるんです。男が下のほうに立って下さい」

俊鎬のお父さんはいつしか指揮官に変貌していた。ランニングシャツは体に張りつき、みんなの前で初めて見せるゴムの右腕とその先についた鉤が上の家の大庁のランプに照らされ、ぞっとするような姿を現した。そのゴムの義手が、みんなを団結させるのに絶妙な役目を果たした。

「近くにいる人と組になるんだ。さっさとしろと言ってるのに。並びましたか？　それでは、バケツリレーを始めて下さい。急がなければ部屋が水浸しになってしまうぞ！」

下の家の住民は何も言い返せないまま、近くにいる人と三人ずつ組になった。水を汲む仕事は最も力がいるので興圭さん、正泰さん、正民兄さんが引き受け、順花姉さん、美仙姉さん、善礼姉さんが階段の真ん中に立った。中門の敷居から水を外庭に捨てるのはうちの母、平壌宅、俊鎬のお母さんだった。僕は水を捨てたバケツを戻しにゆく役を引き受けた。俊鎬のお父さんは水が中門から大門までちゃんと流れるよう、ぎこちなくシャベルを使って道をつけた。

作業はすぐに始まった。みんなずぶ濡れになりながら一生懸命働いた。組になっているから、誰も途中で休めない。そんなふうにして水を汲み出している間に上の家の人たち数人は自分の部屋に戻ってしまい、大奥さんを始めとする残りの人たちは、離れた所で他人事のように見物していた。女中の安さんが来て、話し声を聞いた金泉宅も出てきた。下の家の大人のうち、来なかったのは京畿宅だけだ。雷と稲妻が少なくなるとようやく雨も峠を越したように、だんだん小降りになってきた。

「早く汲みなさいよ。男のくせに、どうしてそんなに力が弱いの」

順花姉さんが水を汲む興圭さんに言った。

「歯医者が歯を抜くのに力はいりませんよ。そんなふうに言わないでほしいな」

興圭さんが答えた。

「あら、独身の男女が組になったから、何か起こりそうね。バケツを渡す時に手を握っちゃ駄目よ」

安さんが言うと、皆が笑った。

「美仙、あたしと替わって」

順花姉さんがふくれっ面をして、横にいた美仙姉さんに言った。

「せっかく組になったのに、姉さん、どうして替わりたいの」

「いやなのよ。あんた、自分のお兄さんと組みなさい」

美仙姉さんが顔を拭いながら、興圭さんの前に行った。濡れたブラウスに、ふくらんだ胸の乳首が映った。

「あれ、働く楽しみを見つけようとしたのに、がっかりだ」

興圭さんはそう言うと、「雨のタンゴ」を口笛で吹いた。

その時だ。

「上の家の学生たちも出てきて手伝え。お前たちもこの家に住んでいるんだろう。この大変な時に、大家だの間借り人だの、関係ない。手伝うべきだ。いったい、学校で何を習ってる！」。上の家に向かって、俊鎬のお父さんが叫んだ。

「よく言って下さいました」。正泰さんが同調した。

「はい、そうしようと思っていたところです」

大家の次男チャング兄さんが、ズボンを巻き上げて階段に降り立った。トルトリ兄さんも出てきた。

「あんたたち、どこ行くの。その水、糞尿が混じってるのよ。便所が溢れたのも知らないの？」

大家の奥さんが言うのにも耳を貸さず、二人は雨の中に出てふくらはぎまで水に浸かった。成準兄さんはズボンを巻き上げようとしていたのに、ほんとにそうだなと言ってやめた。

「あの子たちはどういう気であんな水に入っていくのかしら。汚いって言ってるのに」

奥さんは次男と三男をなじった。

「ここに来てこの水を飲めって言ってるんじゃありませんよ。汚い水なら、一緒に汲み出さないと匂いもするじゃないですか」。正泰さんが上の家に向かって叫んだ。

「うちの人や正泰さんの言うことはもっともです。うちの人は自分一人のために戦争に行ったんじゃありません。こんな時にはみんなで協力して、助け合わないと」。俊鎬のお母さんが小さな声で言った。

大家の奥さんは、俊鎬のお父さんや正泰さんが上の家に襲いかかるのではないかと恐れているみたいに、酔った夫を支えながら舎廊に入ってしまった。水を汲み出す作業に加わりたくない成準兄さんも、そっと自分の部屋に消えた。大庁には大奥さんだけが残った。

「夏風邪を引いたらどうするの。明日学校で居眠りして、先生にたたかれるよ」

大奥さんは大庁の端にしゃがみ、孫たちに向かって小言を言った。

下の家の大人のうち、京畿宅だけは見て見ぬふりをしながら、自分のうちの家財道具をせっせと上の家の土台に移していた。

大家の学生二人と僕が新しく組を作り、全部で四組になったから、中門前の階段はいっぱいになった。雨が小降りになっても、四組はせっせと水を汲み出した。中庭の水をちょっとでも減らさないと、部屋の中まで糞尿混じりの水が入ってくるかもしれないと思ったのか、みんな黙々と働いていた。部屋の中に水が入ったら、水が引いた後も匂いが床や壁はもちろん所帯道具にまでしみついて、ずっと取れないだろう。

「一九五一年の夏、金城《クムソン》［江原道華川《ファチョン》郡にある地名］で中国軍部隊と衝突した時も、こんな大雨だった。真っ暗な夜に胡笛の音が四方から響いて、方向もわからなかった……」

俊鎬のお父さんがしゃべっても誰も真剣に聞かなかったし、返事もしなかった。わずか二、三年前のことだけれど戦争はあまりに残酷だったから、みんな話題にすらしたくないらしい。

「ほら、階段が見えてきましたよ。だいぶ水が減りましたね」。順花姉さんが、大発見でもしたように声を上げた。

皆は手を止めて階段の下に視線を向けた。僕の目にも中庭の水位は十センチぐらい下がったように見えた。水場の溝やドブにも少しずつ流れたのだろうけれど、ちりも積もれば山となるということわざどおり、団結して努力した結果が、そうして一定の成果として表れたのだ。

「さあみんな、頑張りましょう」。俊鎬のお父さんが言った。

その成果に勇気を得た四組は、いっそうてきぱきと作業に励んだ。

梅雨が終わり、しばらくは厳しい暑さが続いた。僕は汗をだらだら流しながら新聞を売りに歩いた。「アイスキャンデー。アイスキャンデーはいかがですか」。僕と同じ年頃の子供たちが木桶に鉄板を張った容器を担いでそんなふうに叫んで歩くのを見ると食べてみたいと思ったけれど、汗水流して稼いだ金をそんな物に使うことはできなかった。靴の修理屋、鋳掛屋《いかけや》、荷物運びの人、野菜や果物をリヤカーに積んで売る行商人といった人たちがどんなに苦労して家族を養っているのかを考えれば、アイスキャンデーを食べるようなぜいたくは、僕には許されないと思った。その頃僕は、将来、お金をたくさん稼ぐようになったら、夏にアイスキャンデーを一度に五十個ぐらい食べてお腹を凍らせてやると決心していたほど、アイスキャンデーや、チャジャン麺の香ばしい匂いに心を惹かれていた。

下の家は低い土地にあるために風が屋根の上を通り過ぎるのか、夕飯を食べて縁側に出れば、汗が胸に流れた。それに、梅雨の終わり頃には蚊が多く、毎晩蚊帳に入るまでに六、七カ所は刺された。そんな時、気晴らしに鐘路や薬屋横丁に出ると、スイカと、縄で縛った四角い氷の塊を持って家に帰る人をよく見かけた。よく熟れたスイカをスプーンですくって大きな真鍮の鉢に盛り、そこに氷を砕いて混ぜてサッカリンを振りかけ、一家で分け合って食べることを想像しただけで、僕は背中が涼しくなる気がした。平壌宅や京畿宅のうちは、よくそんなスイカパーティーを開いていた。そんな時には、いつもは他人の食べ物に興味を持たないふりをする吉重までが、縁側に出てその様子を横目で見ながら唾を飲み込んでいたものだ。うちはその年の夏、そんなふうにスイカを食べたことは一度もなかったし、その願いがかなったのは、それから数年後だった。スイカどころか昼食すら食べずに過ごしたその夏のことは、僕も思い出すのがつらい。

末っ子の吉秀は、お昼時には福述や俊鎬について歩く力もないのか、曲がった脚で上の家の土台の下をちょこちょこ歩いていた。大奥さんと女中の安さんが大庁でご飯を食べる時になると、まるで飢えた子犬のように土台の下にしゃがみ、舌なめずりをして斜視の目で眺めていた。ある日、吉秀は、「まあ、お昼を食べられなくてかわいそうね。こっちにおいで。あたしのご飯をちょっとあげよう」という大奥さんの善意で、昼食を食べさせてもらったらしい。その日、僕が新聞を売り終えて帰ると、母は吉秀に夕食を食べさせなかった。物乞いみたいに上の家でご飯をもらったのだから、夕飯抜きで当然だと母は冷たく言い放った。吉秀は母の言葉の意味が理解できないので、どうして自分が夕飯をもらえないのかわからず、部屋の隅にうずくまって気の抜けた声ですすり泣いていた。寝床に入っても、お腹がすいたと言って、病気の子犬みたいにずっとしくしく泣いていた。母は、物乞いでもあるまいし、どうして上の家で食べさせてもらったのかと言うばかりで、吉秀を慰めたりはしなかった。吉秀を慰めるにはご飯を食べさせることしかなかったけれど、ご飯は残っていなかった。麻の薄い布団をかぶって泣く吉秀の声は僕が寝つくまで続き、その時ようやく、もうご飯はもらわないと泣きながら何度もつぶやいていた。まだ五歳だったけれど、その日の経験で彼の頭でもそれなりに悟ったのか、翌日からは上の家の前をうろつかなくなった。戦時中のつらい経験は、母を冷酷な人に変えていた。

僕もまた、その年の夏はほんとうにうんざりだった。空腹、憂鬱、倦怠。要するに動物以下の生活を憎悪し、故郷で酒幕に居候していた頃を懐かしみながら、一日一日をやっとのことで過ごしていた。僕はいつも家出したいと思っていた。もりもり食べている夢か、赤ん坊の頃の吉秀みたいにがりがりに痩せて飢え死にする夢ばかり見た。街を歩くと、世のすべてが黄色く見えた。僕は蛸《たこ》のようにぐにゃぐにゃになり、新聞を抱えて黄色い街をさまよった。一日が妙に長く感じられた。その年の夏、僕は家を離れることもできず、道端で倒れもせず何とか生き延びた。いっそ道で倒れ、どこかの子供のない金持ちの奥さんに拾われて、下男にでもなれればいいのに。そうして一日三回、お腹いっぱいご飯が食べられたら、それ以上何もいらない気がした。倒れると言えば、脚が痩せ細っていた吉重はその夏、よく転んだ。彼は友達がいないから遊びに行くこともなく、いつも老人のように無表情で無口だった。部屋にいる時は仕事をしている母に言われた雑用をすると、縁側に出て、何を考えているのか、ぼんやり空を眺めて時間を過ごした。試験はいつも満点だったけれど、決して走り回ったりしない彼が、よくふらついて倒れ、膝をけがした。「いくらお昼を食べていないとはいえ、脚がまるでゴムみたいね。ちゃんと立つこともできないの」。母が言っても、吉重は丸い目を怯えたようにぱちぱちさせるだけで、返事をしなかった。吉重だけでなく、善礼姉さんもしっかりしていた。空腹のつらさを忘れようとでもするみたいに、姉は必死で勉強した。姉の希望は師範学校［中学卒業後に進学する、小学校の教員を養成するための学校］に進学し、卒業したら桃の花の咲く田舎の小学校の先生になることだった。「平和な村で子供たちを教えて、オルガンを弾いて暮らしたい」。姉はよくそんなことを言った。戦争が起こった年、彼女は小学校五年生で、夢多き少女時代に戦争の惨状を経験したせいか、「平和な家庭」だの「平和な時間」だの「鳩は平和の象徴なんだって」だの、平和という単語をよく口にしていた。

その夏に僕のやった盗みは、その後ずっと恥ずかしい記憶として刻まれ、思い出しただけでもつらくて哀れで、今でも顔がほてってってくる。

ある日、夕食に麦がゆを一杯食べた後もひどくお腹がすいて、夜中に上の家の台所に忍び込んだのだ。空腹のあまり真夜中に目を覚ました僕は、大家さんの台所で残りご飯をあさろうと決心した。女中の安さんが残りご飯を台所のどこに置くのか、事前に盗み見てあった。僕はそっと寝床を抜け出し、半ズボンをはいて中庭に出た。何時なのかわからないけれど、あたりは静まりかえっていた。まず便所に入り、食べる物が少ないのでたいして出もしない大便をするふりをしながら、便所にしゃがんで上の家の台所の動静を探った。どの部屋も明かりはついていない。僕はヤマネコのように上の家の台所に近づくと、閉まっている戸をそっと開けた。安さんが使っている台所脇の小部屋は真っ暗だった。僕は台所の中に入り、棚の上を手探りした。かごが手に触れた。安さんは残りご飯が腐らないよう、夜は蓋をしないでかごを逆さにしてかぶせていた。真鍮の飯碗に、ご飯が半分ほど残っていた。僕は手づかみで、おかずもなしにご飯を急いで食べた。その日はそうして半分残ったご飯を食べつくし、また部屋にもどって寝床に入った。翌朝、僕が七輪に火をおこしていると、上の家の台所で安さんが、ネズミがかごをはずしてご飯を食べたとつぶやいていた。僕は上の家の台所を出る時、かごを元通りにかぶせなかったことに気づいたけれど、知らぬふりをしていた。

翌々日、僕はまた夜中に同じことをした。今度は少し大胆になり、戸棚からキムチの器を取ってかまどに置き、おかずにして飯碗一杯の残りご飯を残さず食べた。小皿があったので指でつまんで食べてみると、青唐辛子入りの牛肉の佃煮だった。僕にとっては生まれて初めて食べるおかずだ。金持ちは牛肉でこんなおかずも作るのだと思った。

それから三日目に、また上の家の台所をあさった。

そんなふうに三度目の盗み食いをした翌日のことだ。僕は新聞を売りに行くために家を出た。僕が外庭に出ると、後ろから、「吉男、ちょっとおいで」と誰かが呼んだ。振り向くと、安さんだった。

「な、何ですか」

僕は言葉すらつっかえて、顔は火のように熱くなった。胸がどきどきした。

「あんたが夜中にうちの台所に入ったのはわかってるよ」

「あ、見てたの？」

「他の人には黙っていてあげるから、二度とあんなことしちゃ駄目よ。お昼を食べられなくてお腹がすいても、立派な男になるにはそれぐらいぐっとこらえなきゃ。あんたのお母さんはもちろん、きょうだいも我慢して、この夏につらい思いをしながら過ごしてるじゃない。誰にも言わないから」

安さんは優しい声で言い、うなだれた僕の肩をたたいた。

「わかりました」。僕が小さな声で答えた。

安さんが泥棒という言葉を一度も使わずに諭してくれたことを、僕は今も覚えている。うなだれた僕の顔は真っ赤で、知らぬ間に熱い涙が頬を流れていた。安さんが母に告げ口していたら、僕は萩の枝の鞭でふくらはぎや背中を、みみずばれができるほどたたかれただろうし、何回か食事抜きにさせられたはずだ。そのうえ、後々まで母から「一家の長男が盗み食いをするなんて」と言われただろう。でも安さんは誰にも言わないという約束を守ってくれたし、僕はそれ以来、他人の物には、運動場や教室に落ちている小銭やちびた鉛筆であっても手をつけなかった。あの時、安さんが優しく言い聞かせてくれたおかげだ。

飯泥棒の話に少し付け加えると、ご飯を食べる心配をしなくなって久しい今も、僕は満腹になるまで食べる習慣を捨てられない。「腹七分目にしなさい」「食べ過ぎはすべての成人病の元」「お腹周りの太さは寿命と密接な関係がある」。すべて正しいとわかってはいるけれど、腹いっぱいにならないと食べた気がしないのだ。こんなにおいしいご飯を減らすぐらいなら、寿命が多少短くなってもたくさん食べたほうがいいという気持ちは、今も同じだ。朝起きたらすぐにご飯を食べたいし、朝ご飯が済めば、昼は外で何を食べようか、夕食はこんなおかずがいいなどと想像することこそは、一日を生きる喜びのうち最も重要なものの一つであり、欠かせない楽しみだ。「あなた、お腹周りがどれぐらいあるか知ってるの？　何年か前までズボンが三十六インチだったのに、今は三十八インチじゃない。子供たちがお父さんのお腹を指でつついてからかうのに、恥ずかしくないんですか。ご飯をちょっと減らして下さい。今は、朝食抜きの家も多いそうですよ。ご飯を減らす代わりに、新鮮な野菜や果物をたくさん食べれば身体にいいのに」。妻は毎日そう言うけれど、僕は他のことは節制できても、ご飯の量だけは減らせない。おかずをたくさん食べてご飯を少なめにするのがいいと、知ってはいる。しかし、インスタントラーメンやパンでも駄目で、ご飯をしっかり食べてこそ、まともな食事をした気になれる。数年前、妻が僕の飯碗を握りこぶしほどの小さな物に替えた時、僕は烈火のごとく怒ってしまった。食べ物の怨みを抱いている僕としては、そんな辱めに耐えられなかったのだ。母は、経済事情が好転してから肉をたくさん食べたのが原因で高血圧になり、六十代半ばで亡くなった。しかしそれとて、僕には教訓にならなかった。

第四章

朝晩は涼しい空気が漂い、夏の蒸し暑さも次第に収まり始めた。いつの間にか中門横のドブに雑草と一緒に伸びていた多年生のホオズキが赤く染まる季節がやってきていた。入道雲が姿を消すと空が高く青くなり、綿のような雲が透き通ってきた。

その頃から母の仕事は、またどんどん入ってきた。母は夜十二時過ぎまで休まずにミシンを動かした。吉秀を除く僕たちきょうだいは、母が仕事の手を止めるまで同じ部屋にじっと座って、どんな本であれ開いて勉強しなければならなかった。誰かが居眠りでもすると、母の手元に置いてあるオノオレ［斧が折れるほど固いと言われるカバノキ科の木］の物差しが、容赦なく肩を打った。母がたたいた回数のうち七割は僕がたたかれた。僕は九時を過ぎると自分で自分をつねっても眠くてたまらなかった。

ある日の夜十二時頃、母は仕事を片付けながら言った。その言葉に、僕ははっと目が覚めた。

「何とかしてあなたたちを食べさせようと必死で働いてるんだし……明日からは、うちも昼ご飯を食べることにしよう。日の長い夏の間、食べ盛りの子供たちにお昼を食べさせられなくて、吉重の膝には血の痣ができた。私は自分の胸にミシンの針を打ち込みながら、たくさんの涙をこらえながら、長い一日を耐えてたの。よその土地で暮らす、きたならしい歳月……」

母は手拭いに顔を埋め、ランプの芯が震えるほど泣いた。

新聞を売り始めていつの間にか三カ月を過ぎ、嶺南日報を売っている子たちと顔なじみになった。午後二時頃、新聞の初版が出るのを待つ間、みんなは口げんかもよくしていたけれど、陣地取り、コヌノリ［地面に線を引いて将棋のようにコマを取り合うゲーム］、石なご遊び［石を投げて遊ぶお手玉のような遊戯］で暇を潰したりもした。僕は彼らとうまく付き合えなかったが、もう一人、いつもそんな遊びに参加せず見物している少年がいた。僕は自分と同じ年頃のその子と仲良くなった。

漢柱《ハンジュ》は黄海道《ファンヘド》から避難してきた。僕と同じように学校には行かず、新聞と一緒にガムも売っていて、朝から晩まで大邱市の中心街を回った。そんなつらい仕事を二年もやっていたのに、偉そうにしたり荒っぽいふるまいをしたりすることもない、無口で落ち着いた子だった。

「俺も来年は夜間中学に入るつもりだ。母ちゃんがそうしろって」

漢柱はそんなふうに自分の決心をよく僕に話していた。戦争が起こった年にお父さんが人民軍に入隊してすぐに戦死し、二人の弟は一・四後退で避難している途中に寒さと飢えで死んだというような話をする時、泣きそうになるどころか復讐でもするみたいに唇を噛んでいるのが、芯の強さを感じさせた。その頃、彼はお母さんと妹と一緒に山《サン》格洞《ギョクドン》の坂のバラック小屋に間借りしていた。そこは避難民が無許可で家を建てた、上水道も下水道もない、その日暮らしの人たちの難民村だった。

「母ちゃんは塩漬けの魚の行商をしてるけど、実はあまりもうからない。一日の収入は俺と同じくらいだ。俺はほんとに一生懸命稼いでいるからな。中学に行く費用もちょっとずつ貯めてるし」

漢柱がそんなことを言う時、僕は自分の将来は予測できなかったけれど、彼だけは将来お金をたくさんもうけて成功するだろうという気がした。見た目はおとなしくて目立たなかったものの、しっかりしていて粘り強いところがあった。

九月になると漢柱が大邱日報の配達員になったので、会う機会がなくなった。新聞を二十部ずつ買い、一緒に大通りに出て、「今日、それ全部売れよ。また明日な！」と言って八重歯を見せて笑うりりしい顔を見られなくなるのは、ひどく寂しかった。ところが十日ほど過ぎた頃だったろうか、嶺南日報社で新聞が出るのを待っていると、漢柱が息を切らして僕を訪ねてきた。

「お前も配達員にならないか。ちょうど一人空きが出た。区域も一番いい所だ。配達員が配達中にうっかりジープにはねられて脚を骨折したんだよ。だから今すぐ一人必要なんだってさ。吉男、お前、その区域を担当できれば大当たりだぞ」

「僕も配達員になれるの？」

僕は乗り気になった。漢柱が配達員になると言った時、実はすごく羨ましかった。配達はたいてい中学生か高校生の仕事で、少ないとはいえ学費が払えるくらいの月給が出たから、苦学生が何人も待機していたほど、ありつくのが難しかった。

漢柱は、自分の新聞配達が終わる午後五時半頃に松竹劇場の前で会おうと言った。

僕は五時半になる前に松竹劇場の前に行った。二十部を売り切った後だった。当時、大邱で連続殺人事件が一週間続いていて、今日はどこで誰が殺されたのか気になって新聞を買う人がたくさんいたのだ。その日もやはり、早朝祈祷会に参加するため教会に行った中年女性が鳳山洞《ポンサンドン》の閑静な住宅街の路地で絞殺死体として発見され、社会面のトップニュースになっていた。それまで四人が被害に遭っていた。殺害対象の性別や身分はそれぞれ違っていたけれど、未成年者はいなかった。場所や時間もばらばらで、郊外の田んぼのあぜ道だったり、住宅街の路地だったりした。三人は夜に殺されたが、一人は白昼に市外バス停留所の公衆便所の中で発見された。二人は短刀で急所を刺され、二人は首を絞められたことによる窒息死だった。不慮の死を迎えた四人に共通点があったとするなら、金品や所持品を強奪された形跡がなく、緑色の服を着ていたことだ。新聞記事は犯人を、戦闘経験のある精神異常者だと断定していた。殺し方が手際よくかつ残酷であり、凶器が軍用の銃剣だと推測されていたため、警察は軍を除隊した者のうち精神疾患のある人を戸別訪問して追跡していた。聖書を持って教会に向かっていた信者が殺されたから、その日の嶺南日報では、ある牧師が、三年間の戦争によって生命の尊厳を軽視するようになった風潮の現れだ、今こそ人は神の前に悔い改めるべきだと力説していた。「特ダネ！　特ダネ！　また殺人事件だよ！」と叫びながら僕がやすやすと新聞を売っている時にそれを買う人たちの反応も面白かった。たいていの場合、その表情は、恐ろしい世の中に怯えている感じではなかった。ある中年の男は、「まだ捕まってないだろ？」とにやにやしながら新聞を手にした。表情からすると、犯人がずっと捕まらないでいてほしいと願っているらしかった。殺人事件のおかげで新聞がよく売れるというだけでなく、僕もやはり、母の言葉を借りれば「きたならしい歳月」を生きることにうんざりしていたから、かくれんぼの途中で隠れていた子が黙って家に帰ってしまうみたいに、お巡りさんがいくら頑張っても犯人が捕まらなければいいと思った。

時計屋の時計が五時半を過ぎても、漢柱は来なかった。松竹劇場ではアメリカの西部劇を上映していて、切符売り場の前に人々が列を作って待っていた。三度のご飯を食べるのもやっとのご時世なのに映画館やダンスホールに人が押し寄せるのが不思議だった。ある日の午前、金泉宅の店先に座った正泰さんが新聞の映画広告欄を見ていたので、僕が、「どうして映画館にあんなに人が多いの」と聞くと、彼は馬鹿にしたような口ぶりで、「昼間からそんなことをしている奴らは、腐ったブルジョア、資本主義に染まったアプレゲールの部類だ」と言った。(ブルジョア? アプレゲール?)。僕は意味がわからなかったけれど、尋ねはしなかった。

僕は漢柱を待つ間、松竹劇場の周囲のラジオ屋、洋品店、洋服屋、時計屋のショーウィンドーを眺め、大家の奥さんの経営する宝金堂も覗いた。金や銀の指輪、腕輪、首飾り、ブローチ、スプーンと箸のセットなどが黒く柔らかいビロードの上に華やかに並んでいた。出入り口の片側には貴金属、もう一方にはいろんな形の腕時計が並んでお客さんを待っていた。一通り眺めると僕は、ガラス越しに店内を覗き込んだ。

鄭技士は片方の目に筒のついた拡大鏡をつけ、腕時計を分解して小さなブラシで部品を掃除していた。小さな歯車を元通りにしてゴマ粒より小さいねじを回す精密な作業が、ハリネズミみたいな細い顔と出目金みたいに飛び出た目に、よく似合っていると思った。大家の奥さんは、ハンチングをかぶった男と深刻な顔で話をしていた。背中を見せていた男は少しすると椅子から立ち上がり、帽子のひさしを持ち上げて挨拶をした。彼が出入り口のほうを向いた瞬間、僕は男の顔を見ることができた。頰に傷のある男のことを僕に聞いた、顎のとがった刑事だ。奥さんは慌ててハンドバッグを開き、百ファン紙幣を何枚か取り出した。刑事は二、三度遠慮したあげく仕方なさそうに受け取り、ズボンの後ろポケットに突っ込んで外に出た。僕はすぐさま彼に背を向けた。

漢柱は六時過ぎにようやく松竹劇場前に現れた。彼は僕を見ると、「待っただろ？今日に限って配達が遅くなって……ごめん」と言った。走ってきたのか、鼻筋に汗がにじみ、息が切れていた。

僕は漢柱に連れられて、裁判所の向かいの、代書屋と同じ古びた建物に入っている大邱日報中部普及所に行った。五坪余りの事務所は長い机でほとんど埋まっており、ぼさぼさ頭の集金員が三人、背もたれのない木の椅子に座り、領収書とお金を机に並べて整理していた。所長はいなかった。所長が交通事故に遭った配達員の代わりに配達に出ているというので、僕たちは三十分以上、することもなく椅子に座り、所長が戻るのを待った。ガムを売り歩くこともできないで時間を無駄にしている漢柱に申し訳なかった。

「お前も学校に行ってないそうだな」

自転車を引いて戻ってきた所長の孫《ソン》さんが、僕をまじまじと観察した。四十過ぎの孫さんは痩せっぽちで、奥歯がないのか、老人のように頬がこけていた。

「吉男は新聞を売るのがとてもうまいんですよ。拡張もうまくできると思います」

漢柱にほめられて、僕は顔が赤くなった。孫さんは僕に、家族のことや家庭の状況を細かく聞いた。その落ちくぼんだ目がネズミの目みたいに光るので、僕はまともに顔を上げられないまま、聞かれたことに何とか答えた。家が市内の中心部にあって新聞社はもちろん配達区域にも近いということ、よく洗濯されていてそれなりにこぎれいな服装、純真に見えることなどが気に入ったらしい。

孫さんは、「実際のところ、学生は勉強が忙しくてちっとも拡張できないんだ。新聞は拡張が命なのに。年は若いけど、とにかく手が足りないから一度使ってみることにするか」ともったいをつけ、漢柱に、「お前、この子を保証できるか」と脅すように聞いた。

「もちろんですよ。俺が保証するから、とにかく吉男を信じて下さい」。漢柱が自信たっぷりに答えた。

漢柱はうちに遊びに来たこともなく、僕のことは、田舎から出てきたということ以外にあまり知らない。それなのにどうしてそんなことを言うのかわからなかったけれど、彼の言葉はお湯のように僕の心を温めてくれた。

「学校に行ってないのは好都合だ。明日、朝飯が済んだらすぐに普及所に来い」

孫さんの言葉に、僕は自分ももう新聞売りではなく配達員なのだと思うと、喜びがこみ上げた。

普及所を出て漢柱と別れる頃、もう街の商店には明るく電気がついていた。家に戻った僕は、漢柱という友達の紹介で大邱日報の配達をすることになったと母に告げた。

「そう。それはおめでたいことだわね。よかった。あなたがこれから月給をもらってきたら、私がそのお金を頼母子講でしっかり増やして、来年の学資を作ってあげる」

ミシンを回していた母は、僕が大邱に来てから初めて、屈託のない笑顔を見せた。そして何を考えたのか、仕事の手を止めて慌ただしく縁側に出た。

「お腹がすいてるだろうけど、今すぐ一緒に廉売《ヨムメ》市場に行こう」

母は僕を廉売市場に連れて行き、靴紐のついた黒い運動靴を一足買ってくれた。運動靴は高価な物なので、買ってもらったのはソウルで父と一緒に暮らしていた時以来だ。

コムシンは袋に入れて、運動靴を履いて帰りなさいと母が言うので新しい靴を履いて歩道を歩くと、足がとても軽かった。

翌朝、大邱日報中部普及所に出かけようとした僕は、中門の前でカービン銃を担いだ警官に出くわした。

「朴《パク》チョンモさんの部屋はどこだ」。警官が僕に聞いた。

「朴チョンモさん？」

聞いたことのない名前だったから、僕は当惑した。

「傷痍軍人だ」

「ああ、俊鎬のお父さんですね」

僕が下の家の二番目の部屋を指さした。俊鎬のお父さんはまだ仕事に出ていなかったので、布の軍靴は縁側の下にあった。夏の初め頃、中央通りの建物の二階にある喫茶店で行商する俊鎬のお父さんを見て以来、僕は一度も街中で彼を見かけなかった。しかし俊鎬のお父さんは相変わらず毎日朝食が終わると、小さな軍用カバンを持ってどこかに出かけていた。

「朴チョンモさんはいますか」

警官が俊鎬の部屋の前で言った。戸が開き、俊鎬のお父さんが顔を出した。警官は俊鎬のお父さんに、予備役大尉朴チョンモさんかと尋ねた。俊鎬のお父さんは縁側に出て、そうだと言った。

「ちょっとご同行願います」

「どうしてですか」

「私も詳しくは知りません。上の命令ですから。とにかく来ていただければわかるはずです」

僕は警官がどうして俊鎬のお父さんを連行するのか気になったけれど、時間がないから急いで家を出た。

普及所に着くと、所長の孫さんが僕を待っていた。孫さんは自転車に乗って、僕が新聞を配達する百軒余りの家を教えてくれた。僕がこれから配達する家で孫さんが集金し、僕は自転車の後をついて歩きながら彼にもらったチョークで、配達する家に「アリババと四十人の盗賊」みたいにTの字のしるしをつけ、順番に番号を振った。七星市場には購読する家が十四軒もあるのに、すべて店だからしるしをつける壁がなかった。それで屋号のある店は屋号をメモし、屋号すらない店は目で見て覚えた。八百屋通りの入り口にいる露天商の前を通る時に俊鎬のお母さんを捜したけれど、赤ん坊を背負った姿はなかった。朝、俊鎬のお父さんが警官に連行される時に後を追いかけて、今頃は交番か警察署の前で夫を待っているのかもしれない。

「雨の日には新聞が濡れないようにこっちに入れなさい」「この家は大きな犬がいるから特に気をつけろ」「この家は何世帯も住んでいるが、必ずあっちの部屋に持っていけ」「この家は集金が難しいんで、いつも親切にしないといけない。購読をやめられても困る。取っていた家にやめられたら、いくら拡張しても意味がないんだ」。孫さんは問題のある家を詳しく教えてくれた。

購読者の家に一〇五まで番号をつけ終え、孫さんと僕が普及所に戻ると、もう昼食時になっていた。僕は普及所で孫さんがくれた紙に名前と住所と家族状況を書いた。住所は、番地をよく知らないので、代わりに簡単な地図を描いた。孫さんは、今日から午後二時半までに大邱日報社の裏庭に来いと言い、最後に付け加えた。

「新聞配達は、配達の上手下手が問題ではなく、拡張が命だ。配達員は自分の区域であれ他人の区域であれ、ひと月に五部は責任を持って拡張しないといけない。そのためには配達が終わってもすぐに家に帰らずに、自分の区域で大邱日報を購読していない、新聞を取りそうな家を訪ねて拡張に努力しないといけないんだ。一軒拡張するたびにボーナスが出る」

昨日、孫さんと漢柱から〈拡張〉という言葉を初めて聞いた時、僕はその意味がよくわからなくて後で漢柱に聞いたのだが、今度は〈ボーナス〉がわからない。でも孫さんに聞くのも野暮だから、午後またお目にかかりますと挨拶して家に戻った。中庭に入ると、下の家の二番目の部屋の縁側前に、俊鎬のお父さんの布の軍靴があった。警官と一緒に出かけて戻ってから、仕事に行っていないのだろう。部屋の中で、俊鎬のお父さんが俊鎬に足し算や引き算を教える声がしていた。

「新聞を入れる家は、全部わかった？」。僕が部屋の戸を開けると母が聞いた。

「だいたいわかった。お昼を食べたら配達に行かなきゃ」。僕はそう言うと、気になっていたことを尋ねた。「お母さん、俊鎬のお父さんはどうして連行されたの」

「俊鎬のお母さんが中部警察署までついていって、帰ってから言ってたんだけど、最近殺人事件が続いてるでしょ。そのせいだそうよ。教会に行く途中で殺された女の人の爪に軍服の繊維がついていたのを見た警察が、犯人は軍服を着た人だと目星をつけたの。それで軍服を着ている人を地区ごとに一軒ずつ訪ねて調査してるらしい」

「大丈夫だったのかな」

「そうみたい。だからすぐに帰ってきたんでしょう」

ちょうど文子《ムンジャ》さんがポン菓子を手土産に中門から入ってきたので話が中断した。文子さんは母のお得意さんで、〈香苑《ヒャンウォン》〉という料亭の売れっ子妓生だ。美人で性格もいい。戦前にはソウルで女子大まで通った良家の子女だったのに戦争で家族をすべて失い、足を踏み入れたのが花柳界だったという。母を姉のように慕ってお姉さんと呼び、仕立てを頼まない時も、よくマンドゥ［餃子に似た食べ物］やスンデ［腸詰めの一種］などを持って遊びに来て、寂しさを紛らわしていた。善礼姉さんや吉重の学用品を買ってくれたこともある。

その日の午後から僕は、正式に新聞配達員になった。僕は毎日午後二時ごろ家を出て三徳洞《サムドクトン》の市役所横にある大邱日報社に行った。裏門に入ると広い庭があり、中部普及所の配達員の少年たちが五、六人、新聞が出てくるのを待っていた。中部普及所は配達員が九人いて、中には学校の授業が延びて慌てて走ってくる子もいた。新聞はまず新聞売りが持ってゆき、後から出てきた新聞は汽車やバスで慶尚北道内の各郡庁所在地に送るためトラックに積んだ。次に、市内の東部、西部、南部、北部普及所から来た青年たちが自転車の後ろに新聞を高く積み上げて出ていった。市内の中心部だという理由で、中部普及所が最後に新聞を受け取った。

中部普及所は配達区域が新聞社に一番近かったので、新聞社の中庭で普及所長の孫さんが配達員に直接新聞を分けてくれた。孫さんが台車で機械室から新聞を百部ずつ互い違いに載せて出てくると、配達員たちが周りを取り囲んだ。配達員はたいてい制服を着た中学生か高校生だったけれど、漢柱や僕のように学校に行っていない少年も四人いた。その中でも僕たちが一番年下だった。孫さんはずらりと並んだ配達員の前でインクの匂いがする新聞を五部ずつ数え、台帳に記された部数に従って渡してくれた。配達員はその新聞を抱えてそれぞれの配達区域に向かった。

「お前、今週は一軒も拡張できなかったな。ずっとそんなふうなら、配達員を続けられないものと思っておけ。配達したがっている苦学生がたくさんいるのは、お前も知ってるだろ。俺の言っていることがわかるな?」

孫さんはよく、そんなことを言って配達員を脅していた。

今も昔も、新聞購読者拡張が難しいのは同様だろう。最近でも新聞を取り始めたら最初の一、二カ月は無料にしてくれることがよくあるし、購読をやめるのも簡単ではない。「○○新聞お断り」と大書した紙を門に貼ったところで、新聞は翌月も配達される。代金など払うものかと思っていても、配達員とは別の人が集金に来て、自分は、新聞を入れるなと言われていたことを知らなかった、来月からは責任を持って配達をやめさせると言って、その月の購読料を取っていく。だが次の月になっても相変わらず新聞が来る。文句を言おうと配達の時間に待ち構えていれば、敵もさるもの、配達員は目ざとくそれを察して、ちょっと目を離したすきに新聞を戸の隙間からそっと入れる。後で気づいて戸を開ければ配達員はとっくに消えていないから、次の集金を待つしかない。しかし、いざ集金員が来ると、彼もまた万全の策を講じていて、今度は苦学生である配達員や自分の哀れな事情を訴える。貧しい英才の学費を援助するつもりで購読してくれとせがむのだ。

　僕が新聞配達を始めた初日も、三軒もの家で、新聞を入れるなと言ったのにずっと配達されていると言って断られた。僕は普及所長から拡張という言葉を耳にタコができるほど聞かされていたので、購読していた読者にまでやめられたら大変だと思い、前の配達員が交通事故に遭って、自分が代わりに配達するようになった、今月の末までだけでも購読してくれと哀願した末に、どうにか二軒には新聞を入れることができた。だが一軒は、うまい具合に配達員に会ったとでもいうふうにこちらの願いを一切聞いてくれないから、あきらめざるを得なかった。翌日新聞社で漢柱にそのことを話すと、自分は初日に七軒もの家でそんな目に遭ったと言った。

「部数が減り続けたら配達員をクビになってしまう。だから購読をやめるという家には、家の人に気づかれないように新聞を投げ入れるんだ。でもそんな家が一軒二軒と増えていけば、いずれは辞めないといけない。集金員が集金できないと所長に報告して配達員が交代させられる頃には、所長の言うとおり、区域管理はとっくにめちゃくちゃになっている。話のついでだけど、実のところ、大邱日報は人気がないね」

僕は漢柱に言われたとおり、その日すぐに普及所長に、一軒は購読を拒否され、二軒は月末まで何とか延ばしてもらったと報告した。その三軒は僕の責任ではなかった。

僕は毎日孫さんから、配達する百四部に加え、余計に三部もらった。それは拡張用だ。だから新聞を配達している時も、新聞を購読しそうな家があれば自分から訪ねていって、大邱日報を取ってくれと頼み込んだ。月末までは無料で読んでくれ、それから断ってもいいと頑強に言い張って新聞を置いてきたりした。そんなことを言うたび、恥ずかしさで首まで赤くなったけれど、にらみつける孫さんの落ちくぼんだ目を思うと、それぐらい我慢するよりなかった。引っ越し荷物を下ろしている家があれば配達を中断して家財道具を運ぶのを手伝ったりしながら、拡張に力を入れた。

「一生懸命稼いで、来年は中学校に入学したいんです。苦学生を助けると思って、新聞を取って下さい」「一カ月だけ購読してくれればいいんです。拡張できなければ、配達までクビになるんですよ」

すがるような口調で言うと、まるで嘘をついているみたいに、胸がどきどきした。しかしそんなふうに哀願するのが最も効果的だった。それは僕の独創ではなく、漢柱から教わったやり方だ。

「脚を引きずりながら、涙を浮かべて哀願してみろ。もっと効果があるから」

漢柱は自分もそうしているのか、半月に四軒もの購読拡張に成功して孫さんにほめられた。でも拡張は簡単ではなかった。いや、購読していた家がやめるから一軒や二軒拡張しても部数は伸びない。そうした意味で新聞配達は、配達というより、〈拡張〉という言葉の重圧から抜け出すための戦いだった。だから配達のない日曜日も、僕は拡張のため自分の区域を一軒一軒回らないといけないこともあった。

僕の区域には、親のいない避難民の子供たちを収容する孤児院が二つあった。片方の孤児院は固定購読者だったけれど、もう一軒は、僕が拡張に成功した。ある日僕はその二つの孤児院の子供たちの身なりや顔つきが全然違うことが、ふと気になった。一つの孤児院はサイズの合わない救援物資の服とはいえこぎれいだったし、散髪や入浴も適度にしていて、孤児という感じはあまりしなかった。食べ物も毎食ちゃんと一定の量を食べているらしく、顔もふっくらしていた。僕が拡張に成功したもう一つの孤児院は違った。腹がふくれて青い血管が浮いて見える子供がいるかと思えば、頭いっぱいにおできのある子や、顔に乾癬ができた子もいた。ろくに散髪していない髪はぼさぼさで、みすぼらしい服装は、道端に放りだされた乞食も同然だった。孤児院はたいてい外国の機関からの援助や救援物資に依存していたけれど、二つの孤児院は差が大きかった。新聞配達をする途中、僕はよく、ぼろを着た孤児たちのいる孤児院の中庭のブランコに座って休憩した。その孤児院の次に配達する家が路地の突き当たりで、その家には獰猛な犬がいた。びくびくしながら路地に入る前に一息つくのに、おあつらえ向きの場所だったのだ。天真爛漫な子供たちが痩せ細った脚で走り回り、狭い運動場の砂埃を浴びながら遊んでいる姿を見ると、僕は吉秀がもっと小さかった頃のことを思った。母の言うには、家族が大邱に定着して二年間は吉秀も栄養失調で手足が細く、ふくれた腹に青筋が見えていたそうだ。でも僕たちきょうだいは、虎みたいに怖いとはいえ母がいたから孤児院の世話にはならず、栄養失調をまぬかれていた。休憩している時には、そのことに慰められて少しは幸せな気持ちになれた。

七星市場で配達している時、市場の管理者に見つかったらリンゴを入れた木の器を頭に載せて逃げ回らなければならない、僕と同じぐらい苦労している人によく会った。お巡りさんに連れていかれた日以来、夫が家で赤ん坊を見ることにしたので、その分まで稼がなければならなくなった俊鎬のお母さんだ。

「吉男、新聞配達は大変でしょ？　でも仕方ないよ。この市場をごらん。みんな必死で生き延びようとあがいている。戦争で生き残ったことだけでもありがたいと思わなきゃ」。俊鎬のお母さんは、青ざめた顔でほほ笑んだ。

新聞配達をしていると、突然、「おい、一部くれ」と声がかかることもあった。主に七星市場の中だ。僕は新聞売りではなく配達員だから、最初のひと月余りは、「売る分はないんです」と堂々と断った。でも拡張用にもらった三部のうち一、二部はたいてい残ったので、やがて、良くないことは知りながら、僕は仕方なく売るような顔をして新聞を売った。そのお金で行商のおばあさんたちが三角の袋に入れて売っている、ゆでたカワニナを買い、その袋を手に持って一軒配達するごとにカワニナを一つ吸って食べるのが、たまらなく嬉しかった。新聞配達を終えた時にカワニナがいくつ残るか数えてみたり、身を食べた後の貝殻を、電柱や表札、僕がチョークでつけたTの字に投げて当てたりするのも、つまらない配達の時間をちょっと楽しくしてくれた。東城路にある店のうち、童話や小説、漫画などを貸す貸本屋も新聞を取ってくれていた。僕は半月ほどすると、貸本屋のおじさんと挨拶を交わすようになった。ある日、僕は本棚に並んだ本の背に書かれたタイトルを見ていた。おじさんは「本が好きなんだな」と言い、学校にも通えずに新聞配達をしている僕をかわいそうに思ったのか、ただで貸してやると言った。これ幸いと、僕はその日『小公子』という童話を借りた。「きれいに読んで、明後日返せよ」とおじさんが言った。傷まないように厚紙のカバーをかけて筆で本のタイトルを書いたその翻訳本を、僕は一晩で読んでしまって次の日に返した。それから貸本屋にある十数冊の童話集を読み、小説も借りて読むようになった。母は漫画は見るなと言ったけれど、小説には特に何も言わなかったから、僕は探偵ものを熱心に読んだ。金《キム》来成《ネソン》と方仁根《パンイングン》は僕が初めて読んだ探偵小説の作家で、鋭い推理力で事件をすっきり解決する探偵劉不乱《ユブルラン》や張飛虎《チャンビホ》は、今も神話的な人物として僕の脳裏に刻まれている。

　太陽が達城《タルソン》公園の向こうにゆっくり沈みかける頃に配達が終わった。とぼとぼ歩いて壮観洞の路地に入ると、金泉宅の焼くプルパンがおいしそうな匂いを漂わせていた。

頬に傷のある男に出会ったのはその頃だ。新聞配達を始めてひと月ほどになっていた。その日は拡張をしようと欲を出し、配達を終えて東仁小学校近くの住宅街を回ったけれど、何の成果もなく疲れて帰宅するところだった。日が短くなって、もう暗かった。東仁ロータリーを過ぎて駅のほうに歩くと、もう道端の商店には電気がついていた。駅に行く太平路《テピョンノ》から路地に入る薄暗い所に、濃い化粧をして唇を真っ赤に塗った若い女がうろついていた。寒くないのか、肩を出した派手なワンピースを着て煙草を吸いながら、流行歌を口ずさむ女もいた。中には通りすがりの男の前に立ちはだかり、ちょっと休んでいけとか、一晩寝ていけと言って腕を引っ張る女もいた。路地の突き当りに線路があり、汽車が汽笛を鳴らして通り過ぎた。

「お前、吉男だろ」

誰かが僕に近づいてきた。染め直した古い軍用ジャンパーを着た、あの男だ。四角い顔で頬骨の突き出した、頬ひげの濃い男は、帽子を深くかぶっていた。暗いうえに頬ひげがあるので、左の頬から顎にかけてついている傷は見えなかった。彼が僕の腕をつかんだ。その力の強さに、僕は悲鳴も上げられないまま彼を見上げた。

「お前、家に帰ったら金泉宅に、明日の朝十時に、七星市場の入り口に来るよう伝えてくれ。他の人には絶対言うなよ。もしお母さんにでもしゃべったら、新聞配達もできないように脚をへし折ってやるからな」

彼はそう言い終えると左右を見て車が来ていないのを確認し、大通りを渡ってヤンキー市場に抜ける狭い路地に消えた。その瞬間、顔のわからない連続殺人事件の犯人の姿が、たった今消えたその顔に重なり、全身に鳥肌が立った。どうして僕の名前を知ったのか、どこから僕の後をつけていたのか。僕はお化けを見たような気分だった。

家に戻った僕はプルパンを焼いている金泉宅に、頬に傷のある男の言葉を伝えた。

「そう。そうでなくとも気になってたんだけど。とにかく、ありがとう」

金泉宅が怯えた目で、誰もいない路地を見回した。彼女は僕に温かいプルパンを一つくれた。「食べなさい。このことは誰にも言わないでね」

「あの人、誰ですか」

「うちの親戚。徴兵を忌避して逃げてるの。だから警察が追ってるのよ」

僕は家でプルパンを食べるわけにいかなかった。母は自責の念からか、どんなものでも他人からただで食べさせてもらったらこっぴどく叱るし、弟たちがいるのに僕一人で食べることもできない。僕が閉じた大門の陰に隠れるようにしてプルパンをかじっていると、路地の向こうから誰かが歩いてきた。大家の奥さんだった。僕はプルパンの残りを慌てて口に押し込み、店の台所に入った。急いでのみ込もうとして喉が詰まった。むせたあげく、金泉宅の水がめの水をすくって喉を潤した。

「それで、引っ越す部屋は見つかったの?」。大家の奥さんの声だった。

「もう少しだけ待って下さい。七星洞に部屋を借りることになってるんです。あちらが、半月だけ待ってくれと言うので……」

「叔父さんのことを考えれば、こんなこと言えた義理ではないけど、あたしの事情はわかってるでしょう。刑事が毎週のように店に来て難癖をつけるから、あたしもう、ほんとにうんざりなの。うちの子たちも大きいのに、そんなところを見せたくない。だから早く出ていってくれないと困る。姑や主人にも顔が立たないし……」

「あたしももちろん、姉さんの事情はわかってます。面目ありません。あたしがもっと早く自分から出ていくべきだったのに……」

「あんたに言うのは、もう四回目よ。これ以上言うのもつらいから、自分で判断して処置しなさい。前にここに住んでいた親戚があんなふうになった後も、うちはひどく面倒なことになった。なのに、あんたまでこうなって、あたしは針のむしろに座ったみたいで、夫の親戚にも冷たい目で見られてるんだから」

「わかりました。すぐに出ていきます」

心を決めたのか、金泉宅は意外にきっぱりと言った。

「鄭技士もあたしの顔色ばかり見てるのよ。もうこれ以上言わない。さっさと部屋を空けてちょうだい」

大家の奥さんが来る前に、僕は中門に向かって歩いた。

翌朝九時過ぎに正泰さんが本を一冊持って家を出た。十時頃、僕が金泉宅の台所を覗いてみると、金泉宅は背を向けたまま、相変わらずプルパンを焼いていた。今頃は七星市場の入り口に行っているだろうと思ったのに。かといって、何の関係もない僕が、どうして行かないのかと尋ねることもできない。正泰さんが代わりに行ったのだろうか。理解に苦しんだ。母と吉秀と一緒に昼食を食べる頃、正泰さんが戻ってきた。

第五章

灌木の葉っぱがすっかり落ち、秋が深まった。持たざる者たちには、何といっても晩春から初秋までの暖かい季節が暮らしやすい。木が枝だけになり、冷たい風に揺れ出すと、貧しい人々はまた厳冬をどうやって越そうかと、気持ちから先に凍えてしまう。

一九五〇年代半ばまでは大都市でも家庭用練炭が普及していなかったから、秋が深まると薪を売る店が真っ先に繁盛した。余裕のある家は丸太をトラックで二、三台分いっぺんに買って、中庭の塀ぎわに高く積み上げた。北風の吹く頃には、塀の下に積み上げた薪の量を見ればその家の生活水準を推し量れた。

春から晩秋まではどの家でもたいてい七輪に炭をおこしてご飯を炊き、スープを作った。うちもそうだった。間借り人の家は一袋の炭を節約しながら使えば二十五日ほどもったけれど、うちはちびちび使ってもせいぜい半月しかもたなかった。電気アイロンが普及する以前、針仕事をするには毎日火鉢に火をおこして、布のしわを伸ばすためのコテを突っ込んでおかなければならず、炭が必要だったのだ。火をおこすときには萩の枝や薪の切れ端を竹の枝みたいに細く割いて焚きつけにした。新聞配達に行く午後二時までは特にやることがなかったから、七輪や火鉢の炭火は全部僕がおこした。それで僕は一酸化炭素中毒で頭がふらふらして、何度も食べたものを吐いた。善礼姉さんについて田舎から大邱市に来る時に汽車の中で感じた乗り物酔いに似ていた。

北風が吹き荒れ、冷たい床に座っているのがつらくなりだすと、うちだけでなく下の家の人たちはみんな薪の束を買い、縁側の下にあるかまどの焚き口に火をつけてご飯を炊いた。うちは、一九五〇年代には気温が零下になり氷が張る頃にようやくオンドルを使った。冬でも暖かい日なら、一日に二度ご飯を炊く時にかまどを通じてオンドル石を温めるだけだった。

その年の十月半ばまで、うちは七輪の炭火でご飯を炊いた。夜明けに薄氷が張る晩秋になってようやく、母は市場に行った帰りに薪を買ってきた。母は薪を背負子で何束か運ぶのではなく、一束だけ買って頭に載せてきた。一束は若い男の腕より細い薪十本だから、四日ご飯を炊くのにも足りない。

「戦時中に食べられないことがよくあったから、ご飯を食べないではいられない。食べないと仕事をする力も出ないでしょ。でも、ちゃんと食べたら寒さにも勝てるし、どんなに寒くなったって、屋根も壁もあるんだから、凍え死んだりはしない」

母はその言葉どおり、その年の新穀が出回って穀物の値段が安定する頃に大麦や米を何斗か、年によってはカマスで買ったこともあるけれど、薪だけはその都度、間に合うだけ買っていた。

そよ風の吹く明るい朝だった。僕は縁側にうつ伏せになって暖かい日差しを浴びながら、姉が使っていた中学一年生の英語教科書を見て英単語を書く練習をしていた。大家の大奥さんは中庭に敷いたむしろに並べて乾かしていたキムジャン［白菜が大量に出回る晩秋に、冬に食べるキムチをたくさん漬けておくこと］用の唐辛子を、柄の長い道具でひっくり返していた。順花姉さんは、その日は洗濯物がないのか川には行かず、縁側で古い軍服のすり切れた袖を繕っていた。

「うちも孫たちが大きくなったから、下の家の部屋を一つ使わなきゃ。下の家がキムジャンを始める前に部屋を一つ空けてもらわないと……」

大奥さんが独りごとみたいに、しかし下の家のみんなに聞こえるようにつぶやいた。

「今、何とおっしゃったんです。下の家の部屋を一つ空けろですって？」

仕事の手を止めた順花姉さんが、目を丸くした。

「そう、孫たちの勉強部屋が足りないから、下の家の部屋が一ついるんだよ」

「それ本当ですか」

部屋の中で話を聞いていたらしく、京畿宅が縁側に出てきた。

「あたしがつまらない冗談を言うと思うかい」

「それならそうと、もっと前に言って下さらなきゃ。冬が近いのに、出ていけるもんですか。下の家の人は誰も、あっさり荷物をまとめて出ていったりはしませんよ」

京畿宅はおならをして、敷居に置いてあった吸いかけの煙草に火をつけた。部屋の中でミシンの音が突然やんだ。母が中庭の大奥さんを見ていた。大奥さんの話が耳に入ったのか、表情が曇っていた。

「息子は前からそう考えてたのに言い出せないで、ずっと先延ばしにしてきたのよ。下の家の人たちがみんな苦労しているのを知りながら、誰かを名指しして何日までに部屋を空けてくれとも言えなくて……。京畿宅も知ってのとおり、うちは孫が四人いるじゃないか。次男が自分の部屋が欲しいといってせがむから、この際、一つ部屋を与えてやらないと」

「大奥さん、上の家には女中部屋を除いても部屋が五つもあるのに、家族全員が一部屋で窮屈に寝ている私たちに向かって、もうすぐ冬になろうというこの時期に部屋を空けろなんて、世の人情が薄れているとはいえ、あんまりじゃないですか。来年の、氷が解ける頃ならまだしも、今は部屋を探すのが難しい時期なのに。部屋を空けろというのは道端で凍え死ねというのも同然です」

煙草をくわえて台所に入る京畿宅の言葉が険しかった。軍服のズボンをはいた彼女は、またおならをした。

俊鎬のお母さんは仕事に出かけたが、俊鎬のお父さんは部屋で哺乳瓶を持って赤ちゃんの世話をしているはずなのに、何の反応もなかった。俊鎬のお父さんはひと月以上、仕事をしていない。

うちは時計がないから、僕は上の家の大庁の掛け時計が二時を知らせる音を聞いて新聞社に向かった。鐘路に抜ける長い路地を歩いていると、遠くから俊鎬のお父さんが古いリヤカーを引っ張ってこちらに歩いてくるのが見えた。俊鎬のお父さんは黒く染め直した軍用ジャンパーを着ていた。リヤカーには錆びたドラム缶が積まれており、俊鎬も乗っていた。

「吉男兄ちゃん、これ、うちの車だよ。父ちゃんが買ったんだ」。俊鎬が自慢した。

「おい、何が車だ。まったく」

俊鎬のお父さんは俊鎬のほうを振り返って気弱な笑顔を見せた。恥じらうようなぎこちない笑みを見て僕は、彼は意外に優しくておとなしい人なのかもしれないと思った。

「車輪があったら車だろ。自転車も車じゃないか」。俊鎬が答えた。

「そのリヤカー、どうするんです」。僕が聞いた。

「遊んでいるわけにもいかないからな。何かしなけりゃ。配達に遅れるぞ。早く行きなさい」

僕が新聞配達を終えて家に戻ると、俊鎬のお父さんが外庭に出て、トタンのかけらでドラム缶の赤錆をこそげ落としていた。ドラム缶の真ん中へんに大きな穴が開いていたので、僕はすぐにその用途を見抜いた。金泉宅がプルパンを焼くドラム缶もそんなふうだった。俊鎬のお父さんはリヤカーを引いて焼きイモ屋をやるつもりなのだ。

夕食を終えた時、きれいに分け目をつけた髪を結ってかんざしを挿し白粉や口紅をつけた若い女性が来たので、僕は中庭に出た。うちで新しくあつらえた服に着替えて夜の仕事に出る妓生だ。僕は薬屋横丁にでも行こうと思って金泉宅の台所に入った。ちょうど店の前で金泉宅を相手に、京畿宅がひそひそ話す声が聞こえた。聞いてみると下の家を一部屋空ける話だったから、僕は足を止めた。

「金泉宅、あたしの言うことが間違ってる？　傷痍軍人の一家は、まず俊鎬の父ちゃんの手があんなだし、性格がきついから、出ていけとは言えないじゃないの。俊鎬の父ちゃんが真夜中に突然、戦争の亡霊に憑《つ》かれて叫ぶ時なんか、ぞっとするよ。あの部屋を空けろと言って、もし俊鎬の父ちゃんが夜中にぎらぎらした目で包丁を持って襲いかかってきたら、上の家にいくら家族が多くても、どうしようもないだろ」

京畿宅の言葉に、金泉宅は何も答えなかった。僕は、ひょっとしたら京畿宅の言うことは正しいかもしれないと思った。俊鎬のお父さんは、朝食後すぐ行商に出かけていた頃にはそんなことはなかったのに、家にいるようになってから真夜中に時々発作を起こしていた。

「死ね、死ね。おまえみたいな虫けらこそ、即刻銃殺だ！」「突撃！　一五高地に突撃！」「看護兵はどこだ。早く、こっちに来てくれ。この血を見ろ。まず傷口を塞がないと」。夜中に突然そんなことを叫ぶから、まだ乳離れのできない娘が目を覚まして恐ろしさで泣き出した。「戦争が終わってもうずいぶん経つのに、まだあんなにうなされるんだから、戦場でよっぽどのことがあったんだろうね」。母も二番目の部屋の叫びで目を覚ましてため息をつきながらそんなことを言った。

「ところで金泉宅、あの話聞いた？　俊鎬のお父さんは軍病院で腕を切られた後、精神療養所に何カ月かいたっていうじゃないか。九月だったか、殺人事件の容疑者として警察に連れていかれた時も、その病歴が問題になったそうだよ」。京畿宅がもっともらしく付け加えた。

「ほんとは俊鎬んちが出てってくれればいいけど、慣れない土地で食べていこうと必死になってるのに、冬を目前にして出ていけなんて言えないでしょ」。金泉宅が言った。

「みんなよその土地から来てるじゃないか。疎開者が寂しいのは誰も同じだ。うちも一時は開豊郡《ケプングン》土城《トソン》で何不自由なく暮らしていたんだよ。パルゲンイ「共産主義者という意味の俗称」に財産を没収されて戦時中にここまで流れてきて、今でこそ家族がたった一間で生活してるけれど」

「同じ北の人でも、俊鎬のお父さんは特別なところがあるみたいね」

「夏に中庭の水をかき出す時、金泉宅も見ただろ。俊鎬のお父さんが上の家の人たちにどなっていたのを。よそはともかく、俊鎬んちに出ていけと言うのは、ネズミが猫の首に鈴をつけに行くようなものだ。みんな同じ家賃を払っているのに、どうして自分たちだけ追い出されるんだと言って鉤のついた手を振り回されたら収拾がつかないさ」

僕はそれ以上聞きたくなくて店の台所の戸を開けて入ったけれど、再び立ち止まらざるを得なかった。京畿宅の口から、ついにうちの話が出たからだ。

「……だから、あたしは仕立屋さんが出ていくしかないと思うな。家族が五人もいるじゃない。話のついでだけれど、朝、便所の前に並ぶ時、あの家の家族が一人か二人は必ず交じってるから、あたしみたいに腸の悪い者はいらいらするよ。でもそれだけでは、大家さんにとって妥当な理由にはならないだろ。問題は、水商売の女たちが中庭に出入りすることだ。昔の官妓はある程度の教育を受けて、字も歌も上手で教養美に溢れてた。日本の植民地時代にあたしが開城で女学校に通っていた時だって、開城の妓生たちは満州で戦う独立軍に軍資金をたくさん提供してたよ。でも解放されてアメリカ式の自由恋愛が流行ったかと思ったら今度は戦争が起こって、顔のきれいな若い女たちが生活に困って身体を売るようになった。羞恥心なんかなくなって、白い胸を平気で人前にさらして服をぽいぽい脱ぎ捨てたりする。若い子がソクチマ［チマの下に着る下着］姿で縁側で脚を広げて座って煙草を吸うざまったら……」

「そんなの、部屋を空ける理由になりますか」

「金泉宅は大門の横でプルパンを焼いているから知らないんだ。充分、理由になるさ。大家さんちには大学生と高校生がいるじゃないか。それに女子高に通う、かわいい姪もいるし。妓生が出入りするなんて教育上良くないだろ。大学生の成準は妓生が来たら、わざとあたしたちの使う便所に来るよ。便所に行き来しながら仕立屋さんの部屋をちらちら見るんだ。妓生の顔や白い胸を見ようと。大奥さんに注意されてるのを、あたしは何度も見たんだから。両班《ヤンバン》家の奥方が、そんなのを黙って見過ごすものか」

「そう言われてみれば、そんな気もしますねえ」

「それだけじゃない。この間、笑うとえくぼのできる若い妓生が、ここは砧山洞で紡織工場をしている朴社長のお宅でしょうと仕立屋さんに聞いてたよ。たぶん大家のご主人が、その妓生が出ている料亭の常連なんだろう。あたしが縁側に出て聞いていると、ご主人の酒癖について話してたから笑ったよ。仕立屋さんが、上の家の大奥さんに聞こえると言ってたしなめても、分別のない若い子は煙草を吸いながら、大家のご主人がぐでんぐでんに酔ってパンツ一丁で踊った話までするんだから。その時、水場でモヤシを洗っていた大奥さんが、目をつりあげて言った。『あんな女たちに出入りさせるぐらいなら、部屋を空けておいたほうがましだ』って。でも平壌宅について言えば……」。京畿宅は突然口をつぐんだ。

少しして、金泉宅の声が聞こえた。

「今日は全部売れたんですね。お疲れでしょう」

娘をおんぶし、果物の入っていたざるに薪を入れて頭に載せた俊鎬のお母さんが戸を開けて外庭に入った。このひと月ほど、俊鎬のお母さんは帰りが遅かった。俊鎬のお父さんが家にいてご飯を炊いてくれるから、日が暮れるまでリンゴや梨を一つでも多く売ろうとしていたのだ。俊鎬のお母さんは外庭の隅に立ててあったリヤカーやドラム缶をじっと見つめると、中門をくぐった。京畿宅の長話がまた始まる前に、僕は素早く外に出た。

夕暮れの薬屋横丁と廉売市場では、どの店にも明かりがついていた。僕は冷たい夜風に乗って流れてくる薬草の匂いをかいだ。それはいつかいでもいい香りで、気分が良かった。市場の入り口にはキムジャン用の白菜や大根がうず高く積まれ、薪の店には丸太が家よりも高く積まれていた。うちはいつになったら薪をリヤカー一台分買って、いろんな薬味を入れたキムジャンの甕を何個も埋めるようになるのだろう。それがいったい何年後に実現できるのか、想像がつかなかった。僕が家に戻ると、平壌宅がうちの部屋で母と話していた。やはり下の家の部屋を一つ空ける問題についてだった。

「善礼のお母さん、心配し過ぎなのよ。下の家の部屋を使うにしたって、上の家から一番遠い、隅っこの部屋をわざわざ使いますか。勉強する子が下の家に来たら、板壁一枚しかないんだから、あたしたちは何もしゃべれなくなりますよ。言うのも何だけど、上の家に一番近い京畿宅が出ていくのが筋でしょう。大奥さんが口の軽い京畿宅を嫌っているのを、善礼のお母さんも知ってるじゃないですか」

「でも、大奥さんの入れ歯を、あの家の息子が安く作ってあげたりしてたし……。京畿宅は大奥さんのご機嫌を取るのがうまいからねえ」

チョゴリの襟に白い布を縫い付けながら、母がぶすっとした顔で言った。「今日の夕方も、京畿宅が大奥さんにゴマをすってたよ。悪くなった歯や、痛い歯はないかって。美仙がお年寄りの身体にいいアメリカ製の食用油を一缶差し上げるつもりだとも言ってた」

「とにかく京畿宅の言うことなんか信用しちゃいけません。善礼のお母さんに言ったっけ。市場で、開城から避難してきた人に会ったんで、うちにも開城の人がいると話したら、偶然、京畿宅を知ってたんです。京畿宅は開城で、妾だったそうですよ。開城で高麗人参の行商人相手に金貸しをしていた金持ちと一緒になって、できた子供たちが……」。平壌宅は声を低めて話しながら閉まっている戸に目をやり、口をつぐんだ。

母は驚いて手を止め、平壌宅を見た。布で覆った米袋の前にお膳を置いて勉強していた姉も、平壌宅を横目で見た。

「京畿宅が亭主のことをあまり話さないのは、そういう理由があったんだね。怠け者なのも、女のくせにあんなに煙草を吸うのも、変だとは思ったけど……」

「日本の植民地支配から解放されて北の政府が支配するようになると、金貸しのじいさんや本宅の家族はブルジョア反動だと言われて黄海道の北の谷にある遂安《スアン》炭鉱に送られたそうです。京畿宅は、解放前は妾とはいえ女中まで置いて、いい暮らしをしていたんですって」

「ひどい戦争の後で、昔話をしたって仕方ない。みんな悔しい思いをしていたり、複雑な事情があったりするでしょうよ。でも私が思うに、京畿宅はどんな手段を使ってでもここに残りますよ。上の家に一番近いといっても、京畿宅が下の家の空いた部屋に移ればそれまでなんだから、必ずしもどの部屋を空けないといけないということではないでしょ」

白い布を付け終えた母は火鉢からコテを抜くと、濃い紫色の高級な絹織物で仕立てたチョゴリを台に置き、裾や襟にコテをかけ始めた。

「それなら俊鎬のうちが出ていくことになるでしょう。あたしはあの二家族のうちのどちらかだと思う。善礼のお母さんはこんなに苦労して子供たちを学校にやってるし、大家さんだって人の子の親なんだから、わかってくれますよ」

「やっと仕事が軌道に乗り始めたのに。この近所で引っ越すならまだいいけど、大通りを二つ越えただけでも若い子たちは歩くのを面倒がって、人に道を聞きながら服地を持ってきてはくれないでしょう。仕事が入ってこなくなれば、うちの五人家族は空き缶を持って道端で物乞いをしないといけなくなる。よそはともかく、うちはほんとうに場所が重要なの。この狭い壮観洞で、もうすぐ冬だというのに、貸してくれる部屋なんかあるはずがない……」

　母が水ばなをすすった。涙声で表情も気落ちしていて、よく見ると手の力も抜けたのか、コテがちゃんと当たっていなかった。

「裏地用の布は足りてる？　立冬が近くなって布の値段が上がってるそうですよ。一度、市場に見にきたらどうですか」

答えに窮した平壌宅が立ち上がった。

「ええ。そのうち一度、行ってみますよ」

平壌宅と母は、戦争で夫を失って自ら商売を始めたという共通点があり、どちらもとても勤勉だったから、深い中庭のある家では誰よりも親しかった。平壌宅は母の仕事に必要な糸や布、裏地などをヤンキー市場で安く買えるよう口をきいてくれたりもしていた。

「でも平壌宅は追い出される心配はないね。正民が上の家の子二人の家庭教師をしているのに、出ていけとは言えないだろう。正民の教え方が上手で成績が上がったというから、大家さんだって部屋を空けろなんて言わないよ。上の家の部屋を一つ空けてくれることはないにしても……」。平壌宅が自分の部屋に戻った後で母がそうつぶやいた。母は僕たちに聞こえるように、ひとこと付け加えた。「同じ寡婦でも平壌宅は、もう末っ子に助けられてるのね」

その日の晩、母はずっと寝つけずに、この寒い中追い出されたらどうしよう、持ち家がないってつらいと嘆いていた。

「明日、伯母さんに会って相談してみなきゃ。伯母さんから大家の奥さんに、うちを追い出さないでくれと頼んでもらうしかないね」

母の独りごとが、うとうとしかけていた僕の耳にかすかに響いた。

日はどんどん短くなってゆき、新聞配達は太陽が達城公園の向こうに沈むまで終わらなかった。空腹でお腹が鳴るのを我慢しながら家に着く頃には、空の色も褪せて闇が下りていた。平壌宅と母が立ち退き問題について話した三日後だった。

配達を終えて家に帰ると、見知らぬ男がうちの部屋の脇の塀にもたせかけるように、丸太を縦横交互にして積み上げていた。母と姉が中庭に転がっている丸太を男に渡して手伝っていた。

「奥さん、明日、薪を割ってしまいなさい。そしたら百ファンおまけして、四百ファンで全部割ってあげますよ」。犬の毛皮のついた帽子をかぶった男が、人間の背丈ぐらいに丸太を積み上げながら言った。

「うちにも薪割りをする男の子がいるって言ってるでしょ。四百ファンあれば家族が二日間食べられるのに」

「薪割りするって、その子ですか。こんなにかぼそい子が？」

丸太を運んでいる姉に近づいた僕を見て、男がにやりとした。

「いりませんったら。ほんとにしつこい人だわね。終わったら、さっさとお帰りなさい。お金はさっき丸太を運んできた人に全部渡しましたよ」

「この子が薪割りしたら、半分はクズになって使えなくなるのに……。四百ファンを惜しんで千ファン分損する結果になりますよ。けがでもした日には、治療費のほうが高くつくかもしれないし」

男が僕を見て首をかしげた。

「ぐずぐず言ってないで、さっさと帰ってちょうだい」

男は薪を積み終わると、帽子のふちをちょっと持ち上げ、「冬を暖かく過ごして下さい」と言って中門に向かった。斧とクサビを入れた袋を担いで歩く後ろ姿は、日暮れ時だからか、寂しそうに見えた。

練炭が普及する以前には、秋夕《チュソク》［中秋節。陰暦八月十五日］が過ぎ、冷たい風が吹き始めると、街のどの路地でも煙突掃除や薪割りを商売にしている人をよく見かけた。

煙突掃除の人は、太い鉄線や細く割いた竹の先にブラシをつけ、ぐるぐる巻きにして肩に担いで歩いていた。「えーんとつそうじ、いかがですかあ」とゆっくり叫んで歩く彼らの格好といったら、つい今しがた煙突から出てきたみたいに真っ黒だった。顔や、犬の毛皮の帽子はもちろん服もススだらけで、路地で出くわした人々は、ススがつくのを恐れて道を譲った。薪を燃やしていると、次第にオンドルの煙道や煙突が詰まって火力が弱まる。詰まった煙道や煙突を掃除するのも技術と道具が必要だから、煙突掃除もれっきとした職業として成り立っていた。

煙突掃除の人に出会うのは平気だったけれど、薪割りの人は違った。僕は最初の頃、新聞配達をしていて彼らに会うと、妙に緊張した。彼らはたいてい袋に斧とクサビを入れて歩いていた。中にはチンピラのようにだぶだぶの軍服の左右のポケットにクサビを挿し、鋭い斧を肩に担いでいる人もいた。ひげもじゃの険しい顔で、飢えたような虚ろな目つきをして、家ごとに中庭を覗きながら通り過ぎる時には、肩に担いだ斧が凶器に見えて強盗と錯覚しがちだった。寂しい道で彼らに出くわすと、「おい、新聞をそこに下ろして、着ぐるみ脱いで置いてけ！」と斧を振りかざすような気がして恐ろしかった。

「まーきーわーりー」と長く引き伸ばして叫ぶと、何を言っているのかよく聞き取れなかった。

「吉男、この丸太、全部うちのよ。たくさんあるでしょ」

姉が、ドブを覆い、塀の三分の一の高さまで積み上げられた丸太を見て満足そうに笑った。迫る闇の中に、手の甲で汗をぬぐう姉の白い八重歯がちらりと光った。

「見ただけでもうぽかぽかしてくる。この冬はオンドルを焚かずに薪を眺めているだけで寒くないだろうね」。母が機嫌よく言った。「さあ、吉男もお腹すいてるでしょ。手を洗ってご飯にしよう」

「金持ちだねえ。善礼んちが、下の家でいちばん金持ちだ」

順花姉さんが台所の前にしゃがんで火鉢に載せたフライパンで豚肉を炒めながら、うちのほうを見た。

豚肉の匂いで、僕はいよいよお腹がすいた。平壌宅のうちは稼ぎを全部食べ物につぎ込むみたいに、下の家の四家族の中で一番いいおかずを食べていた。三日にあげず豚肉を一斤《きん》［約六百グラム］買ってきて炒めたり、大ぶりに切った大根を入れてスープを作ったりしていた。「一・四後退の時、避難民が凍え死んだり飢え死にしたりするのをいっぱい見たじゃない。食べ物を倹約して頑張ったところで何百年も生きられるわけじゃなし。明日どうなるとしても、食べたい物を食べることにしたの。ろくに食べられないで死んだ亭主のことを考えても、せっせと食べて、その分も生きなきゃ」。太っ腹の平壌宅は、よくそんなことを言っていた。しかし母が僕たちきょうだいに話したことは、平壌宅ののんきな話とはずいぶん違っていた。「肺病にはとにかくよく食べるのがいいそうよ。長男の正泰のことを、平壌宅がどれだけ心配してるか。あんなふうに豚肉を料理しても、食べるのは肺病の正泰だ。豚肉は正泰の薬みたいなものね」。僕は豚肉が薬だなんて信じられなかった。もしあのおいしそうな豚肉がほんとうに薬なら、僕も肺病にかかりたいと思ったほどだ。

「ほんとに善礼のお母さんが羨ましいわ。季節になったらお米をカマスで買うし、薪まであんなふうに買ってあるんだから、キムジャンさえすれば冬の支度は全部終わりますね」

俊鎬と二人で夕食を終え、お膳を持って縁側に出た俊鎬のお母さんが言った。俊鎬のお父さんは昨日から昼にドラム缶を載せたリヤカーを引いて出かけ、真夜中に戻ってきたので、家にいなかった。

「薪をちょっとずつ買ってた仕立屋さんが、**クルマ**［植民地時代に使われていた日本語の名残で、荷車、リヤカーなどの意。ここでは牛の引く荷車］一台分の丸太を買ったのには、下心があるんだよ。絶対。あたしがそれに気づかないと思うのか」

縁側の隅で食器を洗っていた京畿宅が俊鎬のお母さんに言った。

「お母さん、うちも買おうよ。あたしが年末のボーナスもらったら払えるから」

白い襟のついた黒い制服に着替えた美仙姉さんが、カバンを持って縁側に出てきた。

「ああ、そうしよう。うちも丸太を**クルマ**一台分買って、でんと積み上げてやるさ」

「行ってきます」

美仙姉さんは電気の明かりで腕時計を見ると、学校に遅刻すると言って、ズボンがはち切れそうにむちむちしたお尻を振りながら暗くなった中庭を突っ切った。

善礼姉さんがお膳を持って部屋に入ると、待っていた僕たち兄弟はすかさずお膳の周りに座って自分の飯碗を確保した。おかずはシレギ［大根の葉や白菜の外側の葉などを干した物］のスープとキムチだった。スープの白菜を噛むと、奥歯で砂がじゃりじゃりした。

「姉さん、シレギをちゃんと洗わなかったね」。僕が言った。

「洗ったんだけど……何かあった？」

「砂」

僕は文句を言っている場合ではなかった。ご飯をむしゃむしゃ食べ、箸がしなうほどたくさんキムチをつまんで食べた。母は市場に行けばキムジャン前に捨てられた白菜の外側の葉や大根の葉を拾ってきたりしていた。盗むのならともかく、食べられるのに捨てられた野菜を持ってくるのが、何が恥ずかしいんだというのが母の持論だった。食べ物がなかった頃のことを思えば、これだって上等だ、踏んづけられて泥まみれになっていてもきれいに洗ってスープに入れればいいと言った。下の家の四家族のうち、捨てられたわらや木の切れっ端を拾って焚きつけに使ったり、菜っ葉を拾ったりするのは、うちと俊鎬の家だけだった。

ある程度腹が満たされると、僕はようやく、母がまだ外にいることを思い出した。

「お母さん、ご飯食べないの？」

僕が部屋の戸を開けると、既に暗くなっている中庭で、積み上げた丸太の前に母が立っていた。

「うん、先に食べてなさい」

母は振り返りもせずに指さしながら二十二、二十三、と丸太の本数を数えていた。

「姉さん、お母さんはすごく嬉しそうだね。どうして丸太をあんなにたくさん買ったんだろう」。部屋の戸を閉めて僕が言った。

「伯母さんが宝金堂に行って大家の奥さんに頼んだのよ。うちをこのまま住まわせてくれって。そしたら奥さんは、下の家のどの家族にも出ていけとは言いづらいのだけれど、薪を先にたくさん買っておいて、それを全部使うまでは引っ越しが大変だということにしたらどうかと言ったんだって……どうせ冬を過ごすには薪がいるんだし」

「でも、さっき、美仙姉さんちも薪を買うって言ってたよ」

「あたしも聞いた」。姉が憮然とした顔で答えた。

翌日、ほんとうに京畿宅のうちが牛の引く荷車にいっぱい、うちが買ったのと同じくらい丸太を買った。京畿宅のうちは丸太を運び込むとすぐ、ついてきた薪割りの人に頼んで薪を割ってもらい、うちの丸太と二、三尺の間隔を開けて、塀に風が通るよう縦横交互に積んだ。

まるで競争するかのように、二日後には平壌宅も荷車いっぱい丸太を買い込んだ。そのため、下の家の三家族が買った薪が中門脇の便所からうちの部屋の横の塀まで積み上げられて、まるで薪を売る店みたいになった。俊鎬の家だけはそんな競争に無関心だったから、下の家で部屋を明け渡すのは俊鎬の一家だと、みんな何となく思い始めた。俊鎬のお母さんは相変わらず果物を売り、以前うちの母がしていたように、薪を一束買って空いたかごに入れて頭に載せて帰ってきた。ドブのほうの塀を覆いつくした大量の薪を見ても、特に表情を変えなかった。そんな事情を知っているのかいないのか、大奥さんは、相変わらず何も言わなかった。

ある日、母は僕に、新聞社に行ったらチョークを一本手に入れてこいと命じた。その日の夕方、僕は東仁小学校の職員室に新聞を入れ、チョークを二本もらってきた。すると母はそのチョークで、うちの丸太にしるしをつけろと言った。京畿宅や平壌宅の丸太とごっちゃになってしまうのが心配だったらしい。僕はうちの部屋の横の塀に積んだ丸太の中間辺りに、上から下まで白い線を引き、誰かが丸太を抜いたらチョークの線が途切れるようにした。母は、僕が普及所の所長について歩きながら購読する家ごとに連番をつけたみたいに、直径十センチ余り、長さが半尺ほどの丸太ごとに番号をつけて、うちの薪であることをはっきりさせたかったのだろうが、「それで終わり？　ずいぶん簡単ね」と、不満そうに言っただけだった。

嶺南地方［慶尚道を指す］内陸部に位置する大邱盆地は夏の暑さで全国的に有名だが、冬の寒波も強烈で、水銀柱がどんどん下がった。天気予報で気温の低い地方を言う時には、必ず大邱の名が挙がるほどだ。

十一月下旬のある日、寒波が襲来して中庭の池に氷が張った。僕が顔を洗おうとたらいの水に手を入れると、爪や関節が痛くなるほどだった。母はその日の朝、やっと膝や肘に別の布で継ぎを当てた、縞模様の木綿の下着を出してくれた。それも姉のお下がりだから、ズボン下は小便ができるよう前をはさみで切って開けてあり、短くて足首は隠れなかった。下着は伸縮性があって尻にぴったりつくものなのに、パガジ一つ入りそうなぐらいだぶだぶだった。僕はその時、それまで年頃の娘だと意識していなかった姉のお尻が大きいことに気づいた。

「ひどく寒いな」

中折れ帽を目深にかぶり、厚いコートを着た大家のご主人が、上の家の板の間から石段に下りた。出勤する彼の口から白い息が漏れた。

その日、昼食を食べ終えた時だ。ジャンパーを着てハンチングをかぶった青年が中庭に入ってきて、大奥さんに会いたいと言った。ときどき上の家にお使いに来る五星織物の職員だ。

「社長のお使いで、薪を積んできました」。青年が言った。

「ああ、朝出る時、薪を運ばせると言ってたね。それで、車は着いたの」

「はい、トラック二台にいっぱい積んできました。道路に止めてあります」

「あそこの甕置き場の横から裏庭に行く道にきちんと積んでおくれ」

青年は外に出た。大奥さんは女中の安さんを呼んで、薪を積む場所にある物を片付けさせた。

下の家の三家族は荷車いっぱいの薪を買うのがやっとで、冬が終わるまで足りるかどうかわからなかったけれど、羽振りのいい上の家はやはり違った。トラック二台分もの丸太を買ったから、下の家の人たちだけでなく壮観洞の住民が、長い路地を通る時に、誰のうちの薪だろうかと言って羨ましがったほどだ。

丸太をいっぱい積んだトラックで狭い路地に入って民家の軒を潰すわけにもいかないので、リヤカー一台と、背負子で荷物を運ぶ人三人が動員された。彼らが中庭に降ろした丸太を積み上げる人も二人いた。丸太はまっすぐ伸びたアカマツで、根元が僕の腕で一抱えもありそうなほど太いのもあった。大家さんの丸太と比べたところで仕方ないけれど、下の家の三家族が便所のほうの塀にもたせかけて積んだ丸太は、僕の目にもみすぼらしく映った。中でも京畿宅の丸太は割ってあるから、よけい貧弱だった。深い中庭のある家で俊鎬のうちだけは、まだ冬の薪を用意できないでいた。

俊鎬のお父さんが、ススのついた軍手をはめた左手でサツマイモの袋を持って部屋から出てきた。彼は普段どおり、他の人と目を合わせないようにうつむいたまま、中庭に転がっている丸太の間を抜けて出ていった。

「父ちゃん、僕も一緒に行く。連れてって」

俊鎬が父親の、腕がなくてだらりと垂れている右袖を引っ張った。

「とうちゃん、とうちゃん、ぼくもつれてって。みにいきたい」

いつの間にか吉秀が、がに股で俊鎬のお父さんを追っていた。

「お前の父ちゃんじゃないだろ。僕の父ちゃんなのに、こいつ、いつも自分の父ちゃんだと勘違いしてるんだ」

俊鎬が吉秀にちくりと言った。

「とうちゃん、とうちゃん、ぼくもいっしょにいく」

吉秀は俊鎬の言葉も耳に入らないみたいに、危なっかしい歩き方で丸太を乗り越え、俊鎬のお父さんの後を追った。吉秀は父ちゃんという言葉を使ってみたいらしく、いつも俊鎬のお父さんを父ちゃんと呼んでいた。

「お前たちが行くような所じゃないって言ってるのに」。俊鎬のお父さんが息子に言った。「俊鎬、吉秀と遊んでやりなさい。ちょっと遊んだら、父さんが書いておいた字があるだろう。あの字を新聞紙に全部書き写すんだ。五回ずつ書かないと、ふくらはぎをたたくぞ。わかったか」

「父ちゃんだって上手に書けないくせに。ちぇっ」

俊鎬が口答えをした。俊鎬のお父さんは、利き手ではない左手で字を書く練習をしていたのだ。

俊鎬のお父さんはそれに答えず、二人を追い返して外庭に出た。彼は金泉宅の店の裏の隅にドラム缶と薪の束を積んだリヤカーを置いていた。お天気のせいか、耳当てのついた犬の毛皮の帽子をかぶり、奥さんの編んだマフラーを巻いた後ろ姿が、その日に限って妙にみすぼらしく見えた。

男たちは寒いのに汗を流しながら懸命に働き、大奥さんはしぼんだ口もとに笑みを浮かべてその光景を見守っていた。リヤカーや背負子で丸太を運んでいた人たちは作業を終えると、五星織物の職員から日当を受け取って出ていった。染めた軍服を着た男と、民族服に黒いチョッキを着た男は、塀にもたせかけるようにしながら丸太をせっせときれいに積み上げた。

「おばあさん、明日から薪割りをなさいよ。俺たち二人でやれば三日で全部片付きます。お安くしておきますから」。顔にあばたのある、チョッキの男が言った。

「おや、トラックに乗ってる時からそんなことを言ってたけど、まだ言うのか。見なよ、丸太の内側が湿ってるじゃないか。薪割りはもっと乾いてからでないとできないだろ」。五星織物の職員が言った。

「そうだよ。中がまだ湿ってる」。大奥さんが同意した。

「乾いてない木を割れるかどうかは俺たちの問題でしょう。完全に乾く前に割ればクズが出ないし薪がよく乾くから、よく燃えて一石二鳥なんです」

あばたの男が、薪の山の上にいる仲間に丸太を渡した。

「台所の裏にまだ半月使えるぐらいの薪があるから、積むだけでいいよ。ちゃんと乾いてない木を切ったらよく燃えないのを知らないようだね」

大奥さんはそう言うと、寒くなったのか、肩を震わせながら上の家に帰っていった。

「ねえ、きちんと積んで下さいね。丸太が落っこちてきたら、人がけがするから」

安さんが丸太の上にいる男を見上げた。それまで黙々と働いていた無精ひげの男は、安さんを見下ろした。

「心配いりませんよ。ちゃんと積みますから」

「植民地だった時は日本人が木を全部切ってしまって、戦時中は爆撃の熱で枯れて、またあんなふうにやたらと切るから、山が全部はげ山になってしまう」。腕組みをして丸太を積む作業を見ていた正泰さんが言った。

「僕の田舎では、山で木を切ってるのが見つかったら駐在所に引っ張られて叱られたのに」。僕が正泰さんに言った。

「力のない人民は枝一本折ってもとがめられる。でも山を一つ独占して、国有林のあんな大きい松の木をばっさり切り倒したって警察に捕まらない人もいるんだ。警察や郡庁の職員とぐるになって甘い汁を吸う、強いバックのあるブローカーもいる。だから最近の風潮を、バックが最高の世の中だと言うじゃないか。来年梅雨入りする頃に見てみろ。洪水が起これば裸になった山で山崩れが起きて、土砂や水で被害を受ける村が数えきれないほど出てくるぞ。この腐った政府は人民から搾取することばかり考えているから、治山治水に関心を寄せる暇がないんだよ」

正泰さんは笑顔を見せたことがなく、いつもひねくれたような口のきき方をした。彼は恐れもせずに、北の人たちが使う〈人民〉という言葉を平気で口にした。

「どこかで見た顔だな」

丸太の上の男が、正泰さんを見て首をかしげた。彼は首に巻いた、黒く汚れたタオルで顔の汗を拭った。

「僕も、どこかで会ったような気がします」

「そうだ、新川の洗濯場で会ったんですよ。平壌から避難してきた師範学校出身の人を捜していたね。大きな声で叫んで」

「それじゃ、お宅も北から避難してきた家族を捜しに来てたんですか？」。正泰さんが聞いた。

「そうですよ。あっちのほうは特によく行きます。新川だけじゃなくて、人の集まる所ならどこだって。ヤンキー市場、七星市場、西門市場も、一日に一度は寄ります。韓国の隅から隅まで捜してでも絶対、避難してきた家族を見つけてやるんだ」

「出身はどこですか。平安道の南の言葉みたいだけど」

「黄海道遂安郡サムジョン面《ミョン》です。親きょうだいがみんな南に来ていると人づてに聞いたんだけど、ひょっとしてその辺りから避難してきた人を知りませんか？」

「知りません。遂安の人には、まだ会ったことがありませんね」

男たちは、僕が新聞社に行く頃、ようやく木を積み終えて帰っていった。薪割りの仕事をもらえなかった二人はもの足りないのか、十日ほど後にまた来るから、その時まで他の人に薪割りをさせないでくれと安さんに頼んで帰った。

僕の背丈の倍はありそうな丸太の山は、田舎のオガクズだらけの製材所を覗いた時みたいに、木のいい匂いがした。

第六章

初雪が降った。三南地方の雪がたいていそうであるように、夜の間にじらすような霰《あられ》が舞い散って中庭の土すらろくに覆えないままやみ、夜が明けると風が雪を中庭の片隅に吹き寄せた。風はあったけれどたいして冷たくもなく、いい天気で暖かかった。

「雪が降った後でこんなに暖かくなった日にキムジャンでもすればいいんだけど、薬味の材料がひどく値上がりして……」。母が言った。

ご飯を炊くのは善礼姉さんに任せて、母は朝早く取りに来るチョゴリにひもを縫い付けていた。

下の家の四家族は、どこもキムジャンをしていなかった。薪は競うように買ったものの、下の家の部屋を一つ空けろという大奥さんの言葉がその後立ち消えになり、みんな引っ越さずに冬を越せそうだと安心してしまって、キムジャンは先延ばしになっていた。

よそはともかく、うちは母がずっと仕事に追われていたせいでキムジャンをする暇がなかった。服の仕立ては他の業種と違って、一度頼まれたらずいぶんせかされた。新しい服を早く着てみたくてうずうずするのは誰も同じだろうが、母のお得意さんは水商売で得たお金を着飾ることにつぎ込む若い女たちだったから、じっと待つことができない。「それならよそに頼まなきゃね」と、広げた服地をまた包みなおそうとされたら、母としても客を逃すまいと欲を出すしかなかった。母は通行禁止のサイレンと共に電気が消えても午前零時過ぎまで、前髪が焦げそうなほどランプの近くに座って仕事をした。「あんなに目が良かったのに、駄目になってきたみたい。この年で、もう針に糸が通せなくなった。吉男、あなた大きくなってから親孝行する気があるなら、うちのお母さんは若い時に僕たちを学校にやるために目が悪くなったと言って、目に効く薬を買ってきてちょうだい」。母はしょぼしょぼする目をこすりながら、よくそんなことを言っていた。

実際、朝になると薄暗いランプの下で徹夜した母の目は腫れて血走っていた。

「ねえ善礼、昨日の朝出勤したら、ＰＸが大騒ぎだったよ。ドアの鍵が取れてて、ＰＸの中が荒らされてたの」

台所の前で朝ご飯を炊いていた美仙姉さんがガムを嚙みながら、やはりご飯を炊いていた善礼姉さんに話しかけた。

「わあ、泥棒が入ったのね」

「そうなの。ＰＸの品物をごっそり盗んでった。鉄条網が二重に張り巡らされて夜は電流まで流れるし、韓国人の警備員が昼も夜も見回っているのに、どこから入ってきたんだろ。米軍の憲兵が夜の警備員を問い詰めながら銃床で何度も殴った。ＰＸに勤めてる人が全員疑われて、あたしも午前中ずっと調査を受けたよ」

僕も大邱に来てから、米軍部隊に幾重にも張り巡らされた鉄条網を見たことがあった。その鉄条網にはところどころにこんな札がかかっていた。「接近禁止。接近すれば発砲する」。僕は発砲という言葉の意味がわからなくて姉に聞いた。発砲とは、捕まえて部隊の中に連れていくことではなく銃で撃つことだと、その時初めて知った。鉄条網に近づいただけで撃つなんて、人間を動物扱いしているのだ。道端で青い目をした体格の大きい、髪の長いアメリカの兵士を見ると話しかけられなくても妙に緊張したけれど、姉の話を聞いて、いっそう怖くなった。

「犯人は捕まってないの？」

「まだみたい。ＰＸ担当のスミス中尉も、韓国人はみんな泥棒だと怒ってた」

「まさか、韓国人がみんな泥棒なわけはないのに」

「腹が立つから言うんでしょ。実際、アメリカ人はそうじゃないけど、韓国人は腹黒いよ。第八軍に勤めている韓国人でアメリカの品物をくすねない人はいない。だから韓国人従業員は帰る前に必ず調べられるの。調べるのは女性だけど、生理用品まで調べられるとむかむかするよ」

「姉さんも、何かくすねたことある？」

「あたしは、別に……みんなそうしてるってこと」

「生活が苦しいから、そんなことをする人もいるでしょうよ」

「そういう理由だけではないけれど、あたしは韓国がいやだ。何としてでも、この国を出たい。それに、いつまた戦争が起こるかわからないし」

美仙姉さんが、噛んでいた風船ガムを破裂させた。僕は縁側の下にたまっている雪をほうきで掃きながら、そんな話を聞いていた。

上の家の学生たちが先を争うように中門を出てゆき、姉と吉重も本を包んだ風呂敷を持って学校に行った。続いて京畿宅のうちの興圭さんと美仙姉さんも出勤し、次に大家のご主人も出ていった。大奥さんが大門まで息子を見送って戻ってきた時だ。外庭から、大奥さんの大きな声が響いてきた。

「朝から何ごとですか。うちは、何も買いません。何を売りに来たのか知らないけれど、うちは何でもそろってるの」

「おばあさん、俺たちは行商じゃありませんったら。ここに住んでいる人に会いに来たと言ってるじゃないですか」

男の太い声だった。

「だまされませんよ。あんたたちのやり口は知ってるんだから。いったい誰に会いに来たというの。呼んであげるから、ここで待ってなさい。中庭に入らないで外で待つのよ」

「俺たちが入ったら、祟りがあるとでも言うんですか。年寄りだと思っておとなしくしていたのに、あんまりじゃないですか」

片脚のない男が、我慢できないというように声を上げた。

僕は部屋の戸を開けた。吉秀は見物にでも行くみたいにコムシンを履いて走っていった。大奥さんを押しのけて中門に入ってきたのは、二人の傷痍軍人だった。

「おばあさん、この人たちはうちの主人に会いにきたんですよ」。洗濯したおむつを上の家の丸太が積んであるほうの物干しざおに干していた俊鎬のお母さんが、申し訳なさそうに言った。彼女は二人の傷痍軍人を迎えた。

「いらっしゃい。主人は家におります」

階級章のない作業帽をかぶり、くたびれた軍服を着た男たちのうち一人は、左脚がないのでズボンを膝のあたりまで折り上げて松葉杖をついていた。もう一人は顔の半分にひどいやけどの痕があった。やけどしたほうの目は失明したのか、黒目すらなかった。

部屋の戸が開いて、俊鎬のお父さんが顔を出した。僕も弟の後を追って中庭に出た。

「韓《ハン》軍曹と金《キム》伍長か。家に来るなと言っただろう。朝からどうした」

俊鎬のお父さんは、嬉しくない顔で出てきた。

「おや、中隊長殿まで門前払いするんですか。中隊長殿に会おうと朝早く来たのに」

片目の傷痍軍人が豪傑笑いをした。やけどの痕のせいで、笑顔が泣き顔のように引きつった。

二人の傷痍軍人は部屋に入り、大奥さんは追っていた鶏を逃した犬みたいに突っ立っていたけれど、やがてぶつぶつ言いながら上の家に戻った。見ていた京畿宅も部屋の戸を閉め、順花姉さんが川で洗濯する中古の軍服を抱えて三つ目の部屋から出てきた。

二人の傷痍軍人は三十分余りで外に出てきた。彼らが出てくる時、正泰さんが縁側に出て暖かい初冬の日差しの下で日光浴をしながら新聞を読んでいた。僕が持って帰った拡張用の新聞だ。僕も縁側に出て姉の本に付録として付いていた地図を開き、紅海を経てスエズ運河に抜け地中海に入って……と船員にでもなった気分で眺めながら、美仙姉さんが願っているのと同じように、国を出ることを夢見ていた。

「中隊長殿、ぜひ来て下さい。昼食代と交通費はもちろんのこと、タオルを一枚ずつくれるそうですよ」

松葉杖をついた傷痍軍人が、見送りに出てきた俊鎬のお父さんを振り返った。

「私は食べてゆくのに必死で、のんきにそんな所に出かける暇はないと言ってるじゃないか」

「中隊長殿が来なければ話になりません。歴戦の勇士が集まるんだから中隊長殿も絶対来て下さい」。もう一人の傷痍軍人が言った。

俊鎬のお父さんが二人を外庭まで見送って戻ってくると、正泰さんが新聞から目を離して聞いた。

「朴先生、今日、何か集会があるんですか」

「昼に総合運動場で、『改憲案通過賛成反共決起大会』があるらしい。春にも似たような行事があって、私は欠席したんだが、今度は必ず出てこいと言ってうるさいんだ」

「もう一週間も過ぎたのに、新聞にはまだその記事が載ってますね。朴先生、あれはまったくもって変な話じゃないですか。合計二百三票のうち、賛成百三十五票、反対六十票、棄権が七票で一票足りないから否決した二日後に、四捨五入という小学生の算数みたいな小細工でひっくり返して新たに通過可決を宣布するだなんて、ひどい話です」

［一九五四年十一月二十七日、与党自由党が出した「初代大統領には憲法の三選禁止規定を適用しない」という憲法改正案に対する投票が行われ、強引に改憲したことを指している］

正泰さんが新聞の隅っこを指さして興奮した。

「小細工というより、拙劣という気がするね」

「国会でそんな小細工をさせるために税金を出してるんじゃないのに」

「李承晩博士が大統領を続けたくて、そうまでして憲法を変えたんじゃないか。あんな高い地位に座れば誰だって明け渡したくないだろう。権力に対する欲望が恐ろしいものであることは世界の政治史が語っているが、権力欲は上位概念だから、他の小さな欲を一挙に満足させてくれるんだよ」

「朴先生は、その決起大会とやらに行くつもりですか」

「門前払いを食わされる私らのような人間が、そんな大会に出たところで仕方ない。誰かがうちの家族の生活を保障してくれるわけではないのに」

「理由はそれだけですか」

「私にも意地はあったけれど、我を通していては生きていけない。戦争の後だから無理もないだろうが、自由主義の世の中は、人を人として認めないで、金銭で人間の値打ちを測るという傾向が強いようだな」

「よくぞおっしゃいました。実際、そうですよ。反共決起大会もそうでしょう。金で人を雇って無理に大会を開くだなんて。反共？　ちぇっ、反共で人民を、いや、民を縛りつけるなんて。せいぜい死ぬまで、半分になった国で王様のまねでもしてろってんだ」

自分の部屋に戻ろうとした俊鎬のお父さんが、正泰さんの皮肉な言い方で何か思いついたのか、足を止めて正泰さんの横に座った。

「崔《チェ》君は反共が嫌いなようだが、どうしてかね」

言いがかりをつけるような台詞だったけれど、声は落ち着いていた。

「片方は反共、片方は親共を主張して、統一できそうにないからですよ。どちらにせよ、まず民族が統一されなければいけないのに……」

「私の見るところ、反共を打ち出して善良な市民を乱暴に治める、いわば反共第一主義の処刑や拷問やテロではない、純粋な意味で共産主義を拒否する勝共決起大会は、戦争が収まったこの時期に必要だと思うが」

「極右反共主義者が、そんな話に耳を貸すと思いますか」

「言ってみれば、そうだということだ。極左だって、たくさんの人民を反動という名目で処刑したぞ」

「そうですね。反共という言葉をあまりにたくさん聞くから食傷して言うんですが、僕としては……」

「崔君みたいな反骨漢は、どの体制にも適応しづらいだろうが、育ちゆく子供たちに自由の大切さを教えるためにも、また銃を取って戦わなかった崔君みたいな人のためにも反共精神は必要だと思う。つまり、この国で戦争のような暴力革命を信奉する者たちは無条件で消えなければならないということだ。私たちの戦友が命がけで守った自由じゃないか。まだほんとうの自由主義をちゃんと実現できず、政治的後進性をまぬかれない大韓民国の自由主義には、問題があるにしてもだ」

「……」

正泰さんは俊鎬のお父さんを鋭い目で見るだけで、反論はしなかった。

「私が反共決起大会に出ないのは、李博士が反共を口実に大統領を続けようとしているからというより、自分の暮らしが苦しくてそんなことに時間を割けないし、戦友に会うのも面目がないというだけだ」

「善良な小市民ですね。僕も朴先生のような方の前で偉そうに自分の意見を主張できる立場ではないけれど……どちらにせよ、今度の戦争が反共主義者と親共主義者を明確に区分したわけです。戦争前は、思想的にはっきりした主義を持っていた人を除けば、同胞をそれほど憎んではいなかったでしょう？」

「そのとおりだ。アメリカとソ連の体面を立てる代理戦争をして、ひどい目に遭ったのはわが民族とこの山河だ。北も南も他の国が作った武器で一生懸命戦った。それで統一できたならまだしも、三百万以上の犠牲者を出しながら、こんなふうに休戦してしまった。言葉では言い表せないような、とてつもない傷だけを残して、名分などどこにも探せない戦争になってしまったのではないかね。空しい気がするし、残念なだけだ」

俊鎬のお父さんは、鉄でできた手先を触った。

「故郷は北だと聞きましたが、戦争前は学校の先生をなさっていたそうですね。それじゃあ、国軍にはいつ入隊されたんです」

「私は江原道平康で人民学校［小学校］の教師をしていた。戦争が勃発して文化工作隊の要員に選ばれて、解放区後方地に来たんだ」。俊鎬のお父さんは、突然力をこめて言った。「七月の、慶尚北道聞慶《ムンギョン》地方での戦闘の時、国軍に帰順した。簡単な審査を受けて国軍に配属され、捕虜尋問官として秋を過ごし、永川《ヨンチョン》で三カ月の短期教育を受けて第一線の小隊長に配置されたのが翌年の三月だ。帰順勇士で編成された小隊だった」

「国軍に投降したのには特別な事情でもあったんですか。戦争前に北にいる時、財産が没収されて、決められた地域に移住させられたとか……」

「共産主義の世の中を見たけれど、親から儒学を習っていたせいか、ああいう制度は性に合わなかったね。人は能力と個性によって評価されるべきなのに、階級平等といううたい文句で人間を判断し、画一的な統制体制で社会を組織するから息苦しくもあったし、常に監視されている雰囲気の中で生徒を教えるのもやりにくかった。そんな思想を推し進めようとする人たちは、そう思ってはいなかったようだが」

「さあ、捉え方次第でしょうけど……米軍の空爆を避けて南に来てみると、こちらも問題は少なくありません。社会構造が複雑だからでしょうが、問題は北よりずっと多いですよ」

「一九五〇年の秋から中国軍参戦前後まで、北ではアメリカの攻撃がひどかったそうだね」

「ひどいもんでした。北は完全に焦土と化しました。最初は軍需施設や大きな建物が爆撃対象だったけれど、後になると無差別絨毯《じゅうたん》爆撃でした。爆撃を避けて人民学校の生徒たちが裏山に逃げれば、その山まで爆破したんですよ。老人と女たちが飛行機の音に驚いてあぜ道に跳び込むと、飛行機が何度も戻ってきて機銃掃射で殺していくんです。アメリカが、何の怨みがあってあんな虐殺をして、徹底的に破壊したんでしょう。こんな話があったそうじゃないですか。アメリカ第八軍司令官が自国の大統領に戦争の状況を報告する時、北は徹底的に破壊して、原始社会に戻したと……」

「お父さんは戦前、どんな仕事をなさっていたのかね」

「平壌で事業をしていました。船橋里《ソンギョリ》で農機具を作る小さな鉄工所を経営してたんです」

正泰さんがこう言った時、平壌宅がヤンキー市場に行くため軍服の包みを持って縁側に出てきた。軍用のマフラーで頭から頬まで覆って顎の下でくくり、毛布で作った細いズボンをはいて胴巻きを巻いていた。

「正泰、右だの左だの、そんな思想の話はやめろと言ったじゃないの。避難民はみんな、北にいた時にはそれなりに暮らせてた。でも、内務署員［北朝鮮が地域の治安維持を目的に設置した警察組織］や党員からひどい目に遭わされなかった人がいたかい。南に来たら、南の人間にならなきゃ。一生懸命稼いだら、うちも昔は苦労したねと言いながら暮らせる日が来るよ。南の世の中が、特にいいということではないけど、努力すれば人に負けない暮らしができるというのが道理じゃないか」

「奥さんのおっしゃるとおりです。私たちみたいに何も持たずに避難してきたよそ者が、大成功できるはずはありません。休戦ラインがなくなって統一する日まで一生懸命働いて、故郷を離れた寂しさが晴れる時まで生きなければ。私はいつも自分の片腕を、故郷の地に埋めてきたと思っています。その腕を探して再びくっつけることはできないけれど。でもいつかは埋めた腕を探しに故郷に行ける日が来るでしょう」。俊鎬のお父さんが言った。

「戦争が人間を駄目にしたんです。誰もがお金の奴隷になって、泥棒の親分の前でぺこぺこするだけの体制順応主義者になってしまった。盗んででも金持ちになろうという欲にしがみついているじゃないですか。そうかといって正直に一生懸命働く下層階級が豊かになるかといえば、とてもそんなことは望めません」。正泰さんが言った。

「そんなら、お前はお金が必要ないとでも言うの。豊かになろうという夢以外に、こんな状況でどんな夢が大切だって言うの」。平壌宅が布の軍靴のひもを締めながら息子に言い返した。

「こんなところで夢を見たって、何かがかなうもんですか。あまりにじれったいから言ってみただけです」

「何もしないで寝ているから、つまらない心配をするんだよ。馬鹿なことを言うのはおよし。そんな子ではなかったのに、避難してきてから、ずいぶんひねくれてしまった。避難したくないと言った時、置いてくればよかった。連れてきた母さんを悪く言うんだからねえ。子供が敵だということわざがあるけれど、お前のせいで、母さんは心配で死にそうだよ」

平壌宅はそう言い放つと、軍服の包みを頭に載せ木の椅子を持って、威勢よく中庭を突っ切っていった。正泰さんは怒った顔で新聞を握りつぶし、部屋に入ってしまった。

「問題の多い青年だ」。俊鎬のお父さんが正泰さんの後ろ姿を見てつぶやいた。


何日か暖かい日が続いた後、どんよりしていた空が、お昼時にしとしとと冷たい雨を降らせ始めた日だった。僕は部屋で、母が前日に買ってきたキムジャン用のニンニクの皮をむいていた。台所のルーフィングの屋根をたたく雨音を聞いて母が言った。

「吉男、家の裏に古いカマスがあるから、うちの丸太が濡れないように、かぶせておきなさい」

「お母さん、うちはいつ薪割りをするの」

僕はニンニクの刺激で痛くなった目を手の甲でこすりながら立ち上がった。

「自分がやらされると思って聞くの？」

「そうではないけど……」

「大家さんちの薪を割る時によく見て、要領を覚えておきなさい。高い物を食べて、お金にもならない運動をする人もいるんだから、薪割りでもやれば一石三鳥ってものでしょ。運動になる、薪割りの費用もかからない、薪割りのコツを覚えられる」

塀に積まれた丸太を見るたび予想はしていたけれど、事実だとわかって、僕は返す言葉がなかった。

僕が雨合羽を着て丸太の山に上り、カマスをかぶせている時だった。開いていた中門を通って、背負子を背負った男がおずおずと入ってきた。染めた軍服に犬の毛皮のついた帽子をかぶった男は、大家さんがトラックで丸太を運んだ時、丸太の上に上がって積んでいた、ひげの濃い黄海道出身の男だった。彼は自分が積んだ丸太をちらりと見ると、花壇の横を通って上の家に向かった。

「ごめん下さい」

男は雨を避けるために上の家の石段に上がり、大庁のガラス戸の中を覗いた。

「どなた？」

台所から安さんが出てきた。

「お忘れですか？　この間、丸太を積んだ者ですよ」

男が犬の毛皮の帽子を脱ぎながら、ぺこりとお辞儀をした。

「あら、そう言えばそうね。十日後に来ると言ってたけど、もう来たの」

「いや、そうじゃなくて、雨で思い出したんです。丸太が濡れないようにしてあげようと思ってきました。カマスをくれたら、俺が上手にかぶせてあげますよ」。彼はにっこりして付け加えた。「お代はいらないから、ご心配なく」

「あの上にどうやって上がったらいいのかわからなくて吉男に頼もうかと思ってたんだけど、ちょうどよかった。あの納屋の中にカマスと縄があるはずです」。安さんが言った。

男は背負子を下ろすと、納屋の中からカマス数枚とぐるぐる巻きにした縄を持ち出し、それを持って丸太の上に上がった。雨に打たれながらの作業だったけれど、要領が良いのですぐに終わった。大庁では大奥さんが両手を後ろ手に組んで男の働きぶりを見守っていた。作業を終えた男が背負子を背負って帰る準備をしていると、安さんが台所からスンニュン［ご飯の釜に残ったおこげに水を加えて煮た物］の鉢を持ってきた。

「温かい物でも飲んでって。服もびしょ濡れなんだから、お腹を温めないと」

「ありがとうございます」

男は上の家の軒下で、温かいスンニュンの鉢を両手で持ってごくごく飲んだ。スンニュンを飲み干した男は黒々としたひげの生えた顎をなで、細かい雨をぼんやり眺めていた。

「この雨がやんだら、いよいよ冬ですねえ」

それまで大庁に立って、何か言いたげにしていた大奥さんが、優しく話しかけた。

「雨がやんだら、うちの薪を割っておくれ」

「おや、ありがとうございます。お安くさせていただきますよ」

その言葉を待っていたかのように、男が毛皮の帽子を脱ぎ、大奥さんに二度も、腰が折れそうなほど深くお辞儀をした。

「顔は牛泥棒みたいだけど、よく働くし、信用できそうだ。何も持たずに北から避難してきた人は、よっぽどしっかりしていないとこちらで根を下ろすことはできないだろうが、あの人は雪の中に裸で追い出しても飢え死にしそうにないね」。大奥さんが中門を出てゆく男の後ろ姿を見ながらそう言った。

「私もそう思います。見た目よりも真面目な感じがしますね」。安さんが答えた。

僕は部屋に入ってまたニンニクをむき始めた。母は鶴の絵を刺繍した香港製の高級絹織物で仕立てたチマの縁を、外に糸目が見えないよう仮縫いしていた。

「吉男、上の家のおばあさんの話を聞いたでしょ？　薪割りの人のこと。あんなふうに働き者だから、仕事がもらえたじゃない。世の中には、ただで手に入るものはないのよ。あの人が、丸太が雨に濡れないようカマスをかぶせに来た時、薪割りの仕事をもらおうという下心があったかどうかはわからないけれど、それはどっちでもいい。おばあさんがあの人にむかって、薪割りをしてくれと言わなかったら、そのまま雨に濡れながら帰ったでしょう。でも一生懸命他人を喜ばせようとするから、おばあさんの気に入ったのよ。ただ働きが、お金を稼ぐ仕事に化けたの。人間は、他人にかわいがられないと駄目だし、そのためには正直と勤勉を第一にしないといけない」。母が言った。母は部屋の戸を閉め切って仕事をしていたのに、中庭での出来事を、すっかり知っていた。

その日、夕暮れ時になって雨がやみ、風が強くなった。夜の間に気温が急に下がり、隙間風が冷たいので、母は毛布で部屋の戸の隙間を塞いだ。明かり窓に張ってある障子紙が、風でずっと震えていた。しかし丸太はあるのにその日はオンドルを焚かなかったから、部屋の中は冷たかった。僕たち三兄弟は一つの掛け布団を頭の上までかぶせて横向きに寝てエビみたいに身体を丸め、互いの体温と息で身体を温めた。隣の部屋から、平壌宅が正泰さんをなじる声が聞こえた。どうしてそんなに世の中を斜めに見るのだ、そんな心がけでは病気にもよくないと叱っていた。正泰さんは返事をしなかった。

「真ん中に寝ている吉秀が一番得ね」

「ほんとだ」。吉重が言った。

善礼姉さんの言うとおり、吉秀は真ん中だったから兄たちの体温の恩恵をたっぷり受けていた。

「姉さんはいいよ。お母さんと吉重の間で寝るんだから。僕は最後に大邱に来たせいで一番寒い壁側で寝かされて、損ばかりしてる」

僕は不平を言った。

「あなたは長男だから、我慢しなきゃ」。一番内側に寝ている母が言った。

「それにしたって」。僕は言葉尻を濁した。母は何かにつけ、つらいことは僕にさせた。その理由は、一家の責任を持つ長男であるという点にあった。僕は結婚した後も、自分は橋の下から拾ってきたか、父がよその女に産ませた子供ではないだろうかと、内心ずっと疑っていた。たたく時も、母は僕だけ特別きつくたたき、面倒な仕事は取っておいて僕にやらせた。僕一人が田舎に残されたのも母の実子ではないからだという気がしたし、大邱に来ても学校に通わせてもらえずに新聞を売らされたのも、思えば悲しいことだった。

「吉重、あんた、どうしてモグラみたいにあたしたちの布団に入ってくるの。寝てる時に急に来るから、気持ち悪い」

「兄さんに布団を取られるからだよ」

吉重が、僕に責任を押し付けた。

うちの家族は、オンドルの焚き口のある戸のほうに足を向けて寝た。僕が一番寒い、明かり窓のある壁の側で、次に吉秀、吉重の順だった。姉と母は平壌宅の部屋に近い内側で一つの布団を使った。僕は吉秀を湯たんぽ代わりに抱いた。その体温で温まって夢の国に入ろうとする時間は、一日のうちで最も心地よかった。僕はぐっすり眠っていて聞こえなかったけれど、母によれば、俊鎬のお父さんはその晩も、戦争の悪夢にさいなまれて大声を出したそうだ。

翌朝起きると、鉢に入れて部屋の奥に置いてあったスンニュンがかちかちに凍っていた。身体を丸めて寝たせいか全身がだるく、関節がポキポキ音を立てた。

大家のご主人が出勤する前に、昨日丸太にカマスをかぶせた男が来た。背負子は持っておらず、袋に斧とクサビだけ入れてきていた。

「寒いし、木もまだ内側が湿ってるだろうに、どうやって薪を割るの」

大奥さんが、昨日の雨で凍りついた中庭を見回した。

「これしきの寒さ、何てことないですよ。俺の故郷のサムジョンでは、真冬になると零下三十度以下が普通なのに。それに、ちょっと湿ってる時に割れば、クズがあまり出ないんです」。男がきびきびした声で言った。

「サムジョンってどこ？　そんなに寒いなんて」

「黄海道遂安郡サムジョン面って所です。深い山奥だから、四月でもよく雪が降ります。戦前は畑も作ったし、山の仕事もしてたんですよ。一抱えもあるような太い木だって自分で切り倒したし」

「それなら薪割りなんかお手のものね」

食器を洗っていた安さんが、顔を突き出して話に加わった。

「もちろんです。見ててごらんなさい。俺の腕前は、そんじょそこらの人とは、わけが違いますから」

男は丸太の上のカマスを取り、割る丸太を納屋の前に下ろした。母に言われていたから、僕はポケットに手を突っ込んで日当たりのいい塀のそばに行き、男の仕事ぶりを観察するつもりだった。男はまず、薪割り台にする丸太を選んだ。動かないでしっかり支えてくれる、小枝のついた太い丸太だ。

「さて、そろそろ始めるか」

男は僕を見て、ひげの間から黄ばんだ前歯が見えるほどにっこりした。金もうけができるからというより、仕事自体が楽しくて、僕だけではなく大奥さんや安さんに薪割りの腕前を見てもらえるのが嬉しいと思っているような純朴な笑顔だった。男は最初に、あまり太くない丸太を台の上に載せた。断面の年輪を見て、どこに斧を入れるか見当をつけた。彼は手に唾をつけると、斧を振り上げて丸太のてっぺんに振り下ろした。丸太の真ん中までひびが入った。もう一度振り下ろすと、斧の刃がきっちりひびの中に入り、丸太は白い肌を見せて二つに割れた。力業ではない、まさに見事な手並みだった。

「ほんとに上手ですね。薪割りにもコツがあるんでしょう？　どこを狙ったら、そんなふうにうまく割れるんですか」。僕が尋ねた。

「もちろんコツはあるさ。むやみに斧を振り下ろしたって割れるものじゃない。年輪の狭いほうを狙うんだ。枝のついた丸太は、枝の節を正確に割らなければ刃の方向が定まらない。斧の柄をつかんでいる手に伝わる感触も違う。木がまるで石みたいに刃をはじき返してしまうなら、それは狙い所が間違ってる。疲れて、手が痛くなるだけだ。斧の刃がすっと入る感じがしたら、狙うべき場所に当たってるってことだ」

「それでも力が強くないといけないんでしょう？」

「当然だ。でも斧を振り上げる力さえあれば、木の性質を利用して、あまり力を使わずに割れる。木の繊維に沿ってすんなり割れたら、やってて浮き浮きするよ」

男は実に楽しそうな顔で丸太を割っていった。上気した顔からはいつしか湯気が立ち昇り、汗がにじんだ。男は上着を脱いだ。いつから洗濯してないのか、白いシャツは灰色を通り越して黒くなっていたし、繕ってくれる人もいないらしく両肘に穴まで開いていた。彼は自分のみすぼらしい身なりなど気にかけていないみたいに、嬉々として斧を振るった。

黄海道の遂安に
金鉱を探しにきた
地下足袋履いたチョッパリ倭奴《ウェノム》［チョッパリは牛のようにひづめが二股になっている足という意味で、日本人の卑称。倭奴は日本人という意味の卑称］
黄海道の遂安に
木を伐採しにきた
下駄履いたチョッパリ倭奴
五尺のチビで出っ歯
チャンスン［村の入り口などにある、背の高い棒のような男女一対の木像］を見て驚いて
虎を見てまた驚いて
小便漏らしたとさ……

男は鼻歌を歌いながら薪を割った。雨に濡れて乾いていないはずなのに、丸太は繊維に沿って滑らかに割れ、クズもあまり出なかった。楽しそうな労働を見ている僕の鼻に木の香りが伝わってきた。今度は何度打ち込んだら薪が割れるのか、クサビはいつ使うのか、僕はそんな細かいことに興味を持ちながら、薪割り見物に没頭していた。汗に濡れた男はシャツの袖をまくり上げ、棒みたいに細い、汚れた腕を出した。へこんだ腹、薄い胸板、肉のついていない腕のどこから力が湧いてくるのか、男は露出した肌のすべてを汗で光らせながら懸命に働いた。彼はとうとう、僕には持ち上げることすらできないような太い丸太を台に載せてクサビを打ち込み始めた。斧の背でクサビをガンガンたたいて木にひびを入れ、そのひびに斧を振り下ろすと、太い丸太が、いとも簡単に割れた。

大奥さんと安さんは、男の作業を眺めたり、台所や部屋に入ったりしていた。

「あの人に頼んでよかった。見てくれは牛泥棒みたいだけど、ほんとに一生懸命やってくれるねえ。あの人にお昼ご飯をたくさん食べさせておやり」。大奥さんが安さんに言った。

母も時折部屋の戸を開けて、薪割りの現場を見学している僕に目をやった。他のことを見物していたなら、さっさと部屋に入って勉強でもしなさいと言っただろうが、何も言わなかった。

「吉男、寒いのにどうして外に出てるの。マンドゥ買ってきたから部屋に入りなさい」

毛糸のセーターを着た文子さんだった。化粧をしていないせいか、顔がやつれて、声に力がなかった。

「姨母《イモ》［母の姉妹の意だが、母の女友達に対しても使われる］、いらっしゃい」

僕は嬉しそうに言って、その後に従った。親戚ではないけれど、そう呼ぶと文子さんが喜ぶのを僕は知っていた。豚肉といろいろな具の入ったマンドゥ。考えただけでも口の中に唾が湧く。文子さんが時々マンドゥを買ってきてくれなかったら、僕はその時も中国人街の店のショーケースに並んだマンドゥの見本を見るだけで、そんなにおいしい物だということは知らずにいただろう。

部屋に入って文子さんがマンドゥの包みを開けると、部屋の隅にうずくまって居眠りをしていた吉秀の焦点の合わない目が、すぐに輝いた。吉秀はまだ温かくて柔らかいマンドゥの前に、すかさず近寄った。マンドゥは見た感じでは十五個はあり、ざっと計算すると四つはもらえそうだ。

「吉男、お醤油の小皿を持っておいで」。母が言った。

言いつける相手が僕しかいないとはいえ、食べ物を目の前にして用事をしなければならないというのが腹立たしかった。慌てて台所から小皿を持ってくると、案の定、三人は既にマンドゥを一つずつ食べた後だった。

「お姉さん、人間って何の楽しみがあって生きてるんでしょうね。酔って帰って倒れたまま寝れば、世の中のいやなことは忘れるけれど、真夜中に喉が渇いて目を覚ましたら最後、もう眠れない。吐き気をごまかすために苦い煙草を吸って、あれこれ考えてると、ただ死んでしまいたくなるの。あたしはどうして家族と一緒に避難する時に死なないで、意味もなく生きてるんだろう。そんなふうに思うと、ただ胸が詰まって」

文子さんはマンドゥもおいしくないらしく、一つ食べただけで、セーターのポケットから煙草とライターを出した。母は煙草の火花が飛ぶのを恐れて、すぐに仕立物を横に押しやった。文子さんはため息まじりに煙草の煙を吐き出した。まつげの濃い大きな目に涙がたまっていた。

「私だって生きたくて生きてるんじゃない。死ねないから命をつないでるのよ。子供さえいなかったら、私はとっくに首をつるか、フグの卵でも食べて死んでるね。まったくひどいもんだった。この三年間は、私には十年より長く思えた。子供たちと一緒にフグでも食べて死のうと思ったことが、一度や二度じゃない。何日も水だけで暮らした人はわかる。死ぬのもつらいということは、飢えた人だけがわかるの」。愚痴を言える相手ができて嬉しいみたいに、母が言った。

「お姉さん、あたし、昨夜は仕事にも出られなかった」

文子さんはマンドゥをむしゃむしゃ食べている僕のほうを見ながら、愚痴っぽく言った。

「どうしたの、どこか痛いの。そういえば、顔がずいぶんやつれたね」

「昨日の朝、病院に行って、一日中布団をかぶって寝ながら泣いた。出血が止まらなくて……」

「もう食べるのはおよし。善礼と吉重の分を残しておこう」。母が六つ残ったマンドゥを包みながら言った。そして僕を見た。「吉男、伯母さんの家で斧を借りてきなさい。あなたもあの人みたいに薪を割ってごらん。男の仕事だ。あなたはこの家の長男なんだから」

母と文子さんが一つずつ、吉秀が三つ、僕は四つ食べたから、僕は上機嫌で席を立つことができた。縁側に出ると、文子さんの低い声が聞こえた。

「また子供を堕ろしたの。もう二回目よ……。気持ちも落ち着かないし身体もだるいから、今日も仕事は休もうかと思う。人は、楽しい年頃だと言うけれど、いつまで酒の席に出て、こんなうんざりする生活を続けないといけないのか……。最近は、戦前ソウルに住んでいた頃がやたらに思い出されるの。親やきょうだいや、同級生の顔も……。写真も全部燃えてしまって、そんな人たちの顔も、ただ頭に浮かべるだけの、夢みたいな思い出だけど……」

伯母の家は薬屋横丁に抜ける入り口にあった。刃が傷まないように大事に使いなさいと伯母に言われ、僕は斧を肩に担いで戻ってきた。お腹も満たされたから、新聞配達に行くまで薪割りをしてみようと思った。家に戻った僕は、うちの部屋の前で薪を割ることにした。よく観察しておいたとおり、台にする丸太を選び、うちの丸太のうち、太さが中間ぐらいの奴を選んで台の上に載せた。僕は男のまねをして、まず手に唾をつけた。

「手にあまり力を入れないで、足元に気をつけろ。へまをしたら足をけがする。斧をあんまり高く振り上げずに、まず狙いを定めろ」

薪を割っていた男が僕のほうを見て言った。

薪割りは思ったより難しかった。丸太を割る以前に、まず斧の刃で丸太の真ん中を狙うことができない。両手で斧の柄を持って刃を頭の上に振り上げ、垂直に振り下ろすのだが、刃は丸い断面の真ん中に当たらず、丸太が跳ねた。急所をはずして一気に仕留めそこなった時、獣や魚が痛そうに跳ねるのと似ていた。僕は丸太と勝負するような気持ちで斧を振るったけれど、刃は丸太をそれて薪割り台に当たることが多かった。どうも子供には無理な気がして、僕は怨みがましい目つきで何度もうちの部屋の戸を見た。母が丸太と格闘している僕を見て、「あなたには無理ね。もうやめなさい」と言ってくれることを願った。「駄目だな」「これはとうてい無理だ」という僕のつぶやきを部屋の中で聞いていたはずなのに、戸は最後まで開かなかった。

「仕立屋さんも、あんまりだ。あんなマッチ棒みたいにかぼそい子に薪割りをさせるなんて。丸太じゃなくて自分の足を割るんじゃないかね」

京畿宅が部屋の戸を開けて顔を出した。

僕は薪割りの男からクサビを借り、男がやっていたように斧の刃の反対側でクサビをたたいて丸太の真ん中に打ち込んだ。固定されたクサビをたたくと、丸太はようやく二つに割れて散らばった。僕が初めて割った薪は傷だらけで、薪割り台の周りにクズが飛び散っていた。クズは焚きつけにできるから無駄にはならない。

僕の様子をちらちら見ていた男が、見かねて僕のほうに歩いてきた。僕は、彼がうちの母に、この子には無理だから自分が安い手間賃で薪を割ってやろうと言ってくれることを願ったけれど、彼は母とぐるになっているみたいに、うちの部屋には目もくれなかった。男は僕に薪割りのコツを直接教えてくれた。

「もし俺がお前ぐらいの力しか出ないと仮定してみよう。さあ、見てろ。俺が力を入れないで斧を持ち上げて、斧を落とすみたいにして木に当ててみるから」と言うと、男は斧を頭上に持ち上げ、刃を丸太の真ん中に落とした。不思議だった。力を入れないのに、刃の重さだけで丸太にひびが入った。二度目にはそのひびに斧の刃が入り、三度目で、まるで丸太が自分から胸をさっと開いたみたいに割れた。

「世の中は、力だけでは成し遂げられないことはたくさんあるんだ。項羽が岩を持って殴りつけてもアリ一匹殺せないこともある。薪割りもそうだ。斧が揺れないようまっすぐ下ろして真ん中に当てなければいけない」

男は斧を僕に渡し、やってみろと言った。男が言うほど簡単ではなかったけれど、斧を振り下ろす時に力を入れず狙った所に当てると、丸太は跳ねなかった。

「ほんとに大変ですね」

僕は額の汗を拭った。

「練習しろ。やってるうちにコツがつかめる。俺の故郷の村では、お前ぐらいの子供も上手に薪割りをしてたぞ」

僕がその言葉の意味を理解したのは、高校二年生になって初めて卓球のラケットを握った時だ。卓球のラケットやボールを重い斧や丸太に比べるのも変だけれど。最初は、その軽いボールを相手側のコートに正確に入れることがなかなかできなかった。斧の刃に比べれば卓球のラケットの面積ははるかに広いのに、ボールはとんでもない方向に落ちた。ラケットの面にボールがぶつかる角度が、手に力が入っているせいでちゃんと調節できないのだ。ビリヤードを覚えた時も、やはり力を入れて打つとボールが跳ねたり、すんなり進まなかったりした。田舎の中学校で教師として一年過ごしていた時、学校にテニスコートがあったので、テニスのラケットを握ったことがある。ラケットの重さに勝つため力いっぱい振ると、ボールは変な方向に飛んでいった。そのすべては力の入れ具合を調節できないことが原因であり、適度な力の配分は長い練習を通じてのみ身につけられるのだ。だが当時の僕に、そんなことが理解できるはずがない。

文子さんが帰っていくと、入れ替わりに吉重が学校から戻った。いつの間にか昼食の時間になっていた。母が部屋から出てきて台所に入った。ご飯を食べながらも母は、僕の薪割りについて何も言わなかった。家族が冬に凍え死なないよう、あの丸太を全部割りなさいという命令がその沈黙の裏に隠れているのを、僕は感じ取っていた。ご飯を食べて外に出ると、安さんが薪割りの男に出すお膳を持って台所から出てきた。

「どこで食べますか」

「こっちに下さい。ここで食べます」

「こんな寒い所で……」

「大丈夫です。仕事をしてると寒さなんか感じません」

「そうしなさい。冬は、よその人は部屋に入れないのよ」

部屋の中から大奥さんが言った。

後に知ったことだが、大奥さんは親戚やよっぽど大切なお客さんでない限り、冬によその人を部屋に入れなかった。行商人やちょっと立ち寄ったお使いの人などは外に立たせたまま大庁から見下ろしながら用件を聞いていた。それは、部屋に入れたらシラミが移るからだそうだ。練炭が普及してシラミもそのガスでいくぶん死んだかもしれないが、庶民の身体と服装が清潔になるにつれ、次第にシラミを見かけなくなった。しかし一九五〇年代には、寒さと同じくらい、町でも農村でもシラミが人々を悩ませた。いつどこでも暇さえあれば全身のあちこちを掻くのは、誰もが同じだった。乞食たちが日当たりのいい場所に座ってシラミをつぶす光景は、街の至る所で見られた。駅前ではアメリカの救護団体が三日に一度、ＤＤＴで市民のシラミを退治してくれた。赤十字のマークのついた、荷台に屋根のある小さなトラック二台が止めてあり、マスクをつけた白衣姿の西洋人の男女が、列に並んだ人たちの背中や胸、さらに股の間にまで、ホースのノズルからＤＤＴの粉を出して振りかけた。「シラミは一晩でいくつもの町を越えてゆく。シラミが凍った地面を這うものか。全部、人間が移すんだ。だから昔は、金持ちの家には行廊《ヘンナン》［大門脇にある、下人などが寝起きする部屋］にも客間があったし、母屋でもお客さんを泊める部屋と布団は別に用意していたんだよ」。いつか大奥さんがシラミの話をしたついでに、そんなことを言っていた。

男は薪割り台の横にカマスを敷いてお膳を置いた。彼は安さんに鉢を貸して下さいと言い、大豆モヤシ、ホウレンソウ、キムチをご飯と一緒に鉢に入れ、コチュジャンを入れて混ぜた。僕はまた薪割りをしようと思ったのをちょっと思いとどまって、大口を開けてもりもりとご飯を食べる男の様子を見ていた。僕は乞食でもないのに、人がご飯を食べている様子を見るのが何よりも好きだった。

「いつ疎開してきたんですか。家族とどこかではぐれて、一人で南に来て家族を捜してるの？」」。池の端にある岩に腰かけて、安さんが男に聞いた。

「疎開してきたんじゃなくて、人民軍として戦争に行って捕虜になったんです。去年六月の捕虜釈放で、巨済島《コジェド》の捕虜収容所から解放されました。俺より後に徴集された田舎の友達の話では、うちの家族が南に疎開したというから、俺も南に残ることにしました。一年半、釜山、馬山、大邱と捜したけど、まだ見つかりません」

「奥さんやお子さんに会いたいでしょう」

「年は食ってるけど、こう見えても独り者なんだから、そんなこと言わないで下さい。俺は両親ときょうだいを捜してるんです」

「あら、そう。失礼しました」。安さんが顔を赤らめてくすくす笑った。「ご飯、もうちょっとあげましょうか。まだありますよ」

「あるなら下さい。このシレギのスープ、すごくおいしいですねえ。きな粉の入ったシレギのスープを食べるのは、田舎を出て以来、初めてです。それと、市場に行ったら、黄海道遂安郡サムジョン面から来た朱《チュ》という一家のことを聞いてみてくれませんか。俺は朱オクスルと言います」

僕が丸太と格闘している間、安さんはずっと朱さんと話をしていた。安さんに関しては、戦争が起こった年の八月に夫が徴集され、二度目の手紙を最後に、四カ月後には遺骨になって帰ってきたとか、嫁に行ってから二カ月後に夫がトラックに乗せられて連れていかれたのが最後だったとかいう説があった。戦争で人生をめちゃめちゃにされたという話で意気投合したみたいに二人は戦争を憎悪し、それでもこの大変な時期を乗り越えなければならないという言葉で互いを慰めた。他人同士の男女が親しげに話すのが気に入らない大奥さんが大庁に出てこなければ、話はもっと続いただろう。

食事を終えてお膳を返した朱さんは、吸いかけの煙草に火をつけてちょっと吸ってから、また薪割りに取りかかった。その日、僕が新聞配達を終えて家に帰ると、朱さんはまだ仕事を終えておらず、割った薪を甕置き場の横の塀の前にきちんと積んでいた。彼は中庭をきれいに掃いて、明日の朝早く来ると言って帰っていった。その晩、僕は肩と脇腹がひどく痛み、横向きに寝ることができなかった。

翌日も僕は朱さんと一緒に朝から薪を割った。昨日は朝出かけて留守だった正泰さんが、便所に行く途中、丸太と格闘している僕を見た。

「吉男、お前、どう見ても力が足りないな。よし、俺がやってみよう」

便所から出てきた正泰さんが進み出た。するとうちの部屋の戸が開いて、母が顔を出した。

「正泰さん、病気の身でそんな力仕事をやってはいけないよ。その病気は静養するのが薬だっていうじゃないの」

「ちょっと働いたぐらいで、治る病気が治らなくなったりはしませんよ」

正泰さんのきっぱりした言葉に、母は言い返せないで戸を閉めるだろうと思ったのに、そうはしなかった。今度はもっとずけずけ言った。

「あのねえ、子供に、人に頼る癖をつけさせてはいけないの。いったん引き受けたことは、何があっても自力で最後までやり遂げさせなきゃ。誰かが代わってくれると考えるのが癖になったら、これから他のことでも他人の助けを期待するようになるから」

母の言葉が意外だったらしく、正泰さんはちょっと驚いた顔をして、ああそうですかと言って持っていた斧を僕に返した。

その日は薪割りのコツがちょっとつかめて作業がはかどり、寝る時も前日ほどつらくなかった。自分で触っても、痩せた腕の筋肉が鉄のように硬かった。

朱さんは四日でトラック二台分の薪を割り終えた。僕なら冬中やっても終わりそうもない仕事を手際よく済ませてきれいに後片付けをすると、日暮れ頃、大奥さんからおほめの言葉と共にお金をもらって出ていった。出ていく時、彼は賃金すらもらえない幼い同業者に声をかけた。

「薪割りを力自慢だと思っている人はけがをするものだ。枯れた木にも意地があるから、うまくなだめながら割らないといけない。来年は、お前も薪割りの名人になってるさ。今日見たら上手だったぞ。また会おうな。お前も黄海道遂安郡サムジョン面の朱一家を忘れるな。通りがかったら、また寄るよ」

一九七五年四月三十日、アメリカが二十年にわたるベトナム戦争への介入に終止符を打ち、サイゴンから撤退した日、僕はテレビでその衝撃的な場面を見ながら、深い中庭のある家に住んでいた時に朱さんが僕に言った言葉を、ふと思い出していた。

第七章

　大奥さんが話を持ち出したままうやむやになっていた、下の家の一部屋を明け渡すという問題が再燃したのは十二月に入ってからだ。商売上手で、問題を処理することに慣れている大家の奥さんが話を切り出した。

「奥さんが下の家の人たちみんなに、舎廊に来てくれとおっしゃってます。話があるそうです」

　安さんが下の家の四軒を回って呼び出しをかけたのは、すっかり暗くなった八時頃だった。安さんは、おそらくどこか一部屋空けろという話だろうと付け加えた。

「ああ、いよいよだね。誰が追い出されるんだろう」

　母が血の気の引いた顔で仕事の手を止めて立ち上がった。手足が震えていた。母が出ていってから僕が暗い中庭を見ると、俊鎬のお母さん、京畿宅、平壌宅が上の家に向かっていた。

「部屋を明け渡せと言われたら、うちはどこに行けばいいんだろう」

姉に聞いても、食卓に広げた本をにらむばかりで答えなかった。僕は薪割りと新聞配達でいつもくたくたで、夕飯を食べると眠けに襲われたけれど、その時だけは頭が冴えていた。雨露をしのいで眠ったり食事をしたりできる部屋を失えば、うちの家族は遠からず乞食に転落してしまう。乞食だって、生まれた時から乞食だったのではないはずだ。他人の冷たい視線にさらされて道端で寝起きすることになれば、それこそ乞食への第一歩だ。乞食ではないのに橋の下や川原にむしろを張って家族で住んでいる、その日暮らしの人たちを、僕はたくさん見てきた。七星市場の橋の下にもそんな人たちがいた。彼らはどう見ても乞食ではないのに、人々は彼らを乞食と同じように扱った。でもうちの家族はこの冬、そんな橋の下にすら入れそうになかったし、もし橋の下に住めたとしても、むしろを壁代わりにした部屋に、きれいな娘たちが服地を持って仕立てを頼みに来るはずがない。僕はそんな心配でしょげてしまい、何度も戸を開けて明かりのついた上の家の舎廊の様子を眺め、母の帰りを待ちわびた。姉と吉重も勉強が手につかないのか、ぶすっとした表情で外の足音を気にしているようだった。三十ワットの蛍光灯では暗いのか、ノートを見ていた姉が、その日に限って母のようにしきりに目をこすり、鼻水をすすりあげた。吉秀だけは、真冬は昼間も敷きっぱなしにしてある、おくるみみたいに小さな布団で背中を丸めて眠っていた。まさか、上の家から一番遠いうちの部屋を明け渡せとは言わないさと、僕は自分に言い聞かせた。

二十分ほど過ぎた。上の家から話し声が聞こえ、僕は部屋の戸を開けた。下の家の大人たちが舎廊から大庁に出てきた。

「善礼のお母さん、お気の毒だわね。くじ引きは公平なものだから、誰を怨むこともできませんねぇ。大家の奥さんも頼母子講の**オヤ**［日本語の〈親〉。発起人］をしているけれど、あたしも、お金を受け取る順番を決めるくじを引く時、必要な時にまとまったお金がもらえなくて困ったことがよくありましたよ。でも我慢するしかありませんでしたね。あちこちからお金を工面してどうにか間に合わせたりして。部屋も同じじゃないですか。最初は途方に暮れても、一日か二日過ぎたら適当な部屋が見つかるものですよ」

京畿宅は中庭を歩きながら、肩を落とした母に適当なことを言っていた。

それを聞くと、外も暗かったけれど、僕は目の前が真っ暗になった。姉が声を殺して泣き始めたのもその時だ。奥さんの差し出した四枚の紙切れのうち、一番悪いのを母がつかんでしまったに違いない。平壌宅が母についてうちの部屋に来ると、姉は泣き顔を見られたくないのか、部屋の外に出てしまった。

「善礼のお母さん、あんまり気を落とさないで。運が悪かったのよ。部屋を明け渡す人にはひと月分の家賃を免除してくれて引っ越し費用まで負担してくれるというんだから、大家さんもそれほど不人情だとは言えないでしょう。持ち家がないって、悲しいものなのよ。あたしもあちこち当たってみるから、引っ越し先を一緒に探してみましょう」

母は平壌宅の言葉も耳に入らない様子で、呆然として壁を見つめていた。台所では、病んだ子犬みたいな姉のすすり泣きが聞こえた。

「この寒いのに、壮観洞辺りで部屋を借りるなんて難しいだろうし、伯母さんの家に居候して冬を過ごすしかなさそうね。それだってうまくいくかどうかはわからない。伯母さんちも子供が四人もいるのに、この冬に六人家族で一部屋を使ってくれなんて、とても口に出せることじゃない。いくら面の皮が厚くても朝夕、お義兄さんに合わせる顔がないよ……学校が冬休みになったら、善礼と吉重は進永に帰らせようか……」

母がそんなことをつぶやいている時、僕の脳裏に、ある考えが閃《ひらめ》いた。僕は大家の奥さんが金泉宅に言っていたことをはっきり聞いたのだ。

「お母さん、金泉宅んちも部屋を空けないといけないみたいだけど、外の家に僕たちが移ったらいけないかな」

「何だって」

母は、涙のたまった目を輝かせた。

「奥さんに家を空けろとせかされて、金泉宅が半月以内に出ていくと言っていたのを聞いたんだ」

「それ、いつ聞いたの」

「半月ほど前かな」

僕が言うとすぐ、母は戸を開けて外に出た。平壌宅と僕も外に出た。善礼姉さんと僕は母が抜けていった中門に向かって、足音を忍ばせて歩いた。姉と僕は金泉宅の台所の中にそっと入り、店から聞こえる声に耳を澄ました。

「うちも出ていかないといけないんですけど、どうも姉さん〔大家の奥さん〕は、後に入る人を決めてあるみたいですよ」。金泉宅が言った。

「それは誰？」

「宝金堂の鄭技士だそうです。内唐洞《ネダンドン》のタンコルに住んでいて、自転車で通勤するのに一時間もかかるんですって。ソウルで同じような仕事をしていたのが、避難して大邱に来たから間借りしてるんです。一度、奥さんが子供をおぶって部屋を見に来ましたよ」

「いつまでに部屋を空けることになってるの？　それに、金泉宅はここを出てどこに行くつもり？」

「姉さんとの約束では今月初めに出ることになってたけど、私の入る部屋がまだ空かないんで、出ていけないでいるんです。今住んでいる人たちが、何日かしたらソウル行きの汽車に乗ると言って荷物をまとめたまま、ずるずると一週間過ぎてしまって。ソウルの人で、あちこちに貸したお金を回収しないと出ていけないみたいです」

「それなら鄭技士という人に、せめて冬が終わるまで待ってくれと、私が頼めばいいね。金泉宅が出ていったら、うちがこの部屋に移って」。母は元気な声で言った。

「そんなふうに互いに便宜を図れば、何とかなりますね。姉さんも理解してくれますよ」。金泉宅は素っ気なく言った。

翌朝、母は大家の奥さんが出勤する前に僕に案内させて宝金堂に行った。宝金堂は一番賑やかな松竹劇場の前にあるから母一人でもすぐに探せただろうが、それでもわが家では僕が一番年長の男なので同行させたのだ。宝金堂に行くと、店が開く前におかっぱ頭をした小間使いの女の子が掃除をしていた。しばらくして、自転車の荷台に弁当をくくりつけた鄭技士が到着した。

「あの……鄭さんですね？　私は宝金堂の社長さんのお宅の下の家に間借りしている者ですが」

母は年甲斐もなく恥じらいながら話しかけた。

「ああ、そうですか。話を聞いたことはありますが、どんなご用事で？」

「実は、鄭さんが外の家に引っ越してこられると聞きまして……」

「部屋を明け渡す約束の日からもう一週間になるのに、金泉宅って人が出ていってくれないんですよ。金泉宅が社長の奥さんの親戚だから私も我慢しているけれど、約束を守ってくれないと困りますね。奥さんも家に帰ったら、ちょっとせかして下さい」。鄭技士が先手を打った。

「ところで……鄭さんに、春まで引っ越しを待ってもらえないかと思いまして……」

「何ですって？　奥さんに何の権利があってうちの引っ越しに口を出すんです」。鄭技士は金切り声を出した。

「そうじゃなくて、実は私は仕立ての賃仕事で子供たちを養ってるんですけど、この寒い中、部屋を空けろと言われて、困っているものですから。遠くに引っ越したら、仕事が入ってこなくなるし……」

先生に叱られた子供のようにおどおどした母の言葉を、僕はそれ以上聞いていられなかった。それに、僕が一番聞きたくないのが「賃仕事」という言葉だ。京畿宅が時々口にする「妓生相手の賃仕事」という言葉を耳にすると、顔が赤くなるほどだった。僕は恥ずかしくなってそっと店を出た。鄭技士の口調からすると、簡単に解決しそうにもない。僕はポケットに手を突っ込んで通りをぶらぶらしながら、母が出てくるのを待った。いつのまにか子供たちの登校も終わって、朝の繁華街はひっそりしていた。僕は松竹劇場の前に掲げられた外国映画のスチール写真を眺めた。上映されていたのはアメリカの西部劇だ。ヤンキーたちが馬に乗って走り、先住民を銃殺する場面を大人がお金を払って拍手をしながら見るのが、僕には理解できなかった。ソウルが北朝鮮に支配されていた時、地上には赤い星のついた旗がなびいていたのに、空はいつも白い星のついた米軍の飛行機が占領していた。飛行機は都心部に昼も夜も爆弾を落とし、機銃掃射を浴びせた。避難できないでソウルに残っていた多くの市民がこの空襲で死んだり負傷したりして、家も焼けたけれど、幼い僕はたいして怖がりもせずに見物していた。一九五〇年当時から四年過ぎて振り返ると、戦争は実に恐ろしかった。もしアメリカが先住民を制圧した時にも飛行機があったなら、平和に暮らしていた先住民をアメリカ人はそんなふうに殺したに違いない。

僕が宝金堂のほうに目をやると、母と鄭技士が店の前の通りに出ていた。小間使いの子に聞かれてはまずい話があるのか、母と鄭技士は近づいてひそひそ話していた。母が事情を訴えて頼むと、鄭技士はそんなものは聞く必要がないとばかりに宝金堂のドアのほうに向き直るから、母はまた鄭技士の腕をつかんだ。もちろん鄭技士は妻子持ちだったし、僕の目にそんな光景が好ましいものに見えるはずはなかった。

いったい何をそんなに長々と話していたのか、うんざりするほどの時間が過ぎ、やっと二人は何か合意したように見えた。どういう訳か鄭技士が、お客さんを見送るみたいに母に丁寧にお辞儀をした。母も恥じらうように微笑みながら、腰を曲げてお辞儀をした。よからぬ想像をしていた僕は、そんなことを考えたのが恥ずかしくなって自分に腹を立てた。

母は横を歩いている僕が目に入らないみたいに、何か考えにふけりながら帰路についた。その顔が憂いに満ちていたので、僕はうまく解決したようだと思っていたけれど、そうでもなかったのかと疑った。母は唇を動かして数を勘定しているようだった。

「お母さん、鄭技士とはどんな話になったの」

韓国銀行大邱支店のある交差点を渡ると、僕は我慢しきれずに聞いた。

「ほんとうにソウルの人だね。ケチにも、ほどがある。ひと月に六百ファンもくれと言うから、四カ月で二千四百ファンになるじゃない。ひと月の家賃が、米二斗分近いのよ」。母は吐き捨てるように言った。

「どういうこと?」

「ああ、つまり、鄭技士が三月末まで引っ越してこないという条件で、毎月六百ファンをくれと言うの」

「六百ファンも? 大家さんに家賃を払ったうえに、大家でもない鄭さんに、またそんなに出すなんて……」

「だけど、困っているほうが立場が弱いの。こちらが我慢しないと仕方ない。うちは壮観洞を出たら食べていけないんだから」。母はそう言って、手の甲で涙を拭った。母は喉から絞り出すような声で話を続けた。「吉男、お父さんがいたら、うちはこんな目に遭うことはなかった。女一人で仕立物をして食べていると思って、鄭技士が馬鹿にするのよ。百ファンだけ負けてくれと頼んでも、絶対に聞き入れてくれない。一週間以内に引っ越すぞと偉そうに言うんだ。私があんな男にどうやって立ち向かえるの。くじ引きだってそうだ。他の家はともかく、うちはこの寒い中に引っ越せるような状況ではないからくじは引かないって、私が泣いて頼んだのに、大家の奥さんは、薪をたくさん買えと言ったのも忘れたみたいに、耳を貸さないいんだから。案の定、反対していた私が貧乏くじを引いてしまった。吉男、道はただ一つだ。あなたが大人にならなきゃ。真竹《まだけ》みたいに早く大きくなって、一人前の男になってちょうだい。そしたらお母さんの苦労が報われる」

母の言葉に、僕は返す言葉がなかった。僕が大人になっても、すべての競争相手に勝てるという保証はない。僕は新聞売りと新聞配達を通じて生きていくことの難しさを感じ取っていたし、人間がどれほど利己的で、生存競争に勝つことがいかに大変なことであるかを、あまりにも早く知ってしまった。僕が母の言うような頼もしい男になるには他人を踏みつけていかなければならないのだが、そうするには正直さや誠実さだけでは難しく、実力、体力、努力に加えて貪欲さ、狡猾さに話術まで兼ね備えなければいけない。僕はとうてい母の積年の恨《ハン》［理想とする状態に到達できなくて残念に思う気持ち］を解いてあげられそうになかった。僕が、女になることがかなわないなら、早く白髪の老人になりたいと思い始めたのも、その朝、母のその言葉を聞いた時からだ。兵役に就く年齢になる頃にはそんな気持ちが頂点に達し、ほんとうに女に生まれなかったことが恨めしく思えた。僕は三年間の軍隊生活を無事に耐える自信がなかった。入隊令状を受け取ると、入隊、除隊、就職、結婚、それから妻子を養うというお定まりのコースを思い浮かべた。僕はただ暗澹として、さっさと老人になって、僕に期待をかけるすべての人たちの視線から逃れたいと願った。ご飯が食べられて寝起きする場所があるうえ、公園や道端でぶらぶらと時間をつぶしている老人が、心の底から羨ましかった。

「吉男、うちが鄭技士に毎月六百ファン払うことは、誰にも言ってはいけないよ。大家の奥さんには秘密にすると約束したから、あなたも絶対に守りなさい。昔から男は口が重くないと、君子と呼ばれなかったものだ」。母が言った。

日暮れ頃に、大家の奥さんが家に戻ってきた。高級な毛皮のコートを着た奥さんは上の家に帰る前に、うちの部屋に立ち寄った。彼女は母を縁側に呼び出した。

「善礼のお母さん、鄭技士から話を聞きましたよ。それじゃあ、善礼のお母さんが外の家に引っ越して、上の家に近い部屋にいる京畿宅がこの部屋に移ればいいわね。でも約束は約束だから、冬が過ぎて三月になったら外の家は必ず鄭技士に明け渡して下さい。そうするには、お宅は陰暦の正月が過ぎたらすぐ引っ越し先を探さないといけませんね」

「はい、わかりました。理解していただいてありがとうございます」。母はぺこぺこと頭を下げた。

「私は鄭技士があんなに心の広い人だとは知らなかったわ。針仕事をしながら子供を学校に通わせている寡婦の哀れな事情を聞くと、自分も子を持つ親として、冷たくできなかったというんですから。私はその心がけが立派だと思って、鄭技士の子供たちのために牛肉を二斤買ってあげたんですよ」

僕は奥さんの話を聞いて内心では、すぐに宝金堂に駆けつけて鄭技士に、毎月六百ファンを受け取るなと言えばすっきりすると思った。でも母の望みどおり僕が真竹みたいにすくすく育って早く大人になっても、そんな度胸はないだろう。奥さんは化粧の匂いを残して上の家に上がっていった。それを聞いた平壌宅が母に、早く解決してよかったねと慰めの言葉をかけた。しかし母は僕よりもっとはらわたが煮えくり返っているらしく返事もできず、音がするほど歯ぎしりしていた。

翌朝、俊鎬のお母さんは仕事に出る前にうちの部屋にやってきた。彼女は母に、自分たちが住んでいる部屋をうちが使って、自分たちが外の家に移ってはいけないだろうかと提案してきた。金泉宅が部屋を空けたら、俊鎬のお父さんが店を使って焼きイモ屋をやりたいというのだ。

「うちの人も、人通りの多い所で商売をしたくないと言うし、夫婦のどちらかが家にいたほうがいいし。俊鎬を一人残して出歩くのは心配なんです」

「お宅の事情を知らないわけではないけれど、それは無理ですね。ご覧のとおり、母屋の中庭を通って出入りするお客さんは、みんなうちに来る若い女性でしょ。大奥さんが、うちの部屋に来る妓生を見るたびににらみつけるから針のむしろに座ってる気分なのに、上の家に近いお宅の部屋になんか移れるものですか。残り数カ月だけでも大奥さんに気を使わないで暮らせると思ったら気が楽だわ。冬を越したら出ていくにしても、当面は外の家に住みます」

母にきっぱり断られて、俊鎬のお母さんは何も言えずに引き下がった。でも俊鎬のお母さんはそこであきらめず、その日の夕方、仕事から帰ると再びうちの部屋を訪れた。彼女は売れ残った傷物のリンゴを三つくれた。そして、夫と相談したのだが、外の家の部屋は善礼のお母さんがそのまま使い、店だけ自分たちが使わせてもらう条件で、ひと月百五十ファンの家賃をうちに払うと言った。善礼のお母さんもどうせ春になったら出てゆくのだから、長めに見積もって四カ月だけでもそうしてくれと母にせがんだ。そうすれば、俊鎬の一家も四カ月後に店を空けなければならなくなるのだが、それについては何も言わなかった。母も、断りきれないというように、大家の奥さんに相談してみて許しが得られたらそうしようと答えた。

「俊鎬のお母さん、もし店だけ貸すことになっても、うちが百五十ファンもらうという話は秘密ですよ。秘密を守ってくれるなら奥さんに話してみます」

母は、鄭技士から受ける損害を少しでも取り返そうとするみたいに念を押した。人間は正直を命だと思って暮らさなければならないとつねづね僕に言い聞かせていたけれど、いざお金のことになると、母もやはり普通の女だった。

「秘密は守ります。ご存じのとおり、私もうちの人も口だけは堅いんです」

俊鎬のお母さんがすっきりした顔で帰った後のことだ。母は音を立ててはなをかむと、戦争が自分をこんなにひどい女にしたと言いながら自分の胸をたたいた。

「鄭技士のことを悪く言っておきながら、かわいそうな俊鎬の家からお金を取るために、自分のものでもない店を貸すなんて。まるで守銭奴だ。どうして私がこんなに図々しい女になったんだろう。きたならしい歳月……」

母は愚痴を並べ始めた。母はよく「きたならしい歳月」という言葉を口にしていたけれど、そうした時代に暮らしているのは下の家の住人だけではなかった。

かんばしからぬ騒動が上の家で二つ起こったのも、この頃だ。

僕は新聞を売っている時から市内の繁華街で大家の長男成準兄さんが、派手な洋装の年上らしいすらりとした女性と一緒に歩いているのを何度も見かけた。若い娘と一緒のこともあった。年上の女性は夫を戦争で失った三十代半ばの人で、二人の仲が焼きイモみたいに熱くなって噂が親の耳にも届いたのが去年の秋だった。両親は別れろときつく命じた。「子供が二人もいる寡婦なんぞ嫁にもらうつもりか。今すぐ手を切らないなら、お前の脚をへし折ってやる!」。大家のご主人のどなり声が下の家にまで聞こえた。相手の女性は休戦直前に戦死した陸軍二佐の夫人だという情報を、京織宅が下の家に広めた。そんな騒ぎが下火になると、成準兄さんは、次に五星織物の若い女工に手を出した。

ある日の夕方、奥さんが帰宅して夕飯を食べている時だ。その女工の父親が深い中庭のある家を訪ねてきて、大奥さんと奥さんを相手に腕を振り上げながら大声を出した。成準兄さんも、大家のご主人もまだ帰宅していなかった。

「そうかい、お宅みたいに財産があると、うちみたいな田舎者の生活は目に入らないのかね。噂になるのを恐れてクビにして口止めしておいて、しばらくしたら始末をしてやると言っていたが、もう半月になるのに顔も見せない。うちの娘が睡眠薬をのんで死のうとしたのを、あんたたちは知らないのか。うちの子の命は野良犬以下だとでも言うのか。娘があんなことになって、やっと目を覚ましたからこそ、俺がそのことを知ったんだ。すぐにその成準って奴を連れてこい。どう責任を取るつもりか、はっきりさせてもらおうじゃないか。腹はだんだんふくれてくるのに、どうするつもりだ」

帽子をかぶり、よれよれの作業服を着た男は酒に酔っていて、二時間以上も上の家に居座って大庁のガラス戸を割ったりした。奥さんが安さんを呼んで何か指示した。安さんの通報で中央派出所から巡査が来て男を連行しなかったら、深い中庭のある家の人たちはその晩、眠ることすらできなかっただろう。

「法に訴える。告訴して成準の奴を牢屋にぶちこんでやる」。女工の父親は巡査に腕をつかまれて出ていく時に叫んだ。

小遣いをもらいに父親の会社に出入りするうちに付き合うようになったという成準兄さんと女工の関係を、大家のご主人はどうにかして処理したらしく、その女工の父親は二度と姿を現さなかった。その後のことに関しては、まるで探偵みたいに探りを入れるのが好きな京畿宅が、安さんと大奥さんをどうやっておだてたのか、慰謝料を払ったことを聞き出して下の家の人たちに伝えた。

「金持ちにとっては一万五千ファンなんて、はした金だ。妓生屋に出入りするのを十日やめただけでも一万五千ファンは節約できるだろう。今の世の中では、お金さえあれば神様のキンタマを煮て食うことだってできるさ」。京畿宅が言った。

成準兄さんは両親の前に正座して、これからは絶対に女に目を向けないで勉強に専念するという誓約書を書いたそうだ。

そんなある日曜日の昼間、日当たりのいい縁側に出て英会話の本を読んでいた美仙姉さんと、編み物をしていた順花姉さんが話すのが聞こえた。

「姉さん、何日か前にね、ＰＸに忍び込んだ泥棒三人が捕まったよ。三人組で、俊鎬のお母さんぐらいの年の女の人も一人交じってた」。美仙姉さんが言った。

「三人とも、ひどく懲らしめられたでしょうね」

「姉さん、懲らしめるどころか、アメリカの憲兵たちがその三人をどうしたと思う？ 三日間営倉［陸軍の兵営内にある懲罰房］に閉じ込めて、韓国の警察に引き渡さずにそのまま解放したのよ」

「心優しいアメリカ兵に捕まってよかったね」

「ちっともよくない。解放する時、顔に赤いペンキを塗って、服にGoddamn Koreanと書いたんだから」

「顔にペンキ？ 子供みたい。ひどいな。それなら、いくらシャボン［せっけん］で洗っても取れないじゃない。ペンキが取れるまで外にも出られないのに、どうするの」。順花姉さんが同情するように言った。

僕は、まるで自分がペンキを塗られたみたいに顔がこわばるのを感じ、手で顔をなでおろした。ペンキを塗られた三人は、皮膚を剝がさない限り赤い色がひと月、いやふた月しても取れないだろう。真っ赤に塗られた顔のペンキを取ろうと皮膚がむけるほど顔を洗う三人の姿が、ぼんやりと思い浮かんだ。

「ところで姉さん、アメリカの憲兵二人が、女を釈放する前にどうしたと思う？」

「あいつら、スカートさえはいてればおばあさんにだってよだれを流すっていうじゃない。言わなくてもわかるから、それは言わないで」。笑いをこらえていた美仙姉さんが、話題を変えた。「話のついでだけど、大家の長男がね、何日か前に学校に行こうとした時、第一教会の前で通せんぼするのよ。話があるからパン屋の喫茶コーナーにちょっと入ろうって」

「それで、入ったの？」

「学校に遅刻すると言っても頑として聞かずに腕をつかむから、かっこ悪くて、ついていった。それで何を言うかと思ったら、自分は来年アメリカに留学する予定なんだけど、それまであたしに英会話の個人指導をしてほしいって」

「よく言うね」

「一昨日も学校に行こうとしたら、あの女たらしが第一教会の前で待ち伏せしてて、手紙を差し出した」

「ラブレター?」

「うん。美仙さんは砂漠のオアシスだとか、ピンクの薔薇の花だとか、青い太平洋の波を越えて、青い鳥になって一緒に留学しようとか……笑わせるよ」

「高校生でもあるまいし、ひどい文章。幼稚ねえ。あの女狂いめ、まだ治らないんだ。あんたの身体つきを物欲しげに眺めてるのよ。気をつけなさい。年は若くても、並の狼じゃないんだから」

「いっそ貧しいサラリーマンのほうがましだ。上の家に嫁入りなんて耐えられない。あのチンピラは女房を家の中に閉じ込めておいて浮気ばかりするに決まってるのに。考えただけでぞっとする」

「あんたもちょっとは考えてみたのね。嫁に行った後のことまで心配するなんて。隅に置けない子だ」

「大金を積まれてもいやだな。見てくればかり気にするような男なんか、まっぴら」

娘二人がおしゃべりしたら夜が明けるという京畿宅の言葉のとおり、二人の娘はそれぞれ別のことをしながら一時間以上無駄話をしていた。

大家夫妻が夫婦げんかをしたのは、その翌日のことだ。夜遅く、中門のほうからご主人のどなり声が響いてきた。

「どうしてこんなに遅くなった！　自分でも恥ずかしいと思うから、そんなふうに逆らうんだろう！」

部屋の戸の近くに座り、貸本屋から借りてきた名作文庫を読んでいた僕は、戸を少し開けた。冷たい風が顔に当たった。暗闇の中で、ご主人が奥さんの毛皮のコートの襟をつかんで中門から中庭に引きずり入れようとしていた。奥さんは小さな声で何か言いながら抵抗していたが、ご主人は奥さんを力ずくで舎廊に引っ張っていった。

舎廊ではしばらく口げんかが続いていた。ご主人の声がはるかに大きかったけれど、奥さんも負けずに言い返していた。

「家があって食べるのに困らないから何の心配もないように見えて、金持ちは金持ちなりに問題があるのねえ。あなたたち将来結婚したら、夫婦げんかはしなさんな。互いにちょっとずつ譲歩して相手のことを理解してあげたら、けんかにならないよ。家庭に争いごとがあってはいけない。すべての不幸は、一生を共にする夫婦の間にひびが入ることから始まるのよ」

母がミシンを回しながら僕たちにそう言った。

ガシャン！

舎廊のほうで、何かが割れる音がした。僕は再び戸を少し開いて上の家を見た。葉っぱの落ちた冬の木の枝の間に、電気のついた上の家の大庁が明るく浮かび上がっている。大奥さんが舎廊に向かっていた。奥さんは泣きながら夫に口答えしていた。京畿宅はセーターを着て、縁側に立って腕組みをしながら眺めていた。下の家の他の部屋も戸をちょっと開けたから、部屋の中の明かりが中庭に細長く伸びた。

「恥ずかしいと思わないの。何を偉そうにいつまでも口答えをしてるのよ。子供たちに恥ずかしくないのかい」

大奥さんはいつになく強い語調で嫁を叱った。

「私は男の子の少ない家に嫁に来て、男の子ばかり三人も産んで育ててきたんですよ。私のどこがいけないんです。子供のためにしたことなのに、恥ずかしいことをしたとでも言うんですか」。奥さんが涙声で反論した。

次の日の朝、奥さんは宝金堂に出勤せず、一日中舎廊に引きこもっていた。京畿宅が夫婦げんかの原因を安さんに聞いたけれど、安さんもわからないと言ったらしい。すると京畿宅は、大奥さんが安さんと一緒に唐辛子を碾《ひ》いてもらいに市場に出かける時、唐辛子の袋を運ぶのを手伝うと言ってついていき、探りを入れたものの成果はなかった。

「ばあさんが意地悪をして教えてくれようとしないから、何もわからないんだよ。自分の若い頃だったらとっくに実家に帰されたのにと、嫁の悪口を言うだけだ。奥さんが何かとんでもないことをしでかしたらしい。浮気ではなさそうだ。あたしが思うには、頼母子講が駄目になって収拾がつかないんじゃないかな。それで旦那さんにお金をくれと言ったんだろう。奥さんが欲張って、頼母子講のお金で宝金堂に金銀をたくさん買ってあったのが、換金できなかったとか……。最近は頼母子講がつぶれるのが、まるで流行みたいだ。信用できる**オヤ**は、なかなかいないね」。京畿宅が母に話した。

引きこもっていた奥さんは、四日ぶりに出勤した。濃い化粧をしていたけれど目の周りに痣が青っぽく残っていた。奥さんがそうして出勤した日の朝、大奥さんは京畿宅の執拗な作戦に負けたのか、嫁の非行を打ち明けた。二人が日当たりのいい大庁の端っこに座って話しているのを、僕は薪を割りながら盗み聞きした。

「……男女が身体を寄せ合って踊る所があるじゃないか。西洋の踊りを踊る所で、よその亭主と抱き合って踊っているのを、うちの息子に見つかったんだよ」。大奥さんが言った。

「この間の光復節《クァンボクチョル》［日本の支配から解放されたことを記念する祝日。八月十五日］以後、全国のダンスホールを閉鎖するよう命令が下されたというのに、まだそんな場所があったんですね。もっとも、秘密のダンスホールは警察の目を盗んで営業するんでしょうけど。ところで大奥さん、息子さんはこっそり奥さんの跡をつけたんですか」。京織宅が聞いた。

「それは知らないけど、ともかくそういう所で嫁を捕まえて、ジープに乗せて連れて帰ったそうだ」

「相手はどんな人だったんですか」

「警察の人だそうだ。浮気をしても言い訳はできるという言葉があるけれど、弁解だけはもっともらしいんだよ。しょっちゅう問題を起こす長男をアメリカに留学させようとしているのに、身元照会だか何だかに引っかかるから、うまく取り計らってくれるよう頼むために会っているうちにそうなったと言うんだ」

「まあ、ダンスホールは問題の多い、怪しげな所ですからね。戦争の後に、どうしてあんなにダンスがはやるのか……大奥さんも聞いたことがあるでしょう。ある男前の与太者がダンスホールで会った女をたぶらかして、一緒に寝た娘だけでも三十人以上になるって。そいつの手帳には、大学に通う良家のお嬢さんの電話番号もいっぱい書いてあったそうです。仕立屋さんの部屋に出入りする若い妓生もそうだけど、最近の若い人は貞操なんて、旅館の手拭いぐらいにしか思ってないんですから。うちにも年頃の娘がいますが、身体だけは大切にしなさいと朝晩言い聞かせてるんです。時代の移り変わりが早くて、あたしたちみたいな古い人間はついていけませんねえ」

「世も末だよ。あたしが嫁に来た時は、いい家の女は外に出られなかったし、出かける時は必ずスゲチマ［両班階級の女性が外出するときに使用したかぶり物］で顔を隠して輿に乗ったものだ。西洋の風習が広まって三綱五倫［儒教道徳の基本となる三つの綱領（君臣、父子、夫婦の道）と守るべき五つの道（君臣の義、父子の親、夫婦の別、長幼の序、朋友の信）］が崩れてしまった。都会はいっそうひどい。こんな世の中を見たくなければ田舎にでも引きこもらなきゃ。あるいは、さっさと死ぬか……」

大奥さんは握りこぶしで腰をたたくと、立ち上がって部屋に入った。

とうとう金泉宅が出てゆき、うちが外の家に引っ越す日の朝のことだ。同じ家の敷地内での引っ越しだし、たいした荷物もないとはいえ姉と吉重だけでも手伝ってくれればいいのに、二人は授業があるので堂々と学校に行ってしまった。たんすらない引っ越し荷物はこまごました道具ばかりだったが、それでも出して並べてみると部屋の中と中庭のあちこちに山ができた。僕は何から手をつけてどこに置いたらいいのか途方に暮れた。母は午後取りに来る仕立物があり、慌ただしい最中にもミシンを回していたので僕一人で運ばなければならない。

「吉秀はいたずらするだけだから俊鎬と遊ばせておいて、吉男、お前が運びなさい。適当に置いておけば、私がこの仕事をさっさと終えて片付けるよ。雨が降りそうだ。早くしなさい」。母がチョゴリの仮縫いをしながら言った。

下男としてこき使うために僕を大邸に呼び寄せたのか、と内心でつぶやきながら、僕は天を仰いだ。厚い雲が空を覆っていて、空気がひんやりした。雨でも降ったら、外に出した荷物がめちゃめちゃになる。もらわれっ子や拾われてきた子は何かにつけて悲しいことが多いのだと落ち込んでいると、そんなに働きたくないなら、お昼は食べないでいいと母が言った。食べるなと言うなら食べない。僕はほんとに今日、新聞配達もしないで家を出てやる。そんなことを考えながらも、台所の食器を一つ一つたらいに入れた。

「吉男、大変ね。あの薪まで外の家に移すのは」

中庭に出た順花姉さんが僕を見た。

順花姉さんはまるで別人になっていた。朝早くご飯も炊かないで家を出ていったと思ったら、編んでいた髪を切り、パーマをかけてきたのだ。白いチョゴリに紫のチマを着ていた。いつものコムシンではなく、ヒールの高い靴を履いているのが、ただならぬ気がした。

「姉さん、今日はどこかいい所に行くの？」

「故郷には帰れないけど、いい所に行く。あんたも大きくなったら、きれいな娘さんとお見合いをする日が来るよ」

一緒に出てきた平壌宅も商売を後回しにしたのか、軍服ではなく、チマチョゴリのよそいき姿だった。

「いいねえ。よその土地に疎開して、娘を嫁に出すまでになったんだから。順花が嫁に行ったら、さっさと正泰に嫁をもらわなきゃ。そしたら嫁が軍服を洗ったり、家事をしたりしてくれるだろうに」。京畿宅が台所の前にしゃがんで真鍮の器を洗いながら言った。

「お宅の息子さんも、早くお嫁さんをもらわないといけませんね。ちゃんとした仕事を持っているから嫁に来たがる子はたくさんいるでしょう」。平壌宅が答えた。

「心配しなくても、うちはもう決めてあるんだよ」

京畿宅は腰を伸ばして立ち上がると濡れた手をチマにこすりつけ、草笛みたいな音を立てておならをした。

僕が荷物を外庭まで六、七回運んだ時、頭に手拭いをかぶった金泉宅が風呂敷包みを持って部屋の小さな戸から出てきた。

「吉男、もううちの荷物は全部出した。部屋もきれいに拭いたし、荷物を部屋の中に入れてもいいよ」

「じゃあ、もう帰ってこないんですか」

「うん、七星洞に行くの」

「福述は?」

「外にいると思う」

僕が小さな戸から店の外に出ると、路地には家財道具を積んだリヤカーがあった。リヤカーのハンドルに、順花姉さんのお見合いについていったのだろうと思っていた正泰さんが、くたびれた作業服姿で腰かけていた。その横に立って口いっぱいにプルパンをほおばっていた福述が、僕の顔を見て言った。

「吉男兄ちゃん、うち、引っ越すんだよ。母ちゃんと一緒に、いい所に行くんだ」

「吉男、私はこのまま行く。母屋の人たちには出ていったと伝えてちょうだい。プルパンのドラム缶は俊鎬のうちにあげることにしたから置いていくよ」。金泉宅が店を見回して言った。いつものように怯えた顔が、曇り空みたいに憂いに満ちていた。

正泰さんがリヤカーを引き、金泉宅が後ろから押して、三人は長い路地を抜けていった。正泰さんと金泉宅はまるで夫婦のように見えた。もし平壌宅が見たら、大声で叱っただろう。金泉宅は奥さんの親戚だから、下の家の人たちはともかく、大奥さんには挨拶しなければならないはずなのに、借金取りに追われているみたいに出ていってしまった。僕は、都会の引っ越しは薄情でつまらないと思った。田舎にいる時、駅の近くに避難民の家族が十数世帯、むしろで屋根と壁を造った小屋に住んでいた。彼らが故郷である北に帰る時は、あんなふうではなかった。近所の人たちが駅まで見送って、次はいつ会えるのだろうかと言いながら手を握り、涙を浮かべた。

中庭に入り、金泉宅がリヤカーに荷物を積んで出ていったと言うと、母もその点を不思議がった。

「変な人だ。私に何か怨みでもあるのかねえ。出ていくなら出ていくと言ってくれればいいのに」

母はそう言うと、またミシンを回した。

もし僕がその足で家を出ていってしまったら、母はこう言うかもしれない。「変な子だ。私に何か怨みがあるのかねえ。出ていくなら出ていくと言えばいいのに。やっぱり実の子でないと、どこか違うね」。母はそうつぶやいて、僕を捜そうともせずにミシンを回すのだ。だけど、七星洞に行く金泉宅とは違って、僕は家を出ても行く当てがない。その年になっても友達とろくにけんかしたこともなかったし、遊ぶにしても、自分と同じようにおとなしい子たちと石なご遊びをするのがせいぜいだった僕は、何にせよ自分の意志で何かをやり遂げたことがなかった。母は僕がそんな情けない性格だということを知っていたから新聞を売らせたり、思い切り厳しくしたのかもしれないと大人になってから気づいたけれど、当時は悔しさを誰かに訴えることもできなかった。

午後になると母が荷物を運び始め、お見合いから帰った順花姉さんも手伝ってくれた。母が順花姉さんに、相手はどんな人かと聞いた。順花姉さんは陸軍中尉だと言って頬を赤らめた。

「じゃあ、陰暦の正月前に式を挙げるの？」

「あちらも平安道の人で、きょうだいだけ南に来てて……部隊は釜山だけど、お兄さんがヤンキー市場で救援物資を扱っていて、仲立ちをしてくれたみたいです。住む部屋や結婚費用も大変だから来年の春になるかも……」

「順花はその人が気に入ったんだね」

「軍人はみんな似たようなものでしょうが、いかつい感じでした。どちらの家も寂しいから、早いほうがいいだろうということにはなったんですけど……」

「順花は嫁に行ったら夫によく仕えてきちんと家を守るよ。真面目で働き者だもの」。母が言った。

「でも相手が国軍の将校なんで、兄はひどく反対してて……」

「一緒に暮らすのは順花だから自分が気に入ればいいのよ。離れて暮らすお兄さんが何を言ったって関係ない」

吉重と姉が学校から帰って引っ越し作業を手伝い、電気のつく頃、ようやく荷物がだいたい整理できた。夕食はいつもより二時間も遅く、オンドルの暖房を兼ねてかまどに薪をくべてご飯を炊いた。母はみんなご苦労だったと言い、ご飯だけはたくさん食べさせてくれた。部屋は下の家の部屋より少し広くて、隣の家に向いた側に明かり窓があった。帰宅の遅かった大家の奥さんが、引っ越したのねと言いながら部屋の中を覗いた。

零時近くになって、焼きイモのドラム缶を載せたリヤカーを引いて帰ってきた俊鎬のお父さんが、店の前で咳ばらいをして母を呼んだ。俊鎬のお父さんは、部屋の戸を開けて顔を出した母に、明日から店を使いたいと言った。

「今度は一軒家だから静かでいい。自分の家みたい。うちが家を買える日が来るかどうかわからないけれど、それまでここに住んでいられたらどんなにいいだろう。吉男が大きくなってお金を稼ぐようになれば、うちも家を持てるのかな。いつのことやら。きたならしい歳月が早く終わればいいけど……」。布団を敷く前に部屋の床に雑巾がけをしながら、母が言った。

僕たちが使っていた部屋には、大家の奥さんの言うように、上の家に一番近い京畿宅が移るのが自然だ。しかし京畿宅は、あの部屋は下水溝に近くて夏になると臭うという理由で移るのを拒み、俊鎬のうちが何の文句も言わずに移った。京畿宅は俊鎬一家のいた部屋に引っ越し、空いた京畿宅の部屋は成準兄さんの勉強部屋になった。もう戸を開けさえすれば、美仙姉さんの顔が見られるのだ。誰が得をして誰が損をしたのかわからないけれど、京畿宅は成準兄さんが隣に来たのが気に入らないらしかった。

「チャングが下の家の部屋を使うと言ってたのに、成準が机を持ってくるなんて。板壁一つ隔てた隣に若い男がいたら、おならも好きなようにできやしない」

京畿宅はぼやいたけれど、自分が言い出して隣の部屋に移ったのだから文句は言えない。その日の夕方PXから帰った美仙姉さんはひどく腹を立て、なぜ端っこの部屋に移らなかったのかと母親を責めた。もう一度部屋を交換しようとは、さすがに言い出せないのだろう。京畿宅は黙っていた。

翌日から俊鎬のお父さんはうちの部屋の前にある店にドラム缶を二つ並べ、焼きイモとプルパンを焼いた。俊鎬のお母さんは商売を終えて戻り、晩ご飯を作って食べ終えると、店に出て真夜中まで夫の商売を手伝った。僕は二日がかりでうちの薪を外庭に移した。それまで薪割りはあまりできていなくて、火を焚こうとしても割ってある薪が足りなかったりした。

外の家に落ち着いてから五日目、十二月中旬になってようやく、深い中庭のある家で最後にキムジャンをすることになった。引っ越してからキムジャンをするはずが、引っ越した後も何だかんだで遅れていた。塩辛の甕を背負った商人が路地を行き来しながら「アミの塩辛、イワシの塩辛!」と叫ぶたびに母は、うちも早くキムジャンをしなければいけないと言ったけれど、仕立物がたまって暇がなかったのだ。

キムジャンの日は、ひどく風が強くていつになく寒かった。母は針仕事を始める前に朝早く廉売市場に行き、キムチさえあったら冬は他のおかずはいらないという持論に従って白菜三十五個と大根五束を買ってきた。白菜は中が詰まっていない、青い葉の多い下等品だから四つには割れなかったけれど、下の家の人たちが白菜二十個ほどを漬けたのに比べれば倍近くあった。母はキムチの材料を買う時、捨てられるしなびた白菜の外葉や大根の葉っぱをもらってかごに入れ、頭に載せて持って帰った。そうしてただで手に入れたクズみたいな白菜の葉や大根の葉っぱは、縄でしばって風通しのいい所に干した。冬の間、スープの材料にするためだ。

いざキムジャンをしようとすると、水道が時間制の給水であるうえ、冬は水道の蛇口が凍って飲み水や洗濯に使う水すら足りなかったから、白菜を洗えるのか心配になった。大家さんはもちろんのこと、京畿宅や平壌宅も水売りから水を買ってキムジャンをしていたし、俊鎬のお母さんに至っては白菜を買うと新川で洗って塩漬けにしてきた。うちも水を買わなければならない状況だったけれど、言うまでもなくうちの母は、お金を払って水を買うような人ではない。

「三代にわたって勢力を誇って偉そうに暮らしていたという家が、どうして井戸も掘らなかったんだろう。仕方ない。吉男、伯母さんの家で水を運ぶ背負子を借りてきて、中国人学校で水を汲んでおいで。あそこはポンプで水がよく出るそうだ。ブリキのバケツにいっぱい入れたら重いから、半分ずつ持ってきなさい。三回ぐらいは往復しないと、キムジャンができないね」。母は朝食を終えた僕にそう言った。

長い路地を抜けた鐘路通りの真ん中あたりに大邸で最も大きい中華料理店群芳閣があり、その向かいに中国人学校があった。うちから三百メートル以上離れていたけれど、母に言われたからには水汲みをしないわけにはいかない。やらなければご飯を食べさせてくれないだろう。僕は背負子を借りに伯母の家に行った。母は、ひとたび口に出したことは必ず実行に移した。ご飯を食べさせないと言えば、本当に食べさせてくれなかったし、今日、仕事が終わったら鞭でたたくと言えば、その晩、絶対に萩の枝の鞭をふるった。「痛くても大きな声を出したりしなさんな。うるさくすると隣の人が寝られないからね。歯を食いしばって我慢しないなら家を追い出すから、どこかで勝手に寝ればいい」。母はそう念を押し、青筋を立てて容赦なく僕のふくらはぎを鞭打った。

僕は学校の守衛に頭を下げて事情を話し、一回はどうにか水を汲んできた。しかし二回目はどう考えても断られるから、なかなか行く気になれない。その時思い浮かんだのが、新聞を配達して残った拡張用の新聞だった。僕は二日分の新聞を持っていき、守衛のおじいさんにただであげて、さらに二回水を汲むことができた。水を担いでいると冷たい風で耳が真っ赤になって痛かったし、肩は抜けそうになり、脚もぶるぶる震えたけれど、それはまだ我慢できた。それより、水に濡れた手が冷えるのがつらかった。最初は指が赤くふくれ、しまいには青黒くなり、指がもげそうに痛かった。新聞配達をする時はポケットに手を突っ込んで歩くこともできたが、水の背負子を背負っている時には、バケツをぶら下げたひもをつかんでいないとバケツが時計の振り子のように動くし、水が揺れてまともに歩けない。歩いては休み、息で指を温めても痛みはやわらがず、そのうち指が石膏に変わってしまいそうな気がした。大家さんの三男であるトルトリ兄さんの持ち物のうち、一番羨ましかったのは柔らかい革の手袋だった。せめて軍手でもあったら、ずっとましだっただろうに。だからその年にキムジャンをしたことと共に、手が冷たかったことはずっと記憶に残っていた。軍隊で大巌山《テアムサン》［江原道麟蹄郡《インジェグン》にある山。標高一三二〇メートル」の最前線の鉄柵前で冬の夜に歩哨に立った時の、鼻がもげそうな寒さと同じぐらいつらかった。

白菜に塩をたくさん振り、薬味は唐辛子の粉とつぶしたニンニクしか使わなかったけれど、キムジャンをした日に食べるキムチの味は、その当時も、いろいろな食べ物の味を知ってしまった今でも、あまり変わりはない。あの頃食べた漬けたてのキムチは今まで食べたどんな物よりもおいしかったし、今でもあのキムチのことを考えると口に唾がたまる。僕はキムチを引き裂き、キムチをおかずにするのではなくご飯をおかずにキムチを食べるみたいにたっぷり食べたので、何日かは大便をするたびにお尻の穴がひりひりした。消化できなかった赤いキムチがそのまま大便に交じり、大便がなかなか切れずに長くぶら下がった。

朝早くお腹が痛くて他の人より先に便所に入り、これからはキムチには目もくれず、ご飯に水だけかけて食べようと決心した日のことだ。便所の中で痛むお腹を押さえ力を入れてうなっていると、外から京畿宅が、早く出ろと二度も催促した。

「昨夜も帰らなかったって?」

京織宅が誰かに尋ねる声が聞こえた。

「心当たりのある所は全部当たってみたけど、わかりませんでした。徴兵忌避者の取り締まりが厳しいというから、何かの拍子に憲兵に連行されたのかと思って、警察署にも連絡してみたんだけど」

順花姉さんが心配そうに答えた。

「永川の難民収容所には行ってみた？　正泰が、新川以外の所にも、故郷の人を捜しに行ったのかもしれないよ」

「今日、バスで行ってみるつもりです」

どうやら正泰さんが二日間家に帰っていないらしい。僕が深い中庭のある家で暮らすようになって以来、正泰さんが外泊したことは一度もなかった。変な気がした。正泰さんが常日頃から社会について不平を言っていたことを考えると、どこかで何か口走って捕まったのではないかと、僕も心配になってきた。

朝食の後、僕は部屋で母と向き合っているのが退屈だから、いつものように店に行った。ハンチングをかぶった俊鎬のお父さんが、一つのドラム缶でプルパンを、もう一つのドラム缶で焼きイモを焼いていた。

「ここのほうが商売しやすいですか？」。僕が尋ねた。

「二種類やってるから、それなりに食べていけそうだ。こんな店でも、自分のものだったらいいんだがな。いつ統一されて、故郷に帰れるやら。北に統一されれば、私のような国軍の傷痍軍人は、あちらの社会でひどく冷遇されるだろうが……」

「何時頃に一番よく売れますか」

「日によって違う。でも、夜は腹をすかせた近所の人たちがよく来るね。仕事帰りに買っていくから夕方が一番いいのかな」

俊鎬のお父さんはもともと右利きだったけれど、鉤の右手はどうしても使いづらくて、まともな左手でせっせと二つのドラム缶の世話をしていた。軍手は左手だけはめていたから、浅はかな僕は、一組買ったら他人の倍使えると思った。買いに来た近所の子供たちが、彼の鋭い目や鉤の手を見て買わずに逃げ出してしまうと噂されていたのを思い出した。そんな時の俊鎬のお父さんの惨憺たる表情は、たやすく想像がついた。商売はやはり奥さんのほうが上手だった。数日前の朝、彼女は壮観洞の長い路地にある家を一軒ずつ訪ねて歩いた。傷痍軍人になった夫がプルパンと焼きイモを売っている、子供たちには歯に良くないお菓子や飴を与えないで、腹持ちのいいうちの店のおやつを利用してくれと宣伝したのだ。戦前は教師をしていた人が戦争で片腕を失って故郷にも帰れなくなったのだから、ちょっとは同情してくれてもいいだろうという台詞には説得力があった。そばかすだらけのやつれた顔で落ち着いて話す俊鎬のお母さんは、大家の大奥さんが言ったように、真面目でいじらしい女性に見えた。そう宣伝してから、俊鎬のお父さんの商売がうまくいくようになったのは、当然の結果だ。

「プルパンと**ヤキイモ**と、どっちがよく売れますか」と僕が聞いた。

「そりゃ、焼きイモ《クンコグマ》だ」。俊鎬のお父さんが手を止めて、僕を見た。「お前、植民地時代の終わり頃に生まれたくせして、**ヤキイモ**とは何だ。日本の支配から解放されて十年近くになるのに、まだそんな日本語を使うのか。大人たちが言い慣れた**ヤキイモ**だの**ベントウ**だのといった言葉を使ったとしても、韓国語の教育を受けたお前たちがそんな言葉を使ってはいかん。わかるな?」

僕は返す言葉がなかった。しばらく黙って俊鎬のお父さんがプルパンを焼く手を見ていた時、早朝に便所の中で聞いた順花姉さんの言葉を思い出した。

「俊鎬のお父さん、正泰さんのことだけど。二日間、家に戻っていないって知ってますか」

「いや。どうして帰ってこないって？」

「誰も知らないみたいです」

「捕まったかな」。俊鎬のお父さんが独りごとを言った。彼も、真っ先にそれを思いっていたようだ。

「わかりません。何が起こったんだか」

「賢いけれど、あんなふうな考え方ではなあ……。この不穏な時代に、出る杭は打たれやすいものだ」

俊鎬のお父さんは、やはり独りごとをつぶやいた。

正泰さんは四日過ぎても戻らず、行方はわからなかった。京畿宅は俊鎬のお父さんの店先に座り、正泰は金泉宅とことのほか仲良くしていたから、どこかで同棲してるのではないかと言った。平壌宅もそう疑っているようだったけれど、深い中庭のある家の人たちは誰も、金泉宅の引っ越し先を知らなかった。聞こうとした人もいなかったし、金泉宅も、ただ七星洞に行くとしか言わなかった。金泉宅の引っ越し荷物を正泰さんが運んでいたのを見た僕も、彼が金泉宅の部屋に居座っているのだろうと思ったけれど、ついて行ったわけではないから場所はわからない。七星洞だけでも大小の住宅が何千軒もあったし、たいていの家は休戦後も一、二世帯の難民に部屋を貸していた。洗濯場のある新川は七星洞を流れていて、川沿いに避難民たちの小さなバラック小屋が立ち並んでいる。それをいちいち捜すのは簡単なことではなかった。しかし順花姉さんは新川で軍服を洗う合間に七星洞はもちろんのこと、七星市場や西門市場にも行ってお兄さんを捜した。「はるばるここまで疎開してきて、また離散家族になるなんて。悔しくてたまらない」。無駄足をして帰ってきた順花姉さんがつぶやいた。大学入試を目前に控えて徹夜するほど勉強に没頭していた正民兄さんも、放課後にはお兄さんを捜しにあちこち尋ねて歩いた。彼はソウル大学法学部を志望していた。周囲の人たちは普段の実力で十分に受かるだろうと言っていた。

第八章

ラジオ屋の店頭からクリスマスソングが流れ、第一教会の庭にあるヒマラヤ杉に色とりどりの紙テープ、ボール紙で作ったサンタクロース、白い綿などが飾られた。

寒さに震えながら新聞配達を終え、闇に覆われようとする松竹劇場の前を通ると、どこから金が湧いてくるのか不思議なぐらい着飾った人たちで混雑する繁華街は、煌々とした明かりに照らされて実に華やかに映った。その街だけは年末の好景気がはっきりと見てとれた。

――五人家族がフグ鍋を食べて心中。

――年末の寒波で凍死者続出。昨日、大邱だけでも四名。

――飢えのあまり子供を売り飛ばした非情の父、逮捕。

――孤児院の少年たちが一日一回だけの給食に抗議して集団脱走。

新聞にはずっとそんな記事が出ていた。それでも僕はその華麗な街で成準兄さんが相変わらずすらりとした洋装の女性と腕を組んで歩く姿や、私服に着替えて友達と一緒にパン屋の喫茶コーナーに出入りする桐姫姉さんを見かけた。だが僕は彼らを見ると、うつむいて自分から避けた。僕が捜していたのは別の人だ。正泰さんと金泉宅はその街だけではなく、僕が配達する区域のどこにも見つからなかった。頰に傷のある男も秋以来、見ていない。

毎月第四日曜日には松竹劇場近くの宝石店や時計屋は休業するのに、その日の朝遅く、大家の奥さんは毛皮のコートに狐の襟巻をして外出した。新聞配達のない日なので、午後、僕が店先で日向ぼっこをしながら貸本屋から借りてきた金来成の探偵小説『怪奇の画帖』を読んでいると、奥さんが十代初めぐらいのおかっぱ頭の女の子を連れて帰ってきた。女の子はアメリカの救援物資とおぼしい、だぶだぶしたギンガムチェックのコートを着ていたけれど、ふくらはぎは寒そうに見えたし、運動靴は破れていた。白いシラミの卵がくっついた髪の毛や乾癬のできた青ざめた顔は、僕が配達する時に見かける孤児院の子供たちとそっくりだった。光る目とつぐんだ口が、しっかりした感じだった。

しばらくすると、「まきわーり、いかがですかあ」という呼び声が路地の奥から聞こえたので顔を向けると、作業服姿に背負子を背負った男がいた。犬の毛皮の帽子をかぶったその男は、こちらに向かって歩いてきた。朱オクスルさんだ。

「中隊長殿、こんにちは」

人民軍出身の朱さんは、国軍将校だった俊鎬のお父さんに敬礼しながらおどけたように挨拶した。

「六日ぶりかな。何か変わったことはあったかね」

「特にありません。中隊長殿、その間に黄海道遂安郡サムジョン面の人に会いませんでしたか」

朱さんが、誰かれ構わずいつも聞くことだった。

「おい、その中隊長殿はやめてくれ。人に聞かれたらみっともない。それに、私が君の家族に会ってたら、とっくに知らせているよ。ところで、浦項《ポハン》では成果はなかったようだな」

「山奥の谷山《コクサン》という所の人には一度会いました。田舎の話はできたけれど、遂安の人には……」。朱さんは僕を振り返って言った。「お前、薪割りはたくさんできたか」

「いえ、疲れるから毎日ちょっとずつやってます」

壮観洞の路地を時々通る朱さんはある日僕に、二、三時間でできるから、うちの薪割りをただでしてやろうと言ってくれた。しかし、正泰さんが薪を割ってやると言った時にきっぱり断った時の様子からして、母が許すはずはない。母は、「うちの子の一石三鳥すら奪おうとするなんて、そんなに暇なんですか」と言うだろう。僕は母には伝えず、朱さんに、自分でやると言った。

「今日は午前中に荷物を四回も運んだから、プルパンでも食うかな」

朱さんは背負子を下ろすと店の前の段差に腰かけて、湯気の出るプルパンをがぶりとかじった。寝る部屋すらなく、駅前の難民収容所で大勢の人に交じって寝ているという彼の状況からして、一つ食べろとは言ってくれないだろう。僕はごくりと唾を飲み込んだ。僕が横目で見ていると、朱さんは二つ目のプルパンを割いて僕に半分くれた。

「お前、これ食べたら、母屋に行って安さんをちょっと呼んできてくれないか」

朱さんは大きな毛穴に汗のにじんだ団子鼻をひくひくさせて、照れたように笑った。

僕は店の奥にある、手のひらほどのガラス窓がついた、うちの部屋の戸に目をやった。ガラスの向こうは暗くて、ミシンを回す音がしていた。母はつねづね、何であれ人から食べ物をもらってはいけないと厳命していたけれど、僕の手は勝手にそのプルパンをつかんでいた。僕は店の台所を抜け外庭に出て食べてしまった。母屋に行くと、上の家の台所の戸が閉まっていた。いつもは開けっ放しなのに。

「安さん、台所にいないんですか」

「女の子が行水してるんだから、男は戸を開けちゃ駄目よ」。安さんが台所の中から答えた。

ざあざあと水をかける音が聞こえ、僕は安さんがお湯を沸かして行水しているのだと思った。安さんのきゃっきゃっという笑い声が聞こえた。深い中庭のある家の住人のうち、誰よりも明るい人だから、行水している時も遊んでいるのだろう。夏のある晩に、台所の中で行水していた彼女を偶然見た時、ふっくらとした脇腹がぼんやり見えたのを思い出した。

「ちょ、ちょっと外に出てきて下さい。お客さんですよ」

僕はひとりでに顔が赤くなり、言葉がつかえた。

「誰なの」

「来たらわかります」

僕は外庭に出た。少しすると安さんが手を拭きながら店の前にやってきた。安さんの顔はなぜか風呂上がりみたいな感じがしないので、僕のほうががっかりした。

「朱さんが来てたのね。にこにこしているところを見ると、何かいいことがあったみたいね」。安さんが聞いた。

「落ち葉みたいにさすらってる身で、いいことなんかありませんよ。プルパンを食べて思い出したから呼んだんです。四日間、薪割りをした時、温かいご飯とおいしいおかずを出してくれた時のことを。南に来て初めてだったから、寝ていてもふと思い出したりしてました。苦労していた時に受けた恩を忘れる奴は犬にも劣るというけど、今度は俺がプルパンや**ヤキイモ**をごちそうします。どれでも好きなだけ食べて下さい。お金の心配はしないで」

朱さんは頰ひげについたプルパンのクズを、荒れた手で払った。

「お金を拾ったのか何だか知らないけど、食べろというなら食べなきゃね。朱さん、ありがとう」

安さんはドラム缶の上に置かれた握りこぶしほどの焼きイモを持って皮をむくと、半分に割って僕にくれた。僕はそれをすぐに受け取り、またうちの部屋の戸をちらりと見て、淡い暗緑色の湯気が立つイモをかじった。甘くておいしかった。その日は食べ物運に恵まれていたらしく、二度もただでおやつが食べられた。朱さんはやかんを持ち、注ぎ口から流れる水を口で受けて飲んだ。

「私も市場に行った時には黄海道遂安郡サムジョン面の人を一生懸命捜してみたけど、人捜しってほんとに大変ね。小さな国でこんなに大変なら、アメリカみたいに大きな国では生き別れになった家族をどうやって捜すんでしょう」。安さんが朱さんに言った。

「きょろきょろしながら道を歩いていると、お前、ここにいたのかい、兵隊に行って、死なずに元気でいたんだね！　と叫びながら、おふくろがどこからか現れるような気がするんだけど、なかなかそうはいきませんねえ。小さくても俺にとっては広過ぎる南の地で、人を捜すのはとても大変です」

朱さんが立ち上がって手を払った。

「うちにも親のない子が来たんですよ。奥さんが孤児院から女の子を連れてきたんだけど、ひどく汚いの。だからお湯を沸かして洗ってやったら、まあ、お釜のおこげみたいに垢がこびりついてて。それでなくてもがりがりに痩せてるのに、びっしりついていた垢を落としたら骨と皮だけになっちゃった。だから、そのオギって子に言ったんです。もう親のことは忘れなさい。あたしが、かわいそうなあんたを実の妹だと思って一年以内に太らせてあげるって」

「ええ、そうしておあげなさい。いいことです。かわいそうな老人や弱い人やみなしごの世話をすれば、天がその功徳を覚えているという言葉があるでしょう」

朱さんは、俊鎬のお父さんにお金を払って背負子を背負った。それまで俊鎬のお父さんは何も言わずに恥ずかしそうな、あるいは何か感謝しているような微妙な笑みを浮かべて、鉤の手まで動員してイモを焼いたり火加減を見たりプルパンをひっくり返したりしていた。朱さんは、さて、どの道に出ようかとつぶやきながら、ガラスのように澄み切った冬空をしばらく見上げていた。

「おばさん、大奥さんが呼んでます」

奥さんが連れてきたオギという子が店に来て安さんに告げた。今朝、奥さんについて歩いていた時は地面に転がるイガグリみたいだった子が、安さんのおかげで見違えるような姿になっていた。チマチョゴリを着て、眉間に青い筋が浮いて見えるほど色が白くなっていた。

「あら、市場に行く時間ね。今日はたくさん買い物をしないといけないな……」。独りごとを言っていた安さんが、挨拶をして出ていく朱さんを呼びとめた。「朱さん、クリスマスの日の朝、来てちょうだい。私がごちそうを用意しているから。何日か食べないでもいいぐらい、こってりした物を食べさせてあげる」

安さんがにっこりした。

「家で何か宴会でもあるんですか。でなけりゃ、先祖の祭祀でも」

「クリスマスの前の日、イブだか何だか、とにかくその日の晩に家で宴会をするんですって。ああ、宴会じゃなくってパーティーだわね。十五人ほど招待するっていうから、大庁がいっぱいになるでしょうよ。群芳閣から腕のいい料理人を二人も呼んで料理を作らせるんですって」

　僕は目を丸くした。安さんの言っているのがどんなパーティーだか知らないが、聞いただけでそわそわした。明るい照明の下にいろいろな料理をたっぷり盛った皿が並び、優雅な音楽が流れ、着飾った人たちが朗らかな笑い声を立てて……。想像しただけでも胸が高鳴るほど美しい光景だ。二十四日の夜のひと時は、母屋を見物するだけで退屈せずに過ごせる気がした。

　日が暮れて電気がつく頃、順花姉さんと正民兄さんが疲れた足を引きずって戻ってきた。日曜日の昼間はずっと正泰さんの行方を捜していたのだ。二人は足取りも重かったけれど、表情も暗かった。

「今日も無駄足だったのか」。俊鎬のお父さんが尋ねた。

「西門市場で、平壌師範学校で兄と一緒だったという人に会いました。最近は連絡がないけれど、兄と親しかったキボクという人がソウルで学校の先生をしているらしくて、会いに行ったのではないかと言っていました。とても会いたがっていたそうです」。正民兄さんが言った。

「今日も見つかりませんでした。俊鎬のお父さん、こんな時はどうすればいいんでしょう?」

「金泉宅は?」

マフラーを巻いた順花姉さんは、泣き顔になった。

「子供でもないものを、どうしてそんなに捜すんだ。いつか自分の足で戻ってくるさ」

「持病もあるのに、この寒空で……」

「姜《カン》って刑事が、今日も来たな。金泉宅の行き先を知らないかと言って」。俊鎬のお父さんは、やっと思い出したみたいに言った。

僕は晩ご飯を食べると外に出て、ドラム缶に残っている熱で温まりながら、顎のとがった姜刑事の顔を思い出した。金泉宅を捜している彼もまた、平壌宅一家と同様、無駄足ばかり踏んでいた。いや、姜刑事は金泉宅を通じて、頬に傷のある男を追っているのだ。

翌日の午後、僕はいつもどおり大邱日報社に出かけた。寒いのでズボンのポケットに手を深く突っ込み、肩をすくめて歩いた。街の至る所にクリスマスソングが流れ、午前だけで授業を終えた子たちがおおぜい家路についていた。帽子をかぶり制服を着た中学生に会うと、僕は何か罪でも犯したみたいに道を譲り、道端の家に張りつくようにして歩く癖がついていた。彼らは、明日から休みだと言いながら気分良く騒いでいた。市内の学校は二十四日の午後から冬休みに入ったのだ。来年のカレンダーやクリスマスカードを売る店には女学生が集まっていた。きれいなカードを選ぶ女学生を、僕はそんなカードを送る相手もいなければ、受け取るはずもないから、ただぼうっと眺めていた。どうしようもなく寂しかった。地面を見ながら歩くと、母が初めて買ってくれた運動靴は二度も修繕に持っていったのに、ゴムの靴底が口を開けていた。

新聞社の裏庭では配達の少年たちが新聞を待つ間、空気の抜けたサッカーボールを蹴って遊んでいた。漢柱は、やはり見当たらなかった。寒くなってからお母さんが倒れて塩漬けの魚の行商ができなくなり、十三歳で家長となった漢柱はいっそう熱心に商売をしていた。彼はガムだけでなくアメリカのドロップやチョコレート、鉛筆、さらには爪切りや耳かきといったものまで売っていた。

新聞が運ばれ、孫さんが中部区域の配達員に新聞を分ける頃になってようやく、赤い顔をした漢柱が走ってきた。彼はプルパン屋を始める前の俊鎬のお父さんみたいに、小さな手提げカバンを持っていた。

「おい、お前、毎日遅刻だな。拡張はちっともできないくせに」

頬のこけた孫さんが、漢柱を叱った。

「おじさん、それでも固定読者が離れない配達員は僕しかいないんですよ。拡張といっても、食べていくのが難しい冬に新しく新聞を取ってもらうなんて、めったにできることではないでしょう」

漢柱の返答はいつも淀みなく、はきはきしていた。

「お母さんの具合はどうだ？」。僕が漢柱に聞いた。

「昨日、初めて病院に連れていった。心臓病だって。母さんは戦争前も、墓参りに行く坂道がつらそうだった。戦時中に食べ物がなかったし、ショックを受けたり働き過ぎたりしたのが原因みたいだ。これからは僕が必死に働かなきゃ。責任重大だ」。北風に当たっているのに漢柱の顔は汗びっしょりで、甘い匂いの交じった息を吐いていた。

「薬はのんでるのか」

「何日か分はもらってきたけど……。ゆっくり休んでよく食べるのが、一番だそうだ。ちゃんと呼吸できなくて苦しんでいる時は、そばで見ているのがつらい」

「僕が助けてやれることは何もないな……」

「助けるだなんて。お前んちだって大変なのに」。漢柱はそう言うと、八重歯を見せてにっこりした。「今は稼ぎ時だ。クリスマスに年末だからな。こういう時に一生懸命稼がなきゃ。吉男、じゃあまた明日。配達頑張れよ」

漢柱は僕の肩をたたき、大通りに走っていった。彼は夜の十二時近くまで歳末の繁華街を歩いて行商をするのだ。

僕は配達を終え、人通りの少ない住宅街の路地を選んで家に帰った。配達している時は自分の区域を走るようにして回ったからあまり寒さは感じないけれど、帰り道はいつも夕方の冷たい風が、肌だけでなく骨にまでしみるようだった。

日が暮れた帰り道の寒さは、空腹に劣らず僕の心を寂しさと悲しさでいっぱいにした。きたならしい歳月を怨む母のように、僕もやはり、何が嬉しくて生きてるのだろうという気がした。埃より小さな粒になって、凍てつく闇に消えてしまいたかった。

薬屋横丁に入ると、漢方薬店や薬材商が電気をつけ始めており、人通りも多かった。家に帰る長い路地の入り口で、僕は成準兄さんと美仙姉さんに会った。学校の夜間クラスに登校する美仙姉さんは制服を着てカバンを持っており、成準兄さんは家から出てきたらしく、コートを羽織ってサンダルを履いていた。二人は向かい合ってかなり深刻な表情で何か話していた。

「僕のパートナーになってくれと言ってるんじゃないんです。キャプテンの通訳をしてほしいんですよ。僕も英語の家庭教師について勉強してはいるけれど、まだ通訳ができるような実力はないからお願いしてるんです」

「とにかく、私はそのパーティーには出席しません。明日の夕方は教会でクリスマスイブの行事があるから」

「美仙さん、僕は今パスポートを申請していて、ひと月後にはアメリカに留学します。韓国を出る前の最後のお願いだから、どうか聞いて下さい。くだくだしい愛の告白なんか、もうしません。僕もいったん決めたら、**アッサリ**した男です」

成準兄さんがアメリカ人みたいに肩をそびやかして、両手で何かを受け取るようなしぐさをした。

「まったく、松やにみたいに粘っこい人だこと」

美仙姉さんは、腕時計を見た。

「じゃあ、美仙さんを当てにして、他の通訳は捜しませんからね」

成準兄さんは一方的に告げると、僕の前を通って路地に入った。

次の日の夕方。

上の家の大庁で開かれたパーティーは壮観だった。何より僕が驚いたのは、そのパーティーに出ないと思っていた美仙姉さんが、堂々と出席していたことだ。もっと正確に言えば、美仙姉さんがパーティーに参加したことよりも、完全に変身した彼女の服装に驚いて、僕はしばらく開いた口を閉じることができなかった。美仙姉さんはうちに出入りする妓生たちみたいにこってりと目の化粧をし、桃色の頬紅を塗り、真っ赤な口紅で唇の輪郭をくっきりさせて、いつもより二、三歳は年上に見えた。アメリカ映画の宣伝写真に出てくる女優みたいに妖艶だった。普段は薄化粧で、ＰＸの勤務を終えて学校に行く時にはパーマをかけない髪を束ね、化粧を落として清純な女学生の雰囲気を演出していたのに、今夜は思い切りめかしこんでいた。化粧もさることながら、ＰＸの洋品部から借りたと京畿宅が言っていた黒いサテンのドレスが、また圧巻だった。胸元から細いウエストまでがY字形になっていて、ビーズが何十個もついていてきらきらしていたし、スカートの広いことといったら、吉秀ぐらいの子が二人ぐらいかくれんぼできそうだった。しかし何より、布を節約したのではないだろうけど、白い胸が半分以上露わになった大胆な服を着ても美仙姉さんがちっとも恥ずかしそうにしていないことに、僕は舌を巻いた。彼女は胸が特に大きくて、制服を着て歩いている時も揺れていたほどだから、胸元をえぐったドレスを着ると、胸の谷間と、風船みたいに盛り上がった胸の上部が露出していた。子供の僕が見ても、成準兄さんだけでなく大人の男なら誰でも、あの大きな乳房を一度触ってみたくてよだれを垂らすだろうと思えた。

パーティーに招待されてきたお客さんは、二軍司令部に事務用品一切を納品する会社の社長だという、大家のご主人のいとこ夫婦、嶺南肥料の社長をしている親戚夫婦、やはり親戚だという、軍服で正装した陸軍大佐、大邱警察署で対共担当の警視をしている親戚夫婦、そして茶色い髪の若い米軍大尉、その他に道庁の何とか局長夫妻だった。もちろん大家さん夫婦と成準兄さんもいた。「成準坊ちゃんをアメリカに留学させるための接待を兼ねたパーティーらしいです。だからアメリカの大学の招請状を斡旋してくれたアメリカの軍人と、身元を保証してくれた親戚の、警察署のお偉いさんが招待されたんですよ」。パーティーの出席者について、安さんが京畿宅に耳打ちした。

下の家からそのパーティーを見物していたのは京畿宅と僕だ。俊鎬一家は、クリスマスイブは稼ぎ時だから、俊鎬と赤ん坊も含めた家族全員が店に出ていたし、平壌宅は長男の消息を聞くため、故郷の人たちが集まる忘年会に出かけていた。順花姉さんと正民兄さんは部屋にいるみたいだったけれど、上の家の大庁で繰り広げられているパーティーには目もくれなかった。いつもにこにこして口笛を吹いている京畿宅の息子興圭さんは、西門市場の乾物屋の一人娘と恋愛中なので、夜間通行禁止令が解除された楽しい夜を恋人と一緒にどこかで過ごしているらしかった。「虫歯を治療してあげてつきあいだしたらしいんだけど、向こうの家は大邸で二代にわたる大金持ちだってさ。西門市場のいい場所に店を三つも持っているし、公平洞《コンピョンドン》にある敵産家屋「植民地時代に日本人が所有していた家」の自宅は敷地面積が二百五十坪だって。歯医者ならキンタマさえあれば娘婿には十分だから、うちは結婚費用は出さないでいいって言うんだよ」。京畿宅が家じゅうに広めた噂どおり、興圭さんは金持ちの家の一人娘とつきあっているらしかった。僕としては、興圭さんと順花姉さんが北から疎開してきた人同士でカップルになることを密かに願っていたのだが、貧乏な両家が互いの懐事情をよく知っていたために別の家と縁組みをしたのが、ちょっと残念だった。

僕は京畿宅の部屋の縁側で京畿宅と一緒に座り、シャンデリアで真昼みたいに明るい上の家のガラス戸の内側で開かれている盛大なパーティーを、寒さに震えながら眺めていた。毛布をかぶった京畿宅はいらいらしたように煙草を吸いながら、着飾った人たちの間に交じった自分の娘を、まるで狼の間に放り込まれた羊を見守るみたいに監視していた。大庁では大型の暖炉が赤々と燃え、電蓄がアメリカのポップソングを鳴らした。片側には白い布をかけた高いテーブルの上にいろいろな料理や酒の瓶が並んでおり、客たちは皿を持って自分の食べたい物を選んでいた。自分の取り分が決まっていなくて、山のように盛られた食べ物を好きなだけ食べられるのが、とても羨ましかった。群芳閣から来た青年が、燕尾服に蝶ネクタイ姿で客の世話をしていた。

「まあ、馬鹿みたいによく食うこと。立ったまま笑いながら食べるなんて、西洋式のやり方はみっともないねえ。食べ物の味もよくわからないだろうに」

京畿宅が皮肉を言った。

「西洋式の食事はやっぱり豪勢ですね。料理の前を歩きながら好きな物をお腹いっぱい食べられるんだから」

「新聞配達してるあんたは、いつあんなふうに着飾って、歩きながら食べられるようになるんだろうね。吉男、あんた自信あるかい」

いやみを言われているのに、僕は返事ができなかった。寒いせいだけではなく、自分は一生かかってもあんな食事はできそうにないという絶望に、身体が震えた。

僕がそんな食事の仕方をビュッフェというのだと知ったのは、それから二十年過ぎた時だったから、物知りで賢い京畿宅も、その時に初めて見たに違いない。だから僕が思ったことも京畿宅と大差なかった。料理を並べた大きな食膳を囲んで座って食べるのではなく、料理を盛った皿を持ち歩きながら、あるいは足を組んで椅子に座って食べる様子が、とても自然だった。しかも彼らは甘ったるい音楽の流れる中でおいしい物を食べながら快活に談笑していた。下の家から見上げる上の家の大庁のガラス戸の内側は、まるで童話のような別世界だった。

「ドレスを着た時はみっともないような気がしたけど、あんなパーティーにいると見栄えがするねえ。やっぱり美仙は見る目がある。あんたの目にも、美仙姉さんはおしゃれに見えるだろ？」

「アメリカ映画のポスターみたいです。大人の男なら、みんな一目ぼれしますよ」

「やっぱり男の子にはわかるんだね」

　京畿宅がつぶやいたように、出席者の中でただ一人の若い娘だった美仙姉さんは、断然光っていた。ほかの奥さんたちがチマチョゴリ姿だったのに彼女だけが華やかなドレスを着ているうえ、アメリカの軍人を他の人たちに上手に紹介していたからだ。成準兄さんはアメリカの軍人について回る美仙姉さんを、ずっと追っていた。美仙姉さんの胸をちらちら見ている成準兄さんこそ、僕には狼に見えた。京畿宅はその狼を、遠くからではあるが必死で監視していた。そんな監視者というか観察者は、僕の他にもいた。大庁がよく見える舎廊の戸をちょっと開けて、チャング兄さんとトルトリ兄さんがまじまじと見ていた。家庭教師である正民兄さんが、その日だけは休んだのだ。クリスマスイブだから外出したのか、桐姫姉さんは見当たらなかった。

上の家の台所では明るい電気の下で、群芳閣から派遣された料理人がせっせと料理をしていた。安さんは、湯気の上がる焼き物や炒め物を大皿に盛って大庁に運んだ。手伝っていたオギは、空いた皿を台所に運ぶたび、暗い所でこっそり犬みたいに皿をなめていた。寒さに震えながらパーティーを見ていた僕も、オギみたいに食べ残しにありつけないだろうかと考えたけれど、そんなチャンスはなかなか訪れなかった。じっとしていても仕方ないから行ってみようかと思って、上の家の台所をちらちら見ていた時だ。

「おやまあ、思ってたとおりだ」

突然、京畿宅が声を上げた。大庁を見ると、ダンスが始まっていた。男女が組になって抱き合い、ゆっくりとした音楽に合わせて波が揺れるように踊っていた。

「まあ、あの子ったら、いつあんな踊りまで覚えたんだろう」

京畿宅が仰天した。

大家夫婦ももちろん組になり、美仙姉さんはアメリカの軍人と踊った。陸軍大佐と成準兄さんは相手がいないので、ソファに座って踊っている人たちを眺めていた。一曲終わると、みんなが拍手をして笑い、成準兄さんが電蓄のレコードをかけ替えた。軽快でテンポの速いダンス曲だった。成準兄さんが素早く美仙姉さんの手を取って踊り始めると、他の人たちも相手を変えた。

「まったくあの人たち頭がおかしいよ。あの恋愛大将が、黙って座ってるなんて変だと思ってた。断ればいいのに、相手をしてやる美仙もどうかしてる。そのうちあの馬鹿に引っかかってしまうよ。絶対」

京畿宅がそわそわした。かぶっていた毛布をはねのけて上の家に走っていくのかと思ったけれど、そうはせずに新しい煙草に火をつけた。

ダンスに見とれていると、吉重が足音を忍ばせて中庭を歩いてきた。彼は僕に、お母さんが呼んでいると言った。ようやく僕は気を取り直した。部屋に入れば母に鞭打たれるかもしれない。母は今日のクリスマスイブの酒席に着る服の注文がたくさんあって、昨夜はランプをつけて徹夜で仕事をしていた。今もずっとミシンを回しているはずだ。

「お母さん、怒ってるか」。僕は弟に聞いた。

「うん」

弟は短く答えてうなずいた。

「すごく?」

「そうみたい」

僕が部屋に入ると、思っていたとおり、ミシンを回していた母がどなった。外の家に引っ越して以来、母は隣の部屋に気を遣う必要がなくなり、身体の大きいぶんだけ大きな声を出した。

「性根の腐った子だね。金持ちの家のパーティーだか宴会だか、そんなものを見物したら、中学の入学試験を受けるのに役に立つの? 金持ちが金にあかしてやる宴会を見て、何かいいことでもあるというの? こんな間抜けを、長男だからといって頼っていたら、将来どんなことになるのか……」

母の声は涙交じりだった。

「ご、ごめんなさい」

しょんぼりした僕は、声が震えた。

「ぜいたくな物をたくさん食べてお腹が破裂して死ぬような人たちのパーティーを見物して、一生その尻を拭く下男でもやってればいい。この馬鹿息子！」

昨夜ろくに寝てない母は血走った目で僕をにらみ、ミシンを回しながらどなり続けた。

「もう、二度としません」

「今すぐ出ていきなさい。帰ってこなくていい。飢え死にしようが凍え死にしようが、勝手にしなさい。出ていくのがいやなら、萩の枝を五本持っておいで」。怒りに満ちた叫び声に続き、「あっ！」という悲鳴が上がった。

ミシンの針が、左手人差し指の爪に刺さってしまったのだ。母が手を抜けずにとまどっていると、ミシンで縫っていた水色の絹のチョゴリに赤い血が滲み始めた。

「お母さん、逆！　ミシンを逆に回さないと」

「血だ！　お母さん、血が出てる」

勉強していた姉と吉重が、同時に叫んだ。

母がミシンを逆回しにして爪に刺さった針を上に上げ、やっとのことで指を引っ込めると、ぽとぽとと血が垂れた。

「ああ、このチョゴリ、どうしよう。弁償しろと言われたらどうすればいいの……」。母は傷ついた指を押さえ、痛みも忘れたように、血で染まったチョゴリを見て泣き顔になった。「善礼、すぐ台所へ行って水とシャボンを持ってきて」

善礼姉さんが水の入ったたらいとせっけんを持ってきた。その間に母はミシンの引き出しからハンカチを出してけがをした指を縛った。母は服地の血のついた部分を水に浸すと、せっけんを塗って注意深く洗い始めた。僕は戸の前に立ったままその様子を呆然と眺めていた。胸がどきどきして、脚が震えた。

「善礼のお母さん、何かあったんですか」

夫の店を手伝っていた俊鎬のお母さんが悲鳴を聞いて尋ねたけれど、母は耳に入らないようだった。

「血の跡が残ったらどうしよう。弁償しろと言われたら、同じ服地をどこで買えばいいの」

母は泣き声を出した。

僕はその瞬間、この隙に家を出ようと決心した。母は僕に出ていけと言ったし、もしその言葉に負けておとなしく萩の枝を持ってきたら、今まで以上に過酷にたたかれるだろう。「死ね、あなたみたいな子は、無駄飯を食うだけだ。生きる必要はない。子供を一人、戦時中に亡くしたと思えばそれまでだ。私は何ともないよ」。母はきっと、そう言って僕が口に泡をふいて倒れるまで鞭を振るうに違いない。それだけでは終わらず、僕の赤いミミズばれが薄くなるまで母は、ミシン針が爪に刺さって服地に血を垂らしたのも僕のせいだと言って、きたならしい歳月の鬱憤を晴らすために、もっと頻繁に僕をたたくはずだ。

僕はこっそり部屋を抜け出し、運動靴を履いて店の横の戸から路地に出た。冷たい風が肌を刺した。

「吉男、どこに行くの」

赤ん坊をおぶってプルパンを焼いていた俊鎬のお母さんに聞かれても、僕は答えなかった。もう俊鎬一家ともお別れだと思って店を振り返った。俊鎬のお父さんは町内会長の娘に焼きイモの袋を手渡していた。他の人も焼きイモを買おうと順番を待っていた。この商売も稼ぎ時で、お客さんはわりに多かった。

僕はお金の入っていないズボンのポケットに両手を突っ込み、薬屋横丁ではなく鐘路通りに向かって、暗く長い路地をゆっくり抜けた。これから僕は孤児だ。誰にも干渉されない代わりに一人で生きていかなければならないと自分を励ました。もう母、姉、弟たちにも永遠に会わない。道端で凍え死のうが飢え死にしようが、自分の足で家に帰ったりはしない。奥歯を嚙みしめて決心すると、知らぬ間に涙が流れ落ちた。僕はこぶしで涙をぬぐった。

鐘路通りに出ると、通りは明るく、人通りは多かった。クリスマスキャロルが街に流れ、人々は幸福に満たされて寒さなど気にならないように見えた。独りぼっちなのは僕だけだった。いざ街に出てみると、行く当てがない。思い浮かぶのは漢柱の顔だ。彼は今日みたいに夜間通行禁止令が解除された日には、一晩中街を歩いて行商しているに違いない。僕は漢柱を捜すことにした。松竹劇場を目指し、風を切って走った。

午前零時近くまで、僕は中央通り一帯や松竹劇場付近、東城路、香村洞をくまなく捜した。食堂や喫茶店にも入り、ビヤホールの中を覗いてウェイターに首根っこをつかまれて放り出されたりもした。よく似た後ろ姿に向かって「漢柱！」と大声で呼んだけれど、別人だった。僕の切迫した事情を漢柱に話せば何かいいアイデアを出してくれそうなのに、犬の糞も薬にしようと思えば見つからないということわざどおり、僕を避けてどこかに隠れているみたいに全然見つからなかった。僕は三、四時間うろついて、くたびれ果てた。

漢柱を捜せそうにないと気づいたのは、零時を過ぎ、繁華街の人通りが少なくなってからだ。商店は明かりを消してドアを閉めた。酔っ払いだけが騒ぎながら千鳥足で歩いていた。がっかりした僕は、少し前に訪れた大邱駅の待合室に、また行った。ともかく寒さをしのぐ壁が必要だった。

待合室はそれなりに暖かく、僕みたいに寝る場所のない人たちが木の長椅子にうずくまって夜を過ごしていた。いや、夜明けの汽車を待っているのかもしれない。空き缶を持った乞食の子供たちもいた。でも漢柱はその時間にもそこにはいなかった。僕は他人の体温で温まろうと、椅子に座っている人たちの間に割り込んだ。涙は出なかったものの、わびしくて、これからどうやって一人で生きていけばよいのか見当もつかない。他人から自分を保護してくれる部屋がどれほど切実に必要なものであるのか、その時は腹の底から実感していなかったけれど、後にその経験がいい薬になった。許しを請い、思い切り殴られればよかった。そんな後悔の念が湧いたが、もう後の祭りだ。待合室の小さなドアを見ながら漢柱が現れるのを漠然と待つことにも疲れ、僕は両足を椅子に乗せて膝の間に顔を埋めた。いつの間にか眠ってしまった。

ひどく痛い、恐ろしい夢を見た。母が僕に、両手の爪をそろえてミシン台に載せろと命令した。そして僕の手をぎゅっと押さえてミシンを回し、下りてくる針の下に僕の爪を置いた。ミシン針が十本の指の爪にぷすぷすと穴を開け、糸で縫いつけていった。血が噴水のように湧きだした。「これぐらいしないと、わからないでしょ。お母さんが寝不足でうっかり爪に針を刺したように、あなたも三度のご飯を食べるのがどんなに大変なことか、こうでもしないとわからないのよ」。母は悲鳴を上げる僕に、怨みのこもった声でささやいた。鬼のような切れ長の目が血走っていた。

僕は爪が痛くて目を覚ました。駅の広場はうっすらと明るくなり始めている。掃除のおじさんが待合室の中をほうきで掃いていた。僕は不良に捕まりそうな、あるいは母が鞭を持ってここまでやってきそうな気がして、慌てて待合室を出た。

僕は中央通りを歩いた。夜が明けようとしていた。豆腐屋の鈴の音が聞こえた。朝刊を配達する少年を見て嬉しくなった。しかし妙なことに、歩くのがつらいほど空腹で、お腹がぺちゃんこだった。昨日は夕飯を食べたし、まだ朝食の時間には早いのに、まる一日何も食べていないみたいにお腹がすいた。昨夜、漢柱を捜すのに歩き過ぎたのか、朝ご飯を食べられないのがわかっているからお腹の虫が騒いでいるのか。香村洞の裏通りに入った時、僕は自分の目がせっせと何かを探していることに気づいた。食堂の裏口の横に置かれたゴミ箱だ。僕は野良犬みたいにくんくん匂いを嗅ぎながら、ゴミ箱の中を見ていた。まるで乞食だ。僕はもう乞食になって残飯を狙っていた。ゴミ箱に捨てられた、かちかちに凍ったうどんを震える指でつまみ上げた時、誰も見ていなかったのに恥ずかしくて、頬に熱い涙が流れた。とにかく食べなければならなかったし、これからはこんな残飯ぐらい平気で食べられるようになるべきだと、僕は自分に言い聞かせた。

漢柱に会ったのは、その日の正午のサイレンが鳴った後、大邱警察署と万鏡館《マンギョングアン》という映画館の間でのことだ。歩き疲れた僕が日当たりのいい道端の風の来ない場所にぐったり座っていると、向こうから漢柱が歩いてきた。イエス・キリストの生まれた日でもあったけれど、僕には漢柱が、それこそ救世主に見えた。

「漢柱！」

「吉男じゃないか。どうしてこんな所に座ってる。おや、その顔は、泣いてたんだな」

「泣いてなんか……」

僕は、昨夜必死でお前を捜したんだぞと言い、家を出たいきさつを話した。

「それぐらいのことで家出するなんて。そんなことでいちいち家を出てたら、おとなしく家にいる子なんかいなくなって、家出した子で道が溢れるぞ。吉男、つべこべ言わずに家に帰れ。その時はお母さんもしゃくにさわって怒ったんだろうが、今頃は心配してるはずだ」

漢柱が僕の状況をろくに考えもせずに結論を出すから腹が立った。「信じていた斧に足の甲を刺される」とはこういうことなのだという気がして、一晩中漢柱を恋しがったことを、ちょっと後悔した。

「いいや。お前はうちのお母さんがどんなに冷たくて怖いか知らないんだ。僕は家に帰らない。僕のことなんか待ってないさ。今初めて言うが、僕はお母さんの実の子じゃない。お父さんがよそでつくって連れてきた子だ。だから僕は産みの母は顔も知らない。いつか会えるかもしれないけど」

「そうなのか」

漢柱は目を丸くした。僕は嘘をついたみたいで言葉に詰まり、ただうなずいた。

「家出したんなら腹が減ってるだろ。行こう。昨夜、街でお前とかくれんぼをしてる間にだいぶ稼いだ。俺がプルパンをおごってやるから、ついてこい」

漢柱が先に立って歩き、香村洞に入る角に出ている、ビニールシートで覆われたプルパンの屋台に僕を連れて入った。僕はプルパンを二つ、漢柱は一つ食べた。口に詰まらせそうな勢いで食べている僕を見て、漢柱はまるで兄のように、考え直して家に帰れと諭した。

「お母さんはそうだとしても、お姉さんや弟たちは実のきょうだいじゃないか。家を出てどうやって暮らすんだ。そんな時ほど気を引き締めて勇気を出さなきゃ。貧乏で父親のいない俺たちは、人に負けない勇気を持って、せっせと働くしかないぞ。耐え忍ぶ者は幸いだという言葉もあるだろう」

僕は何も言えなかった。でも家に帰る気はない。漢柱がプルパンの代金を払った。大通りに出ると、彼は優しく僕の手を握り、家に帰れよと念を押した。僕は答えなかった。「じゃあ、俺は行く。商売があるからな。また売り歩かなきゃ。お前も一生懸命稼がないと、来年中学に入れないじゃないか。そのためには家に帰らないと。道をうろついて、どうやって勉強するんだよ。後で、新聞社でまた会おう。それでも新聞配達は安定した収入源だからな」

漢柱は八重歯を見せてにっこりすると、軍人劇場［軍人と地域住民のために造られた映画館］のほうに向かった。

僕は高校二年まで、大邱日報を始め嶺南日報、東亜日報の普及所を転々としながらずっと新聞を配達したけれど、漢柱は大邱日報を二年配達して辞めた。彼はお母さんが長い間寝ついていたせいで行きたかった夜間中学にも行けず、印刷所に就職した。だから彼と僕は大邱日報中部普及所で二年間一緒に働いたことになる。「お前は学校に通えるけど、俺はそんなことができる状況じゃない。俺が稼がなければ、たちまち三人家族が食うに困って、お母さんの薬代も払えなくなる。新聞配達は長く続けたって技術が身につくわけでもない。年を取ってクビになったら、俺や家族はどうなる。だからちょうど働き口が見つかったのを機に、印刷所で働くことにした。印刷工になるんだ」。そんなふうに漢柱と別れたけれど、僕は新聞配達を終わると時々、漢柱に会うため、北城路《プクソンノ》の裏通りにある印刷所に行った。書式や名刺などを印刷する小さな印刷所だった。彼は服と顔を油で汚しながら、一番幼い見習い工として一生懸命働いていた。漢柱のお母さんはその年の夏に亡くなった。「幼い兄妹を、故郷から遠い南の地に残して死ねないと言って、痛くなるほど僕の手を握るんだ。病気のお母さんに、あんな力があったなんて知らなかった」。いつも朗らかだった漢柱も、そう話す時には目が赤かった。漢柱のお母さんは休戦の四年後に亡くなった。戦争がその死の遠因になったとするなら、この国には戦争が残した腫瘍が五臓六腑に潜んでいて、最後にその毒によって死ぬ人が、数えきれないほどいたはずだ。考えてみればうちの吉秀もそうだ。

漢柱の話をもう少し続けよう。夜間大学在学中に軍隊に入った僕が上等兵の階級章をつけて休暇を取った時、漢柱は規模を以前の四、五倍に拡張した活版印刷所の印刷工になっていた。彼は油まみれの作業服を着て顔に黒いインクをつけたまま、新聞配達をしていた頃のように八重歯を見せてにっこり笑い、「お前は下っ端の兵隊じゃないか。俺は金を稼いでいるから、マッコリをおごってやるよ」と慶尚道方言のアクセントをまねながら、嬉しそうに迎えてくれた。彼はその時既に、家族恋しさのあまり結婚していて、男の子が一人いた。粗末な居酒屋でよもやま話をした末に、僕は彼の妹の消息を尋ねた。中学高校時代、漢柱が妹と住んでいた山格洞の一間きりの貸し間にたまに遊びに行ったから、僕は明姫《ミョンヒ》をよく知っていた。小学校を何とか卒業すると、すぐに食堂の下働きとして兄と同じように社会に出た明姫は、特にきれいではなかったけれど、兄に負けないほどしっかりしていた。食堂を辞めた後、靴下工場の女工になり、遅まきながら夜間中学に通っているという話を聞いたのは、僕が入隊する前だった。「今は砧山洞の紡織工場に行ってる。ついでだから話すが、吉男、俺たちが新聞配達をしていた頃、俺は子供ながらに、お前と明姫が一緒になってほしいと考えたことがあるんだ。そしたら文字通りの南男北女《ナムナムプンニョ》「男は南の地方の男が優れていて、女は北の地方の女が美しいという意味の言葉」で、似合いの夫婦になるんじゃないかって。でも、もう駄目だ。学歴の差が大き過ぎる。人はそれぞれ自分の行く道があり、縁もそれぞれらしいな」。漢柱はそういうと、無理に笑顔を作った。その寂しげな笑顔を見たのが最後だった。僕が除隊して復学し、大学新聞の編集長をしている時、その新聞の組版と印刷を頼んでいた慶北印刷所が北城路にあったので、僕はその裏通りにある漢柱の職場を訪ねた。しかし彼はもうその印刷所を辞めていた。社長の言うには、ソウルに働き口が見つかり、ソウルのほうが故郷に近いからと家族を連れて行ってしまったそうだ。

僕は今でも自分の大邱生活の出発点を振り返る時、臆病だった僕に勇気を与えてくれて、貧しい中でもひねくれずに堂々と、きたならしい世の中を突き進んでいた少年家長漢柱のことが忘れられない。特に新聞配達の仕事を世話してくれた時、普及所長に言った、「吉男のことを信じて下さい」という言葉と、「耐え忍ぶ者は幸いだ」という、どこかで聞きかじった聖書の一節は、その後もずっと僕の心に残っていた。そしてそれは時折、どんなことでもじっと耐える粘り強さや、人に信用してもらえるような誠実さを自分が持っているかどうか反省する材料となった。

通りにある時計屋を覗いた時にはまだ午後二時前だったが、僕は新聞社に行った。裏門から入ると、制服姿で何冊かの本と弁当の包みを持った善礼姉さんが、守衛室の横にぽつんと立っていた。僕は久しぶりに会ったような気がして嬉しかったけれど、気まずいからうつむいて、口の開いた運動靴で土を蹴とばした。

「吉男、あれぐらいのことで家出するなんて。あんた、昨夜どこで寝たの」

僕は答えなかった。

「お母さんは昨夜あんたが出ていってから、仕事もしないでずっと泣いてた。子供と一緒に食べていくために死にもの狂いで働いてるのに子供に嫌われるなら、いったい何のために働くんだと言いながら。朝、学校の図書室に行こうとした時、午後、新聞社に行ってみろって言われたの」

姉は入試を目前に控え、冬休みも学校の図書室で一日中勉強していた。姉が受ける大邱師範学校には推薦入試制度があり、各校の優秀な生徒が志望して、平均競争率が四倍にもなっていた。

僕は姉に聞きたいことがたくさんあった。「あの子が出ていったから口減らしになって、痛い歯が抜けたみたいにさっぱりした」みたいなことを母が言わなかったか、僕が家に戻ったら半殺しにすると言っていなかったか、布についた血は、跡が残らないぐらいにきれいに取れたのか、ミシンの針が刺さった母の指はどうなったのか。しかし僕は口を開くことができず、黙って機械室のほうに目をやった。輪転機の回る音がしていた。裏庭では配達の少年たちが空気の抜けたサッカーボールを蹴っていたし、孫さんは自転車に腰かけて配達員のミョンスを叱っていた。拡張できないことを責めているのだろう。

「配達が終わったらうちに帰りなさい。お母さんが肉のスープを作ってくれるよ。何も食べてないでしょ。あたし、お弁当食べないで持ってきた。配達の途中で、どこか人目につかない所で食べなさい」

姉さんは弁当を僕にくれた。

「いらない。持って帰れよ。僕は家に帰らない。今日で新聞配達もやめて、もう大邱を出ていくんだ。進永にも帰らずに、遠い、とっても遠い所に行くから、お母さんに伝えてくれ。僕一人いなくたって、何とかなるだろ」

僕は心にもないことをしゃべっていた。悲しみで喉が塞がり、涙が溢れた。悲しみが、僕に思いつくままましゃべらせていた。

「何言ってるの。行くって、家を出てどこに行くのよ。あんたはみなしごじゃないのに」

「お母さんに、もう僕を捜すなと伝えてくれ。新聞売りをするために大邸に呼び寄せられて、学校にも通わせてもらえず鞭でたたかれて、薪割りしながら下男みたいに暮らすほど僕は間抜けじゃない。これから一人で生きていくんだ。一人で暮らしている人だって、みんなが孤児じゃないだろ。僕は一人で生きていける。駅の待合室で寝ながら、ずっとそんなことを考えてたんだ」

僕はなるようになれという思いで言い放った。そして配達員がボールを蹴っている裏庭に歩いていこうとした時、姉が僕の腕をつかんだ。

「吉男、あんたが考え違いをしてるのよ。お母さんは、来年は絶対に中学校に入れてくれると言ってたじゃない。そんなに強情にならないで、配達が終わったら家に帰りなさい。駅の周りには不良がたむろしてるというのに。孤児を捕まえてどこかに売り飛ばすんだって」

僕は配達員や孫さんが、僕たちのほうを見ているのが恥ずかしかった。

「か、帰れよ」

僕が言うと、姉は仕方ないというように、配達が終わったら絶対家に帰れと言い残し、恨めしそうな顔で去っていった。

僕は知恵を働かせて、孫さんに二百ファン前借りした。姉が、月謝が払えず中学を卒業できなくなりそうになって僕を訪ねてきたと嘘をついたのだ。孫さんも制服姿の姉を見たから僕の言葉を信じたらしく、すんなり二百ファン渡してくれて、手のひらほどの大きさの手帳に金額と日付を書き込んだ。

僕が新聞を抱えて新聞社の裏庭を出る時になっても、漢柱は来ていなかった。僕が出ていった後で漢柱があたふたと駆けつけたなら、遅刻だと孫さんに文句を言われたはずだ。

新聞配達を終え、僕は壮観洞の長い路地の真ん中あたりの、俊鎬のお父さんの店が遠くに見える所まで来て、しばらくためらっていた。家に入って母に謝ろうか。母はほんとうに肉のスープを作って僕を待っているだろうか。姉がそんなうまい話で僕をだまそうとしたのではないか。母は、「よくものこのこと帰ってこられたね。家を出たって苦労するだけだったでしょ。さあ、大きくなって不良になる前に、一度痛い目に遭いなさい」と言って鞭でたたくのではないか……。暗くなるまで僕はあれこれ考えていた。目につく所にいて、姉か吉重が僕を捜しに出てきたら、しぶしぶ帰るようなふりをして家に入ろう。そう決心したけれど、うちの家族は誰も店の前に姿を見せなかった。家族がお膳を囲んで僕の心配をしながら晩ご飯をおいしそうに食べる光景を思い浮かべたけれど、姉に見えを切った後だけに、自分から家に入る勇気が出なかった。

僕は家に背を向けた。墨汁のような闇が下りる長い路地をゆっくり通り抜けながら、やはり駅の待合室以外に行く所はないと思った。寒さと空腹が全身を絞めつけた。とりあえず焼きイモを買って夕食代わりにした。残りのお金を不良に巻き上げられないためには、服のどこかに隠さなければならない。ズボンのすその折り返しをかがってある糸を切って、そこに隠しておくのが最も安全だろう。漢柱から習ったやり方だ。

「つーめたい蕎麦《そば》ムク［ムクは蕎麦、ドングリなどのでんぷんを固めたゼリー状の食品］、蜜より甘くておいしい餅、いりませんかあ。あったかい小豆がゆもありますよお」

夕方から夜食売りが路地を歩きながら叫んでいた。小豆がゆや蕎麦ムクの壺と餅の入った鉢を古い毛布でくるんで背負子に載せた夜食売りが、僕の横を通っていった。犬の毛皮のついた帽子をかぶり、黒く染めた軍用コートを着ていた。進永の市場の酒幕に居候していた時、冬至の日などに食べた小豆がゆを思い出すとすぐにお腹が音を立て、口に唾がたまった。だが貴重なお金を無駄遣いしてはいけない。

「あったかあい小豆がゆ、餅はいりませんかあ……」

背後で夜食売りの声が遠ざかっていった。僕は振り返って彼を見た。夜間通行禁止のサイレンが鳴るまで、夜食売りは寒さに震えながら歩き続けるのだ。三度の飯を食べるのは容易なことではないと身にしみて悟ると、喉に何かがこみ上げてきた。喉を刺激するすっぱい水だった。

ポケットに手を突っ込んで鐘路通りを過ぎ、中央通りを歩きながら、僕はもう漢柱を捜したりはしなかった。彼は僕ではなく母の味方であることがはっきりしたからだ。

僕は昨日と同じように駅の待合室に行った。どの椅子も失業者、浮浪児、夜明けの汽車に乗る人たちがぎっしり座っていて、僕の入る隙間はなかった。僕は椅子の横のコンクリートの床にしゃがみ込み、膝の間に顔を埋めて眠った。

僕は昨日と同じように、また夢を見た。善礼姉さんから聞いた話が夢の中にそっくり出てきた。ミシンの発明家であるアメリカのエリアス・ハウが見たという、死刑にされそうになる夢が、不思議なことに僕の夢に入り込んできたのだ。

　貧しいハウの妻は、仕立物で生計を立てていた。脚が不自由なために働き口がなかったハウは、夜遅くまで仕事に追われる妻のつらそうな姿を見るたびに、「かわいそうに。あんな仕事は機械にさせられないだろうか」と考えるようになった。裁縫はまったく同じ運動を繰り返す単純作業だから、機械でできないはずがない。ハウは暇さえあれば裁縫の機械に関する研究に没頭したけれど、発明は簡単ではなかった。そんなある日、ハウは奇妙な夢を見た。夢の中で彼はなぜか先住民の酋長の前に引きずり出され、一時間以内に裁縫の機械を作らなければ死刑にすると宣告された。だが、どう知恵を絞ってもなかなか発明できなくて、彼はとうとう死刑場に引き出された。死刑執行人が槍を彼に向けて近づいてきた。太陽の光で槍の先が光った瞬間、ハウは槍の先の平たい部分に穴が開いているのを見た。彼は「これだ！」と叫んだ。ハウははっと夢から覚めた。針は通常、太い方に穴があるけれど、その槍は細い方の先端に穴が開いていた。ハウはその穴に糸を通し、上糸と下糸で縫うというアイデアを、ついに思いついたのだ。フランスのシモン、アメリカのハントが同じような方式の機械を発明したけれど普及しなかったのに、ハウは夢で暗示を受けて、誰の助けも借りずにミシンの発明に成功した。彼は特許を申請する資金がないからミシンを生産し続けるためのスポンサーを捜そうと、設計図を持って走り回った。イギリスでハウの発明を伝え聞いた人がスポンサーになるかもしれないというので船に乗って会いにいったが、徒労に終わった。そうしているうちに、アメリカやイギリスの裁縫工場で働く人々は、何十倍の速さで服が作れる機械ができれば自分たちの仕事がなくなると言い、シモンやハントの時と同じように、ハウの発明品を猛烈に非難した。彼の家の前にはデモ隊が押しかけ、近所の人が夜も眠れなくなるほどだった。その時、ハウの前に現れたのがシンガーだ。ビジネスの手腕にたけていたシンガーは、ハウが発明したミシンの設計図を盗み、足踏み装置と布送りの装置をちょっと改良して、いくつもの州でいち早く特許を得た。そして自分の名前を冠して、〈シンガーミシン展示会〉〈一家に一台、シンガーミシンを〉〈シンガーミシン早回し競争〉などと大々的に宣伝を繰り広げ、月賦という新しい販売方法を導入した。シンガーはまたたく間に莫大な金をもうけた。今やミシンといえば〈シンガーミシン〉というぐらい、世界中の市場を席巻してしまったのだ。ハウはひどく落胆した。彼は相変わらず貧しかったし、やがて南北戦争が勃発すると、若くもなく脚も悪いのに北軍に徴兵されてしまった。

ハウが夢で殺されかけた時のように、僕もまた槍の先に穴が開いているのをはっきり見て目を覚ました。見回すと外は真っ暗で、待合室はだだっ広かった。上下の奥歯が自然にカタカタとミシンみたいな音を立て、寒さは骨の髄までしみとおった。横を見ると、僕より幼い乞食の少年が、空き缶を抱いて僕の脇腹に頭をもたせかけて眠っていた。もう僕は彼と同じ身の上だから、黒く汚れた少年の顔は、むしろいとおしかった。僕は身体を掻き、また眠り込んだ。

寒さに震えながらもぐっすり眠っていた時、夢の中で誰かが僕を呼ぶ声がした。最初、資本家シンガーに敗北した不幸なハウが僕を呼んでいるのだと思った。

「吉男、吉男」

僕は目を開けた。乞食の少年の姿は消え、目の前に黒い木綿のチマが広がっていた。目を上げた。涙のたまった悲しげな顔で僕を見下ろしている母と目が合うと、僕は恥ずかしくて再び顔を膝の間に埋めた。涙がどっと溢れた。

「帰ろう。家に帰ろう」

母はそれだけ言うと、先に立って歩き出した。母はハンカチで水ばなをかみ、目の周りを拭った。僕は母の後について駅の広場に出た。建物の上の空が白み始めていた。僕は売られていく子馬みたいにしょんぼりして、善礼姉さんと一緒に大邱に来た時と同じ心情だった。いや、悪いことをして逃げ隠れたあげく、警察に逮捕されて連行される気分だった。母は深い中庭のある家に着くまで、ひと言も口をきかなかった。ただ黙って歩き、僕がついてきているかどうか振り返って確かめることすらしなかった。

朝ご飯の時、モヤシとネギの間に牛肉の脂が浮いた肉のスープが、僕の前にだけ置かれているのに気付いた。その後も、そうだと思ったり、そうではないと思ったりを何度も繰り返したけれど、その瞬間だけは僕が母の子供であることが、心に深く刻まれた。喉が詰まってご飯がろくに喉を通らなかった。母はやはり何も言わなかった。

僕は罪滅ぼしをするかのように、翌朝、伯母の家から斧とクサビを借りてきて、せっせと薪を割った。きたならしい歳月と貧乏の憂さを晴らすみたいに汗を流しながらせっせと斧を振るった。クリスマスイブに外泊した上の家の桐姫姉さんが退学処分になるらしいと京畿宅が俊鎬のお父さんの店先に座って話していたけれど、僕はたいして興味がなかった。男子高校生の下宿で、男子三人と女子三人が一緒に夜を明かしたのを、近所の人が警察に通報したために学校に知られたようだ。今なら珍しくないことだろうが、当時は未成年の男女が一緒に泊まるというような非行は、後に縁談の障害になるほどの事件に違いなかった。誰が退学になろうがなるまいが、正泰さんの行方がわかろうがわかるまいが、僕の知ったことではない。母が僕の家出に関して最後まで何も言わなかったことによって、いっそう痛い心の鞭で打たれていた僕は、せっせと薪を割り、新聞配達をすることだけが、母の歓心を買う手段だと信じた。

薪割りは必死でやっただけに、次第に要領が良くなって上達した。寝床に入って肘や胸を触ると、しっかりとした筋肉がついていた。

第九章

元旦といっても別に楽しいこともなければ、家の中で何か特別なことがあるはずもない。家族全員が一つずつ年を取り、料亭が何日か休むので母が年末は仕事に追われずに済んだだけだ。公務員の連休と同じように新聞も三日間休刊するので僕も時間の余裕ができた。その間に三分の一ほど残った丸太を片付けることにして、ありったけの力を振り絞って薪を割った。

年が明けて最初に新聞を配達した一月四日のことを僕が覚えているのは、二つの事件があったからだ。その日、社会面にその記事が写真と一緒にでかでかと出ていたのに僕は気づかないまま配達していて、現場に着いた時、その恐ろしい事件を知った。

〈希望孤児院〉は、僕が配達する区域で新聞を購読する二つの孤児院のうち、規模が小さく、孤児たちの身なりや栄養状態が悪そうなほうの孤児院だった。その孤児院に新聞を入れようとした時、たくさんの野次馬が狭い庭を埋めていて、警察がクォンセットハット［アメリカ製のかまぼこ形兵舎］の孤児院に接近しようとする人たちを遮っていた。集まった人たちが話しているのを聞くと、クリスマスと年末を前に外国のさまざまな機関から送られた寄付金や救援物資を、園長とその家族が昨夜そっくり持ち逃げしたというのだ。事件はそれだけで終わらず、クォンセットハット裏の焼却場のある小さな丘に幼い子供五人の死体が埋められているのが発見されたらしい。骨と皮だけになって餓死した孤児の死体だ。骨の髄までしゃぶりつくす奴らだ、死刑にして死体をばらばらにしてやればいいんだと、見物人たちが罵倒していた。クォンセットハットの片側のガラス窓には生き残った孤児たちの青ざめた顔がヒョウタンみたいに張りついて、落ちくぼんだ目で中庭を見ていた。かくして僕は、残念なことに購読世帯を一軒失った。

新聞配達を終えて家に戻ると姉がご飯を炊いていて、母はいなかった。市場に行くには遅い時間だったので、お母さんはどこに行ったのかと姉に聞いた。

「文子さんが自殺したんだって。だからその家に行ってる」。姉がふくれっ面で答えた。

「自殺？　死んだってこと？」

あのおいしいマンドゥをもう二度と食べられないということが、真っ先に思い浮かんだ。

僕たちが夕飯を食べられないでいるのに、外が暗くなっても母は戻らなかった。文子さんが部屋を借りていたのは壮観洞と薬屋横丁を間に挟んだ、道の向こうの桂山洞《ケサンドン》だったけれど、僕はその家を知らなかった。吉重と僕は路地の入り口まで母を迎えに行った。大通りは漢方薬店と薬材商の照明で明るく、冷たい夕方の風が道を吹き抜けた。夕飯を食べた近所の子供たちが大通りで鬼ごっこをして遊んでいた。僕はその子たちを羨ましいとも思わず、母が早く帰ることだけを願っていた。吉重は足が冷たいのか、両足をそろえてぴょんぴょん跳ねていた。

ライトをつけて走ってきた米軍のジープが、路地の入り口で停車した。運転しているのは黒人だった。赤いマフラーを巻いた美仙姉さんがショルダーバッグを肩にかけてジープの後部座席から降り、並んで座っていた米軍将校が続いて降りてきた。上の家のパーティーに参加していた若い大尉だ。二人は路地の入り口で向かい合って立ち、しばらく英語で何か話していた。将校は美仙姉さんのくびれたウエストに手を回していた。

「チューインガム、ギブミー」

「鼻が大きいアメリカ人、アメリカ人はあそこが大きい」

「パンパンだ。アメリカ人のあれを吸うパンパンだぞ」

鬼ごっこをしていた子供たちが、離れた所で悪態をついて笑った。美仙姉さんは子供たちのほうを怖い目でにらむと、ハイヒールの靴音を立てて路地の中に入った。将校は手を振り、ジープの助手席に座った。車は尻から青い煙を吐き出しながら去った。普段はその匂いを嗅ぐと頭がぼうっとして気持ちが良くなるのだけれど、その日はお腹がすいていたせいか、頭がくらくらした。

桂山聖堂に近いほうの路地の入り口から、誰かが頭に大きな荷物を載せて大儀そうにこちらに歩いてきた。母だった。母は、一人で運ぶには重過ぎる引き出し付きの鏡台を頭に載せていた。鏡が揺れるたびに、母は酔っ払いみたいにぐらついた。母は鏡台をそっと道に下ろした。吉重と僕が一方を持ち、母が反対側を持って一緒に家まで運んだ。

「お母さん、この鏡台はどうしたの？」

螺鈿《らでん》の飾りがついた艶のある黒い鏡台を見て、姉が喜んだ。

「文子が薬をのんで死んだのに、たんすや服や所帯道具を持っていく人がいないのよ。大家の奥さんが、文子は死ぬ前に〈お姉さん〉のことをよく話していたから、この鏡台を形見として持っていけって。人が死んだのにそんな物もらっても仕方がないと言って断ったんだけど、鏡台だけは欲しがっている妓生の友達が何人もいるから、さっさと持っていけと押し付けられて……」

「かっこいい鏡台だね」と僕が言った。

縁側に腰かけた母は、荷物を運ぶため輪にして頭に載せていた手拭いで涙をぬぐった。そして舌打ちをすると、葉っぱを落としたニワウルシの木が一本だけ立っている暗い外庭を、魂が抜けたように眺めていた。

「人の命って何だろう。死んでしまえばそれで終わりなのに、みんな何のためにあくせく働いているのか……。正月に、天涯孤独の身の上がよけい悲しくなって、ヒ素をのもうと思ったのかな。先にあの世に行った親きょうだいに会いたくて、この世にさよならしたんだろうか。死にたい、生きていたくない、いつも涙を流してそう言ってたけど、本心だったのね。薬をのむ時はどんな気持ちだったんだろう。恨が山のように積もった、きたならしい歳月だ。花のようにきれいな年頃の娘の首を、咲く前に折ってしまう、きたならしい歳月……。そんなふうに死んでしまっても、泣いてくれるのは一緒に働いていた何人かの妓生だけなんだから。ちょうど仕事もないし、夕飯の後でまた行って、かわいそうな魂のために思い切り泣いてやらなきゃ」

文子さんの死に関連して、警官が一人の妓生に案内されてうちを訪ねてきたのは、翌日の午前だった。スッポンを見て驚いたら釜の蓋を見ても驚くという言葉があるけれど、警官が台所に入ってきた時、戦時中にソウルや進永で警官にさんざん悩まされた母は、部屋の戸を開けて仰天した。警官は部屋の中を覗き、母が昨日持ってきた鏡台を確認した。

「どうしてですか。大家の奥さんが持っていけと言って押し付けるから持ってきたんです。私が勝手に持ってきたのでは、あ、ありませんよ」

母は慌てて弁解した。

「奥さん、本官はそんなことのために来たんじゃありません。鏡台は奥さんの物だから、持っていればいいいんですよ」。警官は笑いながら言った。

「じゃあ、何を調査しに来られたんですか」

「調査じゃありません」

「それなら、何なんです」

「死んだ娘さんの仮戸籍を調べてみると、ほんとうに近い親族はいませんでした。いたとしても、ここでは捜すこともできないし。それで死因を調査しているうちに、大家の奥さんが怖くなったのか、遺書が残っていると白状しました。それを見ると、自分の持ち物のうち使えそうな物はすべて、姉のように慕っていた善礼のお母さんに渡してくれと書いてあったんで……。近いうちに警察署で書類にはんこを押して、大家の部屋に移してある遺品を引き取って下さい」

「いやです。あの鏡台も持ってって下さい。警察署に持っていくなり、売ってうちより貧しい人のために使うなり」

母は見るのもいやだというように、部屋の隅に置かれた鏡台を指さした。

「ところで奥さん、高級料亭〈香苑〉の売れっ子妓生なら、お金も相当持っていたはずなのに、十ファン札一枚すらないんです。ひとまず大家を疑って調査していますが、ひょっとして文子さんが頼母子講に入っていたと聞いたことはありませんか？　あるいは、取引のあった銀行なんかご存じないでしょうか」

「知りません。文子はうちの子供たちに時々おやつを買ってきてくれたけど、お金の話なんかしませんでした」。母はうろたえながら言った。「それに、はっきり言っておきますが、文子の物はいりません。私は子供たちを食べさせるために仕立ての仕事をしているけれども、人の物を欲しがったりしたことは、一度もありません。だから文子の物は孤児院か養老院にあげるなり何なり、警察で適当にして下さい。かわいそうな文子を思い出した時にあの鏡でも見ようと思って持ってきたけど、あれも持ってって下さい」

「みんな苦労している時代なのに、奥さんは潔癖ですねえ。わかりましたから、その鏡台がいやなら奥さんが好きなように処分して下さって結構です」

　警官はさらにいくつか質問をすると、また来ますと言って帰っていった。警官が去った後も、母はチョゴリのひもの結び目を震える手で押さえ、胸の動悸を鎮めるために深呼吸しながらしばらく放心状態だった。血の気が引いた顔を見て、僕はふと、漢柱のお母さんが心臓病で寝ていることを思い出した。

　捜査員が四人も連れ立って深い中庭のある家にやってきたのは、それから二日後の早朝だった。

　末っ子の吉秀がひどい風邪を引いて朝まで咳こんでいた時、店の戸と大門を同時にたたく音がした。誰かが、ひどく急いでいるみたいにたたいていた。母が起きてカーディガンの襟を合わせながら座り、僕もちょうど小便がしたくなって目を覚ました。隣家の中庭のほうに向いた明かり窓が、薄墨色にその輪郭を浮かび上がらせようとしていた。

「だ、誰ですか」。母が慌てた。

「開けて下さい。さっさと開けろ。開けるんだ」

　外で誰かがどなった。

「まあ、こんなに朝早く、いったい何だろう」

　母はつぶやきながらソクチマの上にチマを着けた。家族は全員目を覚ました。姉が電気のスイッチを入れたけれど、電気はつかなかった。母が店の小さな扉を開けると、制服を着て銃を持った巡査一人と、ジャンパー姿の私服の男と、階級章のない軍服の兵士二人が店に入ってきた。懐中電灯が光った。

「下の家の端から二番目の部屋らしい。行って全員連れてこい！」

軍用パーカーを着た、がっしりとした体格の角刈りの兵士が言った。

「ああ、うちじゃなかったのね」

母が低く安堵のため息をついた。

「私は怖くて足が動かない。吉男、行って、何があったのか見ておいで」

母の許しが出たので、中門からどやどやと入ってゆく彼らの後を、僕は足音を忍ばせてついていった。下の家に行った男たちのうち、兵士の一人は家の裏に回り、私服の男は平壌宅の部屋の戸を開けようとしていたけれど、内側で掛け金がかかっていた。彼は靴を履いた足で蹴り、戸を開けろと叫んだ。部屋の中で順花姉さんが悲鳴を上げた。その時ようやく、戸を蹴っている男の後ろ姿に見覚えがあることに気づいた。金泉宅を通じて、頬に傷のある男を追っていた、顎のとがった姜刑事だ。

平壌宅の部屋の中で掛け金をはずす音がすると、姜刑事が戸を押し倒して土足で踏み込んだ。部屋は一瞬にして修羅場と化し、懐中電灯が、服を探してうろたえる三人の姿を一瞬浮かび上がらせた。

　下の家の人たちはみんな目を覚まして外に出てきた。俊鎬の家の赤ん坊が火のついたように泣いた。上の家でも戸を開け閉めする音がして、驚いた人たちが何人か大庁に出てきた。

「おい、お前ら、両手を頭に置いて出てこい！　撃たれる前にさっさと出てくるんだ」。

姜刑事が荒々しく叫んだ。

　平壌宅の家族三人は服もろくに着られないまま、裸足で中庭に下りた。正民兄さんは履物を探そうとうろうろして、巡査に銃床で肩を殴られた。彼らは両手を頭の上に置いて地面に正座した。家の裏から出てきた軍服の男を含めた三人は土足で部屋に入り、手当たり次第に家財道具をひっくり返した。懐中電灯の明かりが部屋の中を動き回った。

「なぜこんなことをするんですか。何なんです。どういうことか、説明して下さいよ」。

正座したまま、平壌宅が怯えた声を出した。

「わかってるくせに。このパルゲンイども。おとなしくしないと頭に穴が開くぞ！」

　部屋の中にいた角刈りが、平壌宅一家の顔を懐中電灯で照らしながら脅した。

空が明るくなり、辺りの物がはっきり見えるようになるまで三人は部屋の中をくまなく調べ、巡査は平壌宅一家を見張っていた。彼らは台所まで捜索したあげく、布団カバーを引き裂くと、集めておいた部屋の中の物をそれで包んだ。ほとんどは正泰さんの蔵書で、ノートもあった。巡査が、地面に座っている平壌宅一家に手錠をはめた。

「さあ、立て。歩くんだ」。兵士が平壌宅の三人に言った。

「どうして手錠まではめて連行するんです。理由を言ってくれなきゃ」。正民兄さんが聞いた。

「こいつ、青二才のくせして口数が多いな。知らないとでも言うのか。後で痛い目に遭わせてやる」

兵士が正民兄さんの向こうずねを蹴った。

「曹長、上の家は俺もよく知っているから、手荒なことはするなよ」

姜刑事は、顎で上の家を指し示しながら角刈りに言うと、平壌宅の一家三人を引っ立てて中門を出ていった。兵士の一人は布団カバーの包みを肩に担いだ。中門の前に立っていた姉と吉重は彼らに道を譲った。

角刈りの兵士と巡査は、上の家の大庁と舎廊の欄干前に並んで立って下の家を見下ろしている大家一家のほうに大股で歩いていった。

「お宅がこの家のご主人ですか」

角刈りが、舎廊に立っているご主人を見た。

「そうですが」

「ちょっとＣＩＣ［Counter Intelligence Corps〈防諜隊〉。共産主義者や北朝鮮の諜報活動を監視し、李承晩政権に反対する勢力を取り締まった陸軍の機関］に来てもらわないといけません。奥さんも一緒に」

「ＣＩＣ？　どうして防諜隊に？　私たちが何をしたというんです」

腕組みをしていたご主人が、ＣＩＣと聞いて少し緊張し、まばたきした。

「行けと言われたら、素直に行くものです。調査することがありますから」

「判事が発行した令状を見せて下さい。令状がなければ私は一歩も動きませんよ」。大家さんはそう言うと、長男に命令した。「成準、すぐに三徳洞のおじさんの所に行ってくれ。すぐ来てくれるよう頼むんだぞ」

「おじさんだろうがお嬢さんだろうが関係ない。すぐに着替えてきなさい。我々は警察とは違うんだ。俺が怒り出す前にさっさとしろ。丁重に扱ってやったら調子に乗って。我々を何だと思ってる！」。角刈りは脅すようにパーカーの内側から拳銃を抜き、上の家の土台に上がった。

「わかりました。い、行きますよ。着替えてから」

何をされるかわからないと思った寝間着姿の奥さんはすかさず答え、舎廊に消えた。

「行くにしても行かないにしても、どういうことなのか理由を教えてもらわないと。うちの親戚にも陸軍大佐がいるし、大邱警察署で地位の高い人もいるんですよ。いったい、何の騒ぎですか」

大奥さんが出てきて角刈りの前に立ちはだかった。

「調査すると言ったじゃないですか。おばあさん、調査が何だか知らないんですか」

「何の調査です」

「どきなさい。行けばわかる」

成準兄さんが中門の外に走り出て、しばらくすると大家夫妻が捜査員に連れられて出ていった。

中庭に立っていた人たちは三十分余りの騒動にあっけに取られて、誰も何も言わなかった。いつもなら慌ただしく朝ご飯の支度をする時間なのに、誰も動こうとしない。母は捜査員たちが出ていった気配を察してようやく中門の内側に入り、便所の前で立ち止まった。その時、真っ先に口を開いたのはやはり京畿宅だった。

「正泰が何かやらかしたんだ。間違いない。そうでなくとも、正泰の普段の言動は危なっかしいと思ってた。あの人たちが平壌宅の家族をパルゲンイ扱いしてたことからすると、正泰が思想関係で何かやらかして、今、軍の捜査機関に捕まってるんだよ」。京畿宅がみんなの顔を見回したけれど、みんな怯えて何も答えなかった。すると彼女は俊鎬のお父さんに同意を求めた。「傷痍軍人さん、どうです、あたしの言うことは正しいでしょう？　それに違いないですよね」

「さて、そう言われればそんな気もするし……。ともかく、そういう関係の事件だろうとは思うけれど、正泰君がそれほど過激に行動するとは……」

俊鎬のお父さんが渋い顔をして言った。

「ひょっとして、正泰がスパイと接触したんじゃないですか？　あるいは隠れてスパイ活動をしていたとか」。興圭さんが俊鎬のお父さんに言った。

「わからないね。戦争で南北間の溝が深まったうえに、双方が憎悪に燃えている時代だから。ともかく思想問題でひっかかったとすれば、事態は深刻だと見なければならないな」

「興圭、お前も見ただろ？　ほんとにほんとに用心して、薄氷を踏むように暮らさないといけないんだよ。ここで生き延びるには何より言葉に気をつけて、ひとことの重みを考えて、慎重に口をきかなければ。うちみたいに北から疎開してきた者は、思想関係は特に気をつけないと、どこでどんな目に遭うかわからないよ」

京畿宅はぶるぶる震えながら、息子に言い聞かせた。

「僕はそんなことには関わらないようにしてるし、自由主義の世の中のほうが好きなのに、お母さんは余計な心配をするね」

「美仙、どうか早くアメリカに行ってお母さんを呼び寄せておくれ。家族招請をするんだよ。興圭は大邱の子と結婚したらここに落ち着くことになるだろうが、あたしはここが不安で仕方ない。いつまた戦争が起こるか知れたもんじゃないからね。あたしはこの国を出たくてたまらないんだ」。京畿宅が、横に立っていた美仙姉さんの手を握って、子供みたいに駄々をこねた。

「お母さんたら。罪のない人を捕まえるもんですか。まったく、つまらない心配をして」

そんな話を聞いていた大奥さんが、よたよたと京畿宅の家族のほうに歩いてきた。

「京畿宅、教えておくれ。それならうちの息子と嫁は、どうして連れていかれたんだね。手錠はかけられなかったけれど、何で連れてかれたんだ。大家だからかい」

「大奥さん、わからないんですか。金泉宅と正泰がくっついて、ことをしでかしたんじゃないですか。金泉宅の店に、さっきの顎のとがった刑事がよく来ていたのを、あたしは見ましたよ。金泉宅は、奥さんの親戚じゃないですか」

「ああ、なるほど……」

大奥さんが白んだ空を眺め、長いため息をついた。

「正泰と金泉宅が何かしでかしたか、思想関係の疑いをかけられたかしたんだろうし、奥さんは金泉宅の親戚だから調査するんでしょうよ」

「あたしは善山《ソンサン》にあった家に仲人が出入りしていた時、縁談が気に入らなくて反対したんだよ。仲人が、家柄がよくてきれいな娘さんだからと言い張って……。独立運動家の家？　独立運動なんかしたって、田んぼや畑が増えるわけじゃなし。落ちぶれて刑務所に入るのがおちだろ。あたしは当初から、うちとあの家は全然合わない、相性が良くないと言ったんだけど……」

「大奥さん、いったい、誰の話ですか。まさか、金泉宅のことではないでしょう？」。

京畿宅が聞いた。

「うちの嫁だよ。金泉宅がうちの嫁の従妹だってことを、あんたたちは知らなかったのかい。この朴家からは、そんな不穏な運動をする人は出てないんだ。ただの一人も。朴家は植民地時代にも偉い役人になった人がたくさんいて、何事もなく平穏に暮らしてきたんだよ。それなのに……」

大奥さんは言葉を切り、誰かが立ち聞きしていないかと疑うような視線を、中門に向けた。

「奥さんは、植民地時代に金泉高女を卒業したそうですね。あの時代に高女を出たってのは、今でいえば博士号を取ったみたいなものじゃないですか。あたしが高女に通っていた時だって、才色兼備の優秀な子でなければ入学できませんでしたからね」。京畿宅が自慢げに言った。

「家の中のことをする女が、新式の学問を習ってどうするの。姑を軽く見て、生意気になるばかりだ」

安さんが、戸の倒れた平壊宅の部屋を覗き込んだ。部屋の中は散らかっていて足の踏み場もない。布団用のたんすの扉と引き出しがすべて開いていて、棚の上にあった行李も、蓋が開いたまま部屋の隅に転がっていた。

「こんなに散らかすなんて。部屋だけでもざっと片付けてあげなきゃ」。安さんは履物を脱いで部屋に入った。

「あんた、そんな部屋に関わったら、妙なぬれぎぬを着せられるよ。さっさとご飯でも炊きなさい」

大奥さんが安さんに怒りをぶつけた。

「吉男、そんな所にいないで帰っておいで。善礼はさっさとお米を洗って」

母が僕たちを呼んだ。

僕が外庭に出ると、大きく開いた大門から成準兄さんがあたふたと走ってきて、次に警察の制服と金モールの制帽を身につけた中年の男が入ってきた。警官はクリスマスイブのパーティーに来ていた大邱警察署対共担当警視で、大家さんの親戚だった。

午後、僕が新聞配達に行く時まで、警察署に行った五人は誰も戻らなかった。新聞配達が終わって帰る時、僕はヤンキー市場を通りながら平壌宅を捜したけれど、彼女がいつも店を出す場所は空いていた。宝金堂のガラス戸の中も覗いたが、奥さんの姿はなかった。家に帰っても、順花姉さんや正民兄さんは戻っていなかった。開けっ放しで、ゴミ置き場と化した平壌宅の部屋は、ひどくわびしげに映った。

夜が更けると、「お帰りなさい。大変でしたね」という俊鎬のお母さんの声が、店のほうから聞こえた。店側の戸についている手のひらほどのガラス窓を通して外を見ていた吉重が、「大家さんと奥さんが帰ってきた」と言った。善礼姉さんが大門を開ける前に、大家さん夫妻はうちの台所を通って母屋に帰っていった。

「善礼、吉男。誰かに何か聞かれたら、何も知らないと言いなさい。正泰や金泉宅のことは、何を聞かれても知らないと答えないといけないよ。うっかりしたことを口走っただけで、ひどい目に遭う世の中だからね」

母は僕たちに低い声で念を押した。

「とうちゃん、しらない。ぼく、しらない」

横になっていた吉秀は、咳こんだ後、うわごとみたいにつぶやいた。吉秀は高熱が出て二日間うわごとを言い続け、喉が腫れているのか、おかゆ以外には何も食べられなかった。両方の大きさが違う、焦点の合わない目をしきりに動かしながら、かれた声でうわごとを言う時には、かわいそうで正視できなかった。薬をのまないでも朝には熱が下がったけれど、咳は治まらなかった。数日の間に吉秀は顔がいっそうやつれ、頭だけ妙に大きく見えた。

「吉秀が早くよくならないと。ああ、かわいそうな子……」

母は吉秀の布団の襟をとんとんたたきながら、舌打ちをした。

母が大邱に落ち着いた次の年のことだ。母はよくその話をしたが、当時僕は進永にいたから、状況を頭の中で描いてみるしかない。母は三人の子供にかろうじて一日二食は食べさせていたけれど、一日中何も食べさせられなかった時があった。翌朝、母が伯母の家から茶碗一杯の麦飯をもらい、量を増やすためにおかゆにして、自分は食べずに子供たちに食べさせた。ところが、すきっ腹に熱いおかゆを慌てて食べたせいか、吉重は食べたものを全部吐いてしまった。吉重が胃液と共に床に吐いたおかゆを集めて食べたのは言うまでもないが、吉秀は、母が雑巾で床を拭くのを見ていたらしく、後でその雑巾を吸っていたというのだ。「三つの子が、その時だけは知恵が働いたのか、その雑巾におかゆがついていると思って吸ってたんだよ」。母はそう言い、僕もそれを信じた。しかしいつからか僕は、母の言葉を自分なりに解釈し直すようになった。吉秀は雑巾についたおかゆを食べるためというより、田舎の子供たちがお腹がすいた時に柔らかい土を口に入れていたみたいに、空腹を満たそうと無心で雑巾を吸ったのだろう。でも僕がどう解釈しようが吉秀はもうこの世の人ではないから、そんなことを回想するたびに、彼に対する哀れみがこみ上げてきて僕を苦しめる。

翌日、夜が明けて顔を洗い、大便がしたくなって中庭に行くと、便所にはもう誰かが入っていた。いつの間に戻ったのか、順花姉さんが縁側のかまどに薪をくべて朝ご飯を炊いていた。下の家の部屋は、ご飯を炊く時に縁側の床板を何枚か取り外して釜を置くことができるようになっていた。僕は順花姉さんを見て、嬉しくなって近づきかけたけれど、その横に京畿宅がしゃがんで煙草を吸いながら話しかけていたから、ちょっとためらった。

「思想関係の取り調べはCICが警察よりきついっていうけど、拷問されなかった？服を脱がされたりとか」。京畿宅が聞いた。

「おばさん、いやなこと言わないで。そんな拷問されてたら、今、こんなふうにご飯なんか炊けませんよ」。順花姉さんがふくれっ面で答えた。

「お兄さんには会ったのかい。それなら、対質尋問［供述が食い違う証人などを対面させて尋問すること］しただろうね」

「会えませんでした。どこかにいるでしょうよ。もう捜し歩く必要がなくなったから、かえって気が楽です」

「金泉宅はいなかった？　あの人、七星洞に引っ越したんじゃないんだろ。あたしたちに嘘をついて正泰とどこかに消えたんだよ」

「……」

「お母さんの面会に行くなら、**ベントウ**を作っていかなきゃいけないね。地下にある取調室は、食事はまずいし、寝かせないで問い詰めるそうじゃないか。そんな時にはちゃんと食べないといけないから、お金を惜しまないで鶏肉や牛肉をおかずにして持っていきなさい」

「おばさんたら、ほんとに余計な心配をする星の下に生まれたのね。あたしが適当にするから、ほっといてちょうだい」。順花姉さんが気を悪くした。

「なんて口をきくんだよ。平壌宅が商売できなくなったら家族はどうやって暮らすのかと思って、ご近所のよしみで心配してやってるのに、年端もいかない娘がいちいち口答えするんだね。うちにあんたみたいな嫁が来たら、すぐに追い出すよ」

腹を立てた京畿宅は、煙草の吸殻をかまどの火に投げて立ち上がった。

「誰がおばさんちの嫁になるってのよ。いちいち気に障ることばかり言うんだから」

「あんた、言うことはそれだけかい。そのままじゃいけないね。警察署にぶち込んで三月《みつき》と十日ぐらいは刑務所に入れないと、癖は治らないね」

朝からけんかになりそうだった。興圭さんが戸を開けて母親を制止し、正民兄さんも戸を開けて外を見た。外の家の台所から俊鎬のお母さんが出てきて、二人の間に割って入った。

「おやめなさいよ。みんな南にやってきて苦労してるのに、けんかなんかしてどうするんです。順花も一晩中取り調べを受けて、寝不足でいらいらしているんだから、奥さんが我慢しないと」

「我慢にも限度がある。朝から若い子に文句を言われるなんて」。京畿宅はそう言うとおならをして、便所の前に立っている僕に聞いた。

「吉男、誰か入ってるの」

「はい、誰かいるみたいです」

「早く家を買って引っ越さなきゃ。隣人を選んで所帯を構えろという言葉があるけど、こんな所では暮らせないよ。近くに変な家族がいるから、うちにまで被害が及ぶ」。京畿宅はそう言うと、自分の部屋に向かって叫んだ。

「美仙、ぐずぐずしてないでさっさとご飯を炊きなさい。買っておいたサバも焼いて。学校は休みなのに、毎日帰りが遅いから朝起きられないんだよ」

便所から俊鎬のお父さんが出てきた。京畿宅はよく割り込んでくるから、古新聞を持って待っていた僕は間髪をいれず便所に入った。外では相変わらず京畿宅の声がしていた。今ではもう大っぴらに正泰さんのことを非難しているのだろうが、聞いている僕までつらくなった。

「このご時世に北へ行こうだなんて、話にもならない。休戦ラインは警備が厳重なのに、どうやって行くんだよ。行って、向こうでどうしようってんだ。頭のおかしい奴でなけりゃ、あんな赤い国に行かないさ。共産党の支配にうんざりしないのかね。そんな奴は即刻、銃殺すりゃいい。戦時中に三百万人以上が死んで、全国津々浦々にまだ泣き声が響いているのに、何でまたそんなとんでもないことを考えるんだか」

「おばさん、ちょっと言い過ぎですよ。どうしてそんなことを言うんです」。正民兄さんの声だ。

興圭さんと俊鎬のお父さんが京畿宅をなだめているのも聞こえた。どこかで正泰さんの噂を聞いたらしく、京畿宅は既にだいたいのことを見抜いていた。

　正泰さんが越北しようとして捕まったって、ほんとかな？　どうして家族を残したまま行こうとしたのだろう。命懸けで行くほど、暮らしやすい所なのだろうか。金泉宅と福述はどうなったかな。あの人たちも北に行こうとしたのか。それなら、福述のお父さんが北にいるということか。僕は腹に力を入れ、どきどきしながらそんなことを考えていた。もし京畿宅にさっさと出てこいとせかされなかったならば、しゃがんで尻の穴を開いているのが気持ちいいから、ずっと考え続けていただろう。

　平壌宅が、魂が抜けたようになって家に戻ったのは三日後だった。彼女はその次の日からまた軍服商売をしにヤンキー市場に出かけた。平壌宅が帰ってきてからも、防諜隊の兵士と姜刑事が交代で平壌宅の部屋を訪れ、何かを調査した。その頃から平壌宅が洩らしたのか、正泰さんに関する話が、たいていは京畿宅の口を通して、一つ二つと深い中庭のある家に広がり始めた。「あの人、平壌宅の部屋との仕切りの板壁に穴を開けて、ネズミみたいに盗み聞きしてるんだわ。自分たちに関係もないことまであんなに知りたがるというのも、天性ね」。母が言ったように、京畿宅がしゃべり散らす話は推測を交えているにせよ、それらしく聞こえるから、みんな信じないわけにはいかなかった。

ある日僕は、京畿宅が俊鎬のお父さんの店先に座って焼きイモを食べながら話しているのを聞いた。

「正泰は金泉宅と福述を連れて越北しようとしたんですって。南に隠れていた人民軍の敗残兵や左翼運動をしてたパルゲンイは、今でも江原道の太白《テベク》山脈を通って北に行けるようですよ。そいつらのルートがあって、案内する人もいるそうです。ところが、金泉宅と福述は案内人と一緒に無事に北に行ったのに、正泰だけはどういうわけか国軍の歩哨兵に捕まったんですって。俊鎬のお父さん、変じゃないですか。子連れの女が険しい道を歩いて鉄条網を越えたのに、若い男が捕まるなんて。あたしは、二つ考えられると思うんです。一つは、ほら、踏切の番をしている人が、汽車にひかれそうになった女や子供を助けて、自分がひかれたりする事件が、たまに新聞に出てるでしょう。正泰も金泉宅と福述を先に渡らせてから、自分も鉄条網を越えようとして捕まったんじゃないかと思うんです。そうでなけりゃ、金泉宅たちを越北させて、自分は大邱に戻るつもりだったのかも……。どちらかだと思うんだけど、俊鎬のお父さんはどう思いますか」

安さんは安さんで、金泉宅に関する情報をせっせと収集して、うちの母に教えてくれた。安さんは朱さんが壮観洞の路地を通るたびに、彼に会うため店に出てきていたのだが、母屋に戻るついでにうちの部屋の戸を開けて、しばらくおしゃべりをしていったからだ。

大家の奥さんの実家は金泉市南山洞《ナムサンドン》で〈鄭判書家《チョンパンソ》〉と呼ばれていたほど由緒のある儒学者の家だったが、大韓帝国末期から親族の人たちが義兵活動や独立運動に身を投じるようになって家が傾き始めた。金泉宅の夫は植民地時代に普成《ポソン》専門学校を卒業したインテリで、学生時代から左翼民族運動家として活動し、解放も金泉刑務所で迎えたそうだ。彼は金泉市が人民軍の支配下に入ると金泉市党副委員長を務めたが、九・二八収復〔人民軍に支配されていたソウルを、一九五〇年九月二十八日に国軍と国連軍が奪還したこと〕の時に身を隠し、一人で北に行ったそうだ。金泉宅が入居する前に外の家に住んでいた、解放後に日本から帰ってきたという、奥さんの再従叔《チェジョンスク》〔父親のまたいとこ〕は、朝鮮戦争が起きた年に人民軍部隊が南下してくると、家族を率いて越北したというから、金泉宅の親族に左翼の運動家が多かったのは間違いない。そのために成準坊ちゃんがアメリカに留学しようとしても身元調査で引っかかるので、見逃してもらう目的でパーティーを開いたり、どこかに賄賂を送ったりしているようだと、安さんが話していた。

時間が経つにつれ、平壌宅の一家についてはそうした風聞以外にも良くない話ばかりがささやかれた。ソウル大学法学部を志望していた正民兄さんは急遽、慶北大学医学部に志望を変えた。お兄さんがあんなことになった以上、司法試験に合格したところで判事や検事にはなれないと思って専門職の道を選んだらしい。しかし、入試の数カ月前に文系から理系に変えたから合格できるかどうかわからないし、釜山の部隊にいる同郷の陸軍中尉と順花姉さんの縁談も破談になるに違いないというのだ。要するに正泰さんの事件で、平壌宅一家はめちゃめちゃになった。一方、京畿宅の息子と娘は、まるで見せつけるかのように、順調に縁談を進めているらしかった。

ある日の夕方、僕が俊鎬のお父さんの店の前で座っていると、興圭さんが仕事帰りに恋人と一緒にやってきた。

「京子《キョンジャ》さん、焼きイモ食べませんか」。興圭さんが言った。

「クリームパンを三つも食べたのに、まだ食べるの」。恋人は恥ずかしそうに答えた。

「いや、ただ俊鎬のお父さんの商売をちょっとでも助けようと思っただけですよ」。興圭さんは照れたように言い、京子という人にまた聞いた。「母に挨拶していきますか？」

「遅いから失礼になると思うわ。手土産もないし。今日はこのまま帰ります。明後日の夕方、あのパン屋でまた会いましょう」

「じゃあ、家まで送ります」

二人は鐘路に抜ける路地を歩いていった。興圭さんの結婚相手は、金持ちの娘という感じではなかった。茶色のセーターに黒いズボンという服装も平凡だったし、化粧っ気もなく、体つきもぽっちゃりしていて、洗練された都会の女性というよりは田舎の純朴な少女のように見えた。興圭さんが口笛を吹きながら再び店の前に現れた時、店を手伝っていた俊鎬のお母さんも京子という人を観察していたのか、「興圭さんはいい人を見つけたわね」と言ってほめた。

美仙姉さんはジェームズという米軍大尉との恋愛が順調に進み、彼が帰国する春に一緒にアメリカに行くのだと、京畿宅が深い中庭のある家のみんなに言いふらしていた。ジェームズ大尉は堂々と京畿宅の部屋の前まで来て、軍用カバンいっぱいに詰めてきた、いろんなアメリカ製品を置いていったりした。京畿宅はその品物を自慢しながら、上の家はもちろんのこと、隣近所に売りつけた。僕たちは興圭さんからアメリカのビスケットやチョコレートをもらった。京畿宅がそんなふうにジェームズを自慢する時、隣の部屋から顔を出す成準兄さんの表情が傑作だった。怒りで赤黒くなった顔をしかめ、荒っぽく戸を閉めてアメリカのポップソングを流すラジオを、耳が痛くなるような大音量にした。彼は虎視眈々と美仙姉さんを狙っていたのに、美仙姉さんを通訳としてパーティーに参加させたのが仇《あだ》になってしまった。

「アメリカ人は外見からは年がわかりづらいけれど、ジェームズ大尉はどう見たって独身じゃありません。少なくとも三十は過ぎてますね。国に妻子がいるのに、美仙がだまされてるんです。アメリカに連れていくなんて言ってるけど、いいように利用されて捨てられるだけですよ」。成準兄さんが食事の時に大奥さんにそんなことを言ったと、安さんがうちの母に耳打ちした。

「あんたがジェームズ大尉を狙ってパーティーにあんな派手なドレスを着ていったのは、わかってる。自分の子供の考えることぐらい、わかるさ。だけどアメリカに行くまでは絶対に身体を許しちゃいけないよ。離婚手続きが済んだという書類を見るまで飛行機に乗ってもいけない。一度の決定で、人生が台無しになるかもしれないんだ。冷静に、慎重に、後悔のないようにしなくちゃ。人生の決定的な勝負はたった一度だと、本にも書いてある」

ある晩、京畿宅が娘にそう訓戒を垂れているのを板壁越しに聞いたと、うちの部屋を訪れた平壌宅が言った。その頃にはもう、正泰さんの身柄が防諜隊から警察署に引き渡されていて、平壌宅は面会に行った帰りに、うちの部屋に立ち寄ったのだ。

「骨と皮だけになっているところを見ると肺病が悪化しているみたいなんだけど、北の政治が好きで、越北する地下党員と知り合いになって、その人の案内で北に帰ろうとしたと、刑務所の中でも言い張ってるそうだから、ほんとに死ぬまで出られないかもしれない。咳こんだために捕まっただなんて。肺病で死んで出てくるんだわ。生き地獄みたいなアメリカの空襲でも生き延びたのに、あたら青春を刑務所で終えるなんて……」。

平壌宅は、母の前で声を上げて泣きながら嘆いた。

僕は一緒に越北しようとした地下党員が誰なのか知らなかったけれど、頬に傷のある、あの怪しげな男ではないかと思った。平壌宅の話からすると金泉宅と福述、そしてその男は無事に越北したのに、正泰さんは鉄条網を抜けようとした瞬間に咳こんでしまい、巡回していた兵士に見つかったのだろう。

第十章

二月初旬が過ぎると、日は目に見えて長くなった。夜は相変わらず零下二十度を下回り、一晩中、目張りをした紙が風で音を立てて揺れた。僕は、いつも咳こんでいる末っ子の吉秀を湯たんぽ代わりに抱いて寝た。昼頃になるとたいてい、日差しが暖かくなった。

ひどい風邪で一カ月以上寝ついた吉秀はようやく回復し、その頃から外に出るようになった。一度も薬をのまずに治ったのは奇跡だと母が言ったように、吉秀の寿命はまだ尽きていなかったのだ。その時、そう思ったのも無理はない。しかし起き出した吉秀は、もはや元気な子供ではなかった。髪の毛が全部抜けて宇宙人みたいに頭でっかちになった吉秀は、もともとがに股だったのが、鳥みたいに細い脚で立つ力もないらしく、壁に手をついてよろよろと歩いた。

「にいちゃん、とうちゃんのところにいこう」

吉秀はよく、明るく笑いながら、俊鎬のお父さんの店に行こうと言った。綿みたいに軽い吉秀を抱いて店先の段差に座ると、俊鎬のお父さんは「おや、吉秀が来たね」と言って歓迎した。そして焼きイモの中から小さいのを選んで一つくれた。吉秀はもう俊鎬と一緒に走り回って遊ぶこともできず、腰かけたまま焼きイモを一時間以上もかかって少しずつちぎっては、唾に溶かしてのみこんでいた。

日当たりのいい場所に座って斜視の目で路地を行き交う人をぼんやり見ながら、かぼそい手で焼きイモをちぎってもぐもぐ食べていた病んだヒヨコみたいな姿は、今も目に焼き付いている。いや、目張りがうなっていた寒い冬の夜を思い起こせば、あの深い中庭のある家に住んでいた頃の記憶が、まるで冬の夜風の彼方にある天の灯のように、悲しくもほのぼのとよみがえる。

夜、温かい小動物みたいに僕の湯たんぽになってくれていた吉秀はそれから三年生きて、うちが貧乏から抜け出す前に、「きたならしい歳月」と共に死んだ。おぼつかない足取りとたどたどしい話し方のせいで、誰もが通う小学校すら入学を拒まれ、一度も医者にかかれないまま、ある冬の寒い日に脳膜炎で息を引き取った。満八歳だった。その当時、僕たちは深い中庭のある家から百メートル余り離れた、薬屋横丁にあるトクチェ漢方医院の大門脇の部屋に住んでいた。吉秀の遺体は米の入っていたカマスに納められ、荷物運びの男の背負子に載せられて、大邱の西郊外にある聖堂池《ソンダンモッ》裏の、名もない谷に埋められた。

世の中が、死においてすらどれほど不公平なのかを知ったのは吉秀が死んだ翌年のことで、僕は高校二年生だった。その年の晩秋、薬屋横丁の道端に自家用車がずらりと並び、壮観洞の長い路地に何十本もの弔い旗がはためいた。深い中庭のある家の大奥さんが、八十を過ぎて世を去ったのだ。その頃には大邱紡織業界の大物になっていた大家のご主人の姿も、久しぶりに見た。喪服を着たご主人は、いっそう太って腹が出ていた。善山郡の墓地に向かう霊柩車は、ガラス窓だけ残して何千輪もの白い菊の花に覆われていた。

吉秀は大奥さんの生きた歳月の八分の一も生きられず、一度も白米のご飯をお腹いっぱい食べられないまま死んだ。それも、もし生死禍福をつかさどる神がいるなら、吉秀は前世で何かその神を怒らせるような罪を犯したのではないかと疑いたくなるような、凄惨な死に方だった。吉秀が死ぬ前、母は涙にぐっしょり濡れた顔で、よくこんなことを言っていた。「吉秀は、食べ物に対する欲はちょっとあっただろうけど、人をだますことも、嘘をつくことも知らなかった。そんな、天使みたいな心を持った子だから、死んだら誰よりも先に天国に行くよ。天国で幸せに暮らす。そう思ったら、私の気持ちもちょっと楽になる」。そんな時、吉秀は母の言う天国が、まるで隣近所にあるみたいに、骸骨のようになった顔をしわだらけにしてにこにこ笑いながら、「ぼく、てんごくのうちゃんとあそぶ」と、何かの予言でもするみたいに言った。筋肉と水分をすべて抜いたみたいに骨と皮になり、髪の毛すら抜けてしまった恐ろしい病気の遠因は、生まれてすぐ戦争が起こり、二年以上も母乳もろくに飲めず、じゅうぶん食べられなかったせいで脳や内臓がまともに発育できなかったことにあるのだと、僕は今でも信じている。死ぬ直前、一日に十五、六時間は頭が痛いと言い、しきりに食べ物を欲しがっていた姿は、今思ってもむごたらしい。いや、僕は栄養失調のエチオピアの少年を思い浮かべることで、弟の姿を何とか消そうとする。吉秀のことは、死ぬ直前の姿よりも、深い中庭のある家にいた頃の、眠っていても子犬みたいに苦しそうだった息遣いとともに切なく思い起こされる。今ではもう冬が来ても、吉重と僕はそれぞれ別のマンションの温かい部屋にいて、夜はアクリル毛布で脚を温めながら大の字になってすやすや寝ている。中年になった兄たちのそんな姿を、吉秀は今も冬の夜空の天使として、あるいは悲しくもほのぼのとした灯になって、見下ろしているだろうか。空の国が寒さも飢えもない所なのかどうか確かめようがないけれど、吉秀は今でもこの半島の津々浦々を焦点の合わない目で眺めながら、顔も、生死すらもわからない〈とうちゃん〉を捜しているだろうか。僕は冥界の事情を知らないから、冬の星空で一つぽつんと離れてひっそり輝く、妙に寒々とした星を見ると吉秀のような気がして、幼い日の彼を思い出す。

正泰さんの裁判が始まったのは、成準兄さんが、当時は天国と同じぐらい、めったに行けなかったアメリカ留学に行った後だ。三月に入って、深い中庭のある家の花壇にレンギョウが咲き乱れていた。みんなは金泉宅の事件で成準兄さんのアメリカ留学も取り消しになると思っていたのに、やはり家柄と財力があれば、そんな問題も簡単に解決できるらしい。どちらが先に行くか美仙姉さんと競争でもするみたいに急いでいた成準兄さんは、それでも出発する時には寂しくなったらしく、京畿宅一家に別れの挨拶をする時、アメリカから手紙を書くと言った。あのだだっ広いアメリカでどこまで追いかけるつもりなのか、美仙姉さんにはアメリカでまた会おうと、できそうもないことを未練がましく言い残したそうだ。

正泰さんは一審の公判で検事によって無期懲役が求刑され、判決で二十年の刑が宣告された。もし悔い改めていたら十五年求刑されて十年ほどの刑を宣告される程度で済んだだろうに、正泰さんの発言のせいで刑期が延びたと、平壌宅はため息をついた。正泰さんは法廷で、朝鮮民主主義人民共和国が南朝鮮〔韓国〕を解放すべきだと主張し、共産国家の社会がこの地に実現されなければならないと四十分にわたって熱弁を振るった。そのことについては、好奇心の強い京畿宅が平壌宅と一緒に裁判を傍聴した後に、深い中庭のある家で言いふらした。

「あの痩せっぽちの正泰が、見かけによらずたいしたものだったよ。ずっと咳こみながらも血を吐くみたいに、祖国分断の責任はアメリカにあり、南はアメリカの植民地だと一つ一つ根拠を挙げて主張したから驚きだ。ああそうだ、正泰はアメリカのことを言う時、必ずアメリカ帝国主義と言ってた。政界、経済界、軍、警察の実権を売国奴の親日派が握っていることがその端的な証拠であり、アメリカが彼らを前に立たせて日本の植民地時代のやり方で植民地統治をしていると言うと、判事ですら耳が痛いのか、発言を中断させたよ。少数独占資本主義だの帝国主義式植民地経済体制だの階級葛藤矛盾からの解放闘争だの、そんな難しい言葉をすらすらと言うから、検事が、それではあなたはどうして南に来たのかと尋ねたんだ。中国軍の参戦によって南朝鮮が解放されると思ったし、アメリカの無差別爆撃があまりにもひどいから父親と相談の末、当分疎開することにして南に来たと、もっともらしい答えをしたよ……」。京畿宅は正泰さんの主張はもちろん、聞いている人がまるでその場にいるような気がするほど、裁判の様子を詳細に語った。

正泰さんは国選弁護人すら断り、上告を放棄して、「南朝鮮が朝鮮民主主義人民共和国に統一されるその日」まで、監獄に暮らすことを選んでしまった。

僕は地方の大学を卒業すると、すぐにソウルに出て出版社に就職し、壮観洞の伯母の紹介で大邱の女性と結婚した。妻の実家は鳳徳洞《ポンドクドン》のアプ山《サン》の麓なので、夏休みに他の人たちは暑さを避けて海や山に行くのに、僕は全国で最も暑い大邱に妻子を連れていって妻の実家に置いてきたりした。もう子供たちは入試の準備をする年頃になり、僕も出版社を辞めてフリーの文筆業で生活しているからそんなことも昔話になってしまったけれど、会社勤めだった五年前のその年の夏休みも、家族で大邱に帰った。大学の同窓生に会って昼間から酒を飲んだ後、僕は中央通りを歩いていた。午後六時近くになってもまだ日は沈まなかった。その時、新築の五階建てビルに掲げられた看板に、懐かしい名前を発見した。〈崔正民内科医院〉。深い中庭のある家にいた時、医学部を志望していた正民兄さんの名前が、そこにあった。僕は看板の前で少しためらってから、二階と三階に入っているクリニックに階段で上がっていった。四十代後半の正民兄さんの髪には、既に白いものが交じっていた。彼が僕を見てもわからなかったのは当然のことだ。僕もまた、眼鏡をかけた彼の、ちょっとふっくらした顔になじめなかった。互いに名を名乗り、嬉しくて手を握り合った。ちょうど診察が終わる時間で患者もいなかったから、僕たちはその建物の地下にある喫茶店に席を移し、エアコンの涼しい風を浴びつつアイスコーヒーを注文した。当然、深い中庭のある家にいた頃の話題が出た。「俊鎬のお父さんを覚えているでしょう?」。正民兄さんが聞いた。僕は、もちろんよく覚えていると答えた。「七星市場から慶北大学に行く道の角で本屋をやってますよ。偶然、その前を通って会ったんです。俊鎬のお母さんはほんとうに働き者だったけど、今もその本屋の横に小さな食料品店を出しています。住居を兼ねたその二階建ては、もちろん彼らの持ち家です。俊鎬のお父さんと、近くのビヤホールでビールを一杯やりました。あの人も、ずいぶん老けましたよ」。よく働くことでは、彼のお母さんもひけを取らなかった。僕は平壌宅の消息を尋ねた。「母は僕の家に同居しています。姉はエンジニアと結婚したんですが、上の子が今年、大学を卒業して就職するそうです」。李さんのお母さんも、もうかなりご高齢でしょう?」「三年前に亡くなりました。普段から血圧が高くて……」。僕はそう答え、正泰さんがその後どうなったのか、用心深く聞いてみた。「ひどい話です。あの事件が起きたのは、一九五五年一月だったでしょう。片肺だけで耐えて、きっちり二十年の刑を終えて一九七五年一月に釈放されたんですが、その年の七月に〈社会安全法〉という法律が新たに制定されたじゃないですか。それで、転向拒否による保安監護処分になって、出てきて七カ月目にまた収監されてしまいました。骨の髄までしみこんだ理念を、兄はあの長い刑務所生活でもずっと大事に持ち続けて……。今年で二十八年目だから、人生の半分を刑務所で暮らしたわけです。もう残った肺まで悪くなっているので、私が少し前に清州《チョンジュ》保安監護所に面会に行って、お母さんの最後の願いは死ぬ前に一日でもいいから息子と一緒に食事をして一緒に寝ることだ、どうか転向して出てきてくれと頼みました。でも兄は何も答えません……。年も年だけれど、母は兄のことで、今はほとんど失明したような状態です。あまりに泣いたから……」。正民兄さんはそれ以上続けられず、ハンカチを出して眼鏡を取り、涙を拭った。

僕は二カ月前に、徐俊植《ソジュンシク》さんに関する記事を新聞や雑誌で読んだ。在日同胞である彼は一九六八年にソウル大学法学部に留学し、一九七一年に陸軍保安司令部に〈留学生スパイ団〉の一員として逮捕され懲役七年の刑を受けたが、一九七五年七月に社会安全法が制定されると三度転向を拒否して保安監護の名目で再び十年間収監され、今年(一九八八年)五月、住居制限措置を受けて十七年ぶりに釈放された。月刊誌『泉の深い水』六月号(第八十八号)に掲載された彼のエッセイを読みながら、僕は正泰さんを思わずにはいられなかった。その雑誌の八十八ページにあるこんな一節は、まさに正泰さんに関する報告書も同然だ。

（……）何より残酷なのは、不治の病を宣告された老人たちを釈放して残り少ない人生を家族と共に過ごせるようにしてやらず、死ぬ間際まで監禁したまま、転向すればすぐに出してやると誘惑し続けることだ。〈再犯の顕著な危険性〉があって監禁しているのでないことは、誰の目にも明らかだ。私は長い間ここで過ごし、そうした誘惑に負けて死ぬ前の一、二カ月だけでも外の世界で暮らすために転向して釈放された人を、一人だけ見た。その他の人たち、最後まで毅然として良心と人間の尊厳を守り、死ぬ直前まで独房で孤独な闘病を続けて釈放とほとんど同時に死んだソン・スニ（肝臓がん）、イ・チェ・ジョムス（肝臓がん）、コン・インドゥ（脳卒中）、ムン・ガプス（胃がん）、イ・サンニュル（脳嚢虫症《のうのうちゅう》）といった老人たちを、決して忘れることができない。（……）

その老人たちは、ほとんどが一九五〇年代前半の休戦前後に、国家反逆罪やスパイ罪で実刑を言い渡されて収監され、社会安全法で再び捕らえられて独房で長期間服役していた政治犯だ。もし正泰さんがまだ転向を拒否する共産主義者として生きているなら、彼は五十五歳ぐらいになっているだろう。


姉が難なく大邱師範学校に合格した後、僕は姉に付き添われて慶尚中学に願書を出しに行った。慶尚中学は一流校ではなかったが、かといって三流でもなく、大邱市の小学校で中間ぐらいの成績を取る子供たちが入る、比較的学費の安い公立学校だった。中学の入試まで二週間もなかったので、僕は机にかじりついて勉強しなければならなかった。試験から解放された姉が勉強を手伝ってくれた。

「あたし、あんたがこんなに算数ができないとは知らなかった。五年生の問題もろくに解けないのに、どうやって中学に入る気？」

姉は僕に勉強を教えながら、よくぶつぶつ言っていた。事実、僕は進永にある蔚山宅《ウルサンテク》の酒幕で雑用をしていた時、本やノートもろくに買えないまま学校に通い、誰も何も言わないので、ほとんど勉強せずに過ごしていた。それも田舎の小学校だから、僕の実力などたかが知れていた。大邸に来てからも、僕は一年間母の顔色をうかがいながら勉強するふりをして童話や小説ばかり読み、小学校で習ったことすら忘れていた。

「中学の入試に落ちたら、もうやめてしまいなさい。頭が悪いのに学校に行ってどうするの。新聞配達でもして、配達のない時間には漢柱みたいに行商でもすればいい」

母の言葉は、僕をいっそう意気消沈させた。

美仙姉さんがジェームズ大尉との婚姻手続きを終え、配偶者ビザでアメリカに行ったのはその頃だ。美仙姉さんはお兄さんの結婚式に出られないことを、ひどく残念がっていた。ジェームズ大尉は必ずお母さんを呼び寄せると言い、京畿宅は、絶対に早いうちに呼んでくれと、娘に何度も頼みながら涙を浮かべた。しかし深い中庭のある家の間借り人たちはその年の四月中旬に散り散りになったから、僕は京畿宅がその後アメリカに行ったのかどうか、今も知らない。

大家さんの事業が順風満帆だったせいで家のない者たちが追い出されたと言っていいだろう。それは、僕が慶尚中学に落ちた三月下旬、ご主人の口から通告された。

ある日曜の朝ご飯を食べた直後だった。安さんがやってきて、間借りしている人たち全員に会いたいという大家さんの言葉を伝えた。

「とうとう追い出されるのね」。母があまり驚く様子もなく言った。

数日前から測量技師が中庭や外庭に出入りし、図面を見ながら測量しているのを見た間借り人たちは、何かただならぬことが起こっているのに気づいていた。うちは三月末に外の家を鄭技士に明け渡す約束だったから、引っ越し先は決めてあった。壮観洞の長い路地の鐘路に近い所にあり、僕たちが後に〈コンシクんち〉と呼ぶことになる、部屋が四つある瓦屋根の家で、母はそのうちの一部屋に四月八日から入居する契約をしていた。保証金五万ファンに、月々の家賃が三千五百ファンだった。僕はそれを聞いて、母が夏に僕たちをあんなに空腹にさせておきながら五万ファンも貯めていたことにちょっと感嘆し、一方では内心、ひどい母親だと思った。

「下の家も外の家も大門も、全部取り壊すんだそうです。立派な洋館を新築するんですって」。安さんが言った。

「私も京畿宅から聞いた」

台所を出かけた安さんは、もじもじしながら振り返った。

「善礼のお母さん、あたし、ここを辞めることになりました」。安さんが、少女のように顔を赤らめた。

「辞めるって。じゃあ星州《ソンジュ》に帰るの？」

「朱さんって人がいるでしょう、薪割りをしていた。あの朱さんと田舎に帰って、農業をすることにしました。実家が畑をちょっと分けてくれるというから畑を耕して、豚も飼って、開墾もして……。朱さんが、どこか静かな農村で土を耕しながら暮らしたいと言うんで、そうすることに決めたんです」

「それはよかった。あの人、いかにも農家の人だね。働き者で、心が広くて。安さんがいい人だから、神様が福をくれたのよ。朱さんは北から一人で来て身寄りがないし、安さんがよくしてあげなきゃ。子供をたくさんつくって幸せになれば、戦争のせいで起きた不幸が帳消しにできるよ」

母は鼻水をすすりあげた。

安さんは種まきの時期を逃してはいけないからと、下の家が取り壊される前に荷物をまとめて故郷に帰った。

数年前、テレビが離散家族捜しの番組を長期にわたって生放送していた時、僕はその画面に朱さんが出てこないかと、時々気をつけて見ていた。黄海道遂安郡サムジョン面という地名を、僕は今でも覚えている。朱さんがいつでもどこでもその地名を口にしていたから。大邱の孤児院出身のオックムという、オギによく似た中年女性が涙を浮かべる姿を見たことはある。その人があのオギだと断言はできないけれど、おそらくそうだろう。しかし朱さんは見たことがない。いや、朱さんはそれまでに家族を捜せていたのかもしれないし、朱さんがテレビに出たのを僕が見逃したのかもしれない。ところで僕は、あの深い中庭のある家に関係のある人物を、新聞で見たことがある。僕が除隊した年だから一九六六年の秋だ。慶北印刷所で大学新聞を印刷している時、暇つぶしに広げた新聞で見た。爪の先ほどの写真が出ていたけれど、頬に傷があるかどうかまではわからなかった。それでもその顔は、金泉宅を訪れていたあの怪しい男に似ていた。

固定スパイ［一カ所にとどまって活動するスパイ］逮捕。休戦直後から大邱地方を舞台に暗躍。一九五四年から一九六三年まで三回にわたって北に行き、各種の軍事機密を北の対南工作部に報告する一方、拠点確保のため連絡責任者になる人物を抱き込むことに（……）

推測が正しいかどうかはわからないが、僕は記事を読んで、そのスパイは左の頬から顎にかけて長い傷痕のあった男だと確信した。あの男が金泉宅と正泰さんの越北を斡旋し、案内したのだ。一行が警備の厳しい休戦ラインの柵を越える時の息詰まる瞬間を想像するたび、その案内人の顔は、あの男の険しい顔に変わった。

母について中庭に入ると、下の家の人たちが上の家の土台の下に集まっていた。土台の上でご主人が、腕組みをして立っていた。

「朝からあまり気分の良くない話をしますが、うちに間借りしている皆さんには、来月十日までに退去してもらわねばなりません。皆さんも大雨の時の経験でおわかりでしょうが、うちは中庭が低くなっているために、梅雨時には決まって水がたまります。だから下の家を取り壊し、中庭を外庭と同じ高さにして、二階建ての洋館を新築することにしました。梅雨になる前に屋根をつけないといけないから、出ていくのは早いほうがよろしい。外の家も壊して、運転手の部屋と管理人の部屋を新築するので、空けて下さい。ご存じのとおり、うちは先月電話を引いて自家用のジープを一台買ったので、運転手の部屋が必要なんです」

ご主人が話し終えると、俊鎬のお母さんがうちの母の側に来て、低い声でささやいた。

「宝金堂の鄭技士って、とんでもない詐欺師ですよ。大家の奥さんから店を壊すと聞いているはずなのに、毎月六百ファンくれ、ひと月分先払いしろと言うんです。すぐにばれるような嘘が、よくつけますね」

母は気まずいのか、ただ笑みを浮かべただけだった。うちはその月分の六百ファンを僕が宝金堂に行って鄭技士に手渡したし、母は鄭技士とのそうした契約条件を、二カ月前に俊鎬のお母さんに教えていたからだ。

間借り人は約束の四月十日になると、全員出ていった。平壌宅の一家はヤンキー市場の奥の東仁洞、俊鎬一家は当時リンゴ畑がたくさんあった伏賢洞《ポキョンドン》の、避難民のバラック小屋が並ぶ地区に部屋を借りた。京畿宅は、結婚が決まった興圭さんのお嫁さんの実家が二部屋を伝貰《チョンセ》［入居時に高額の保証金を預け、月々の家賃は払わない賃貸システム。退去時に全額が返還される］で借りてくれたから、どこよりも気分よく出ていった。うちも引っ越したけれど、深い中庭のある家から百メートル余りしか離れていなかった。

四月中旬のある日。新聞配達に出た僕は、貧しい人たちの悲しみと涙と怒りがどの壁にもしみ込んでいる下の家の四部屋と外の家と、傾いていた大門が壊される瞬間を目撃して、心の一角が崩れ落ちるような痛みを覚えた。その日はずっと憂鬱だった。

僕の生活も憂鬱だった。僕は四月の下旬になってようやく中学に入り、憧れていた制服と制帽を身につけることができた。新聞配達をしている時に偶然、電信柱に新設公立中学の生徒募集広告が貼ってあるのを見て、その学校に入ることにしたのだ。新川の寿《ス》城《ソン》橋から名前を取った寿城中学は校舎すらなく、三徳洞にあった慶北大学教育学部付属高校の臨時校舎の教室を二つ借りて使っていた。先生は校長を含め五人で、生徒は入学時期を逃してぶらぶらしていた子供を集めてやっと四十人を超えた。中には戦争で学校に通えなかった、ニキビ痕があったり、ひげを生やしていたりする年かさの生徒も何人か交じっていた。彼らは休み時間になると便所の裏に行って煙草を吸い、中学一年生のくせに付属高校の生徒を恐喝して小遣いを巻き上げた。他の生徒たちもたいていい勉強には興味がなくて、授業中に落書きをしたり、「先生、何かお話をして下さい」などと、突拍子もないことを言い出したりしていた。新設校で伝統がないせいか、いい学校を追い出されてオンボロ学校に移ってきたせいか、先生たちも熱心ではなかった。僕はそんな学校の雰囲気に失望し、毎朝登校するのが憂鬱だったけれど、一次募集の学校に落ちた罰として、学費が非常に安いその学校に通わなければならなかった。

そんなふうに気が抜けたまま学校と大邱日報社に通っていた四月下旬のある日、僕はあの深い中庭が、トラックで運ばれてきた新しい土で埋められる場面に出くわした。僕の大邱生活の最初の一年があんなふうに埋められてしまうのだなと、僕は悲しい気持ちでその光景を見つめていた。飢えと悲しみが埋められて姿を消すのは望ましいことではあるけれど、そこにはみすぼらしかった僕の生活を踏みつけるように、二階建ての洋館がやがてそびえ立つのだ。

作家の言葉

　朝鮮戦争の休戦から間もない一九五四年には、誰もが大変な思いをして生きていた。うちも五人家族が一部屋で暮らし、苦労しながらその時代を過ごした。大邱で〈深い中庭のある家〉の下の家に住み、母が針仕事をして僕たち四人きょうだいを育てたのは実際の話だ。戦争で夫を失った母は剛直な女傑で、長男の僕は厳しくしつけられて成長した。その意味でこの小説は、かなりの部分が自伝的だ。しかしここに登場する避難民の家族が全員同じ家に住んでいたわけではなく、大邱の中心部で五、六回引っ越すうちに出会った人たちを、この小説では一つの家に詰め込んである。この国の人たちみんなが三度のご飯を食べることすら難しかった時代ではあったけれど、今になって〈深い中庭のある家〉にいた頃を思い返せば、うちの家族はもちろんのこと、貧しい隣人たちの姿が、厳しい冬を越した早春の野原の麦みたいに痛々しく、しかし生き生きと思い起こされる。それで、彼らのことを思いながら、貧乏を、絶望に向かう道ではなく希望に続く道として、あの家で過ごした貧しい日々を、いつか丘の上に家を建てて青空の近くで暮らしたいと願う人々の夢が秘められたものとして描きたいと思った。

時代が変わった現代でも、家のない貧しい人たちはそんな夢があるからこそ、今日の悲しみと苦難に耐えて一生懸命生きているのかもしれない。

二〇〇二年十一月　金源一

訳者解説

この『深い中庭のある家』の原書（『마당 깊은 집』）初版は一九八八年に文学と知性社から刊行され、これまでに英語、ドイツ語、フランス語、ロシア語、中国語、スペイン語の翻訳が出ている。日本でも過去に一度、『庭の深い家』というタイトルで『韓国の現代文学』第二巻（李銀沢訳、柏書房、一九九二）に収録された。新訳となる本書は、文学と知性社〈文知クラシック〉シリーズ第二弾として刊行された二〇一八年九月三日発行三版一刷を底本とした。

金源一《キムウォニル》は一九四二年に慶尚南道金海市進永《キョンサンナムドキメシチニョン》に生まれ、慶尚北道大邱市《プクトテグシ》で育った。一九六六年頃から小説を発表し始め、長篇『夕焼け』『火の祭典』『風と河』『冬の谷間』など〈分断小説〉〈六・二五《ユギオ》小説〉と呼ばれる、朝鮮戦争前後の社会とその中に生きる人々を描いた重厚な作品――この『深い中庭のある家』もその一つだ――を多数発表し、李箱《イサン》文学賞をはじめ数多くの文学賞を受賞した文壇の重鎮だ。

『深い中庭のある家』は作者自身が「七十パーセントぐらいは自分の体験」だと語っているように、自伝的要素が強い。朝鮮戦争が始まって一カ月後、人民軍（北朝鮮軍）は国軍（韓国軍）を大邱近郊まで後退させたが大邱や釜山《プサン》は占領されなかった。そのため、各地から逃れてきた多くの避難民がこうした地域に住みつくようになり、人口が急増した。国土は荒廃し、食糧や物資、住宅は極度に不足していた。外国からの救援物資がちゃんと分配されなかったこともあって、戦火が収まってもその状況はなかなか改善されない。この物語は、休戦間もない一九五四年の春に田舎の小学校を卒業し、避難民の溢れる大邱にやってきた少年吉男《キルナム》の不安な気持ちとともに幕を開ける。

吉男は大邱中心部にある大きな屋敷の離れである〈下の家〉の一部屋に母と姉、二人の弟と寝起きすることになる。立派な瓦屋根の〈上の家〉に住む大家一家は何不自由なく暮らしているが、同じ敷地内でもへこんだように低い土地に建てられた粗末な〈下の家〉と、大門脇の〈外の家〉に間借りする避難民の五家族は必死に働かなければ食べることもままならない。戦争が人々の心身に残した傷は、何かにつけて疼きだす。李承晩《イスンマン》政権の反共政策は南北間の憎悪をあおり、人々を恐怖に陥れ、あらがう人を投獄する。戦災孤児は飢え、物乞いや行商する傷痍軍人、別れた家族を捜す人が道を行き交う一方で、金持ちはぜいたくなパーティーを開き、着飾ってダンスホールに出入りし、妓生《キーセン》をはべらせて酒を酌み交わす。

この物語には、間借り人たちが粗末な便所の前で毎朝行列を作ったり、その汲み取り費用で言い争ったり、大雨で下の家が浸水しそうになって住民たちがバケツリレーをしたり、間借り人たちが退居させられないために、競うように大量の薪を買って庭に積み上げたり、上の家で開かれる豪勢なパーティーを見物して叱られたり、当の本人たちにとっては深刻でも遠目に見るとユーモラスなエピソードが満載だ。一九九〇年に韓国MBCテレビがこの小説を元にした連続ドラマを放映して人気を得たのもうなずける。

訳語について補足すると、本書で「布の軍靴」と訳した靴は原文では〈籠球靴《ノングファ》〉で、通常はバスケットシューズと訳される。しかし、本書に登場する〈籠球靴〉は軍が兵士に支給した、足首まで覆う形のキャンバス地の軍靴で、元は〈統一靴《トンイルファ》〉と呼ばれていた物だ。バスケットボールをする時にも使われたために〈籠球靴〉と呼ばれるようになったらしいが、一九五〇年代の〈籠球靴〉は粗悪品だったに違いない。また、順花《スナ》が中古の軍服を洗濯しに行く川は、原文では〈防川《パンチョン》〉だが、これは〈新川《シンチョン》〉の別名らしい。訳文ではすべて〈新川〉にした。

〈プルパン〉は、今でも韓国の道端の屋台でよく売られている、タイ焼きに似た〈鮒《プンオ》パン〉や〈菊花《クックァ》パン〉など、小麦粉の生地をさまざまな型に入れて焼き、餡を入れたお菓子の総称だ。しかし金泉宅《キムチョンテク》や俊鎬《ジュノ》の父がドラム缶で焼くプルパンに関しては、鉄型や餡についての記述がなく、どういう形状であるのかは定かでない。単に小さなパンケーキみたいな物かもしれない。

物語の中で、吉男の父の行方に関する記述だけは、やや混乱している。六十五、六十六ページでは、大人になった吉男の回想として結婚する時に母が語ってくれたことを述べ、詳細はよくわからないが父は戦時中、ソウルに住んでいた時に行方不明になったようだと書かれている。しかしそれ以前に、「一九五〇年の秋、国軍がソウルを奪還する直前に、（…）父が一人で越北してしまった」（十六、十七ページ）とはっきり書かれているのだ。

ある文芸評論家によると、金源一は自分の父親がどういう人物だったかについて、いっさい語ってこなかったそうだ。李承晩、朴正熙《パクチョンヒ》、全斗煥《チョンドゥファン》といった歴代の大統領の反共政策により、韓国では身内に左翼的な思想を持つ人がいると生きづらい時代が長く続いた。父親が越北したらしいなどとは、口には出せなかったのだろう。実は、父が越北したという記述は初版本にはなく、韓国が民主化された後、版を改める際に書き加えられたために矛盾が生じたものらしい。

私事になるが、韓国の大学院に留学していた時、当時ソウルにあった韓国現代文学館に金源一氏を訪ねたことがある。氏が主幹をしていた文芸誌が私の論文を掲載してくれたので、お礼のあいさつに行ったのだ（原稿料は結構な小遣いになった）。ロマンスグレーの金源一氏は知的で品の良い、穏やかな笑顔の紳士だった。

ちなみに、金源一氏の弟源祐《ウォヌ》氏も著名な小説家だ。源一氏はこの作品の中で、家長としての責任を負わせられる長男のつらさをしきりに嘆いているが、次男の源祐氏もある席で「次男のつらさを存分に味わってきた」と語っている。立場によって、ものの捉え方はずいぶん変わるものらしい。源一氏は源祐氏に、「子供の頃の話を僕が全部書いちゃってごめんね」と言ったそうだが、年齢差があるから子供時代に見た風景はかなり違うはずだ。一九四七年生まれの源祐氏に父親の記憶はほとんどないだろう。

評論家金柱演《キムジュヨン》はこの小説を「抒情性と客観性を併せ持つ作品」と評した。物語に引き込まれた読者は吉男少年の繊細な感情の震えを共有し、彼の鋭い視線が捉えた社会の矛盾や、愛とエゴイズムが交錯する人間模様を体験する。周囲の人たちの過去や個々の人となりも少しずつわかってくる。全体の主人公は吉男少年だが、登場する避難民たちはそれぞれ固有の、哀歓に満ちたドラマを持っている。そして最終章を読む頃には、吉男がたった一年でずいぶん成長したことに気づくはずだ。この物語は、一種の成長小説なのかもしれない。

二〇二二年八月　吉川凪

金源一

キム・ウォニル●一九四二年、慶尚南道《キョンサンナムド》金海市《キメシ》進永《ジニョン》で三男一女の長男として生まれ、慶尚北道《ブクト》大邱市《テグシ》で育つ。ソラボル芸術大学、嶺南《ヨンナム》大学を経て壇国《タングク》大学大学院で修士号を取得。一九六六年、大邱毎日新聞の新春文芸に「一九六一年、アルジェリア」が当選し、翌年『現代文学』に長篇『闇の祝祭』を発表して作家としての活動を始める。長篇『夕焼け』『火の祭典』『風と河』『冬の谷間』『深い中庭のある家』など、朝鮮戦争前後の世相を描く〈分断小説〉を多数執筆した。現代文学賞、韓国小説文学賞、黄順元文学賞、東仁文学賞、李箱文学賞などを受賞。銀冠文化勲章を受け、現在は韓国芸術院会員。邦訳としては長篇小説『冬の谷間』（尹学準訳、栄光教育文化研究所、一九九六）、『父の時代——息子の記憶』遠藤淳子ほか訳、書肆侃侃房、二〇二二）、短篇小説は安宇植訳「闇の魂」（『韓国現代短編小説』〈新潮社、一九八五〉所収）、長璋吉訳「圧殺」（『韓国短篇小説選』〈岩波書店、一九八八〉所収）などがある。

吉川凪

よしかわ なぎ●仁荷《イナ》大学国文科大学院で韓国近代文学を専攻。文学博士。著書に『朝鮮最初のモダニスト鄭芝溶《チョンジヨン》』、『京城のダダ、東京のダダ——高漢容《コハニョン》と仲間たち』、訳書にチョン・セラン『アンダー・サンダー・テンダー』、チョン・ソヨン『となりのヨンヒさん』、朴景利《パクキョンニ》『完全版　土地』、崔仁勲《チェイヌン》『広場』、李清俊《イチョンジュン》『うさの壁』などがある。金英夏《キムヨンハ》『殺人者の記憶法』で第四回日本翻訳大賞受賞。

CUON韓国文学の名作 005

深《ふか》い中《なか》庭《にわ》のある家《いえ》

第一刷発行　2022年11月30日

著者　金源一（キム・ウォニル）
訳者　吉川凪
編集　藤井久子
ブックデザイン　大倉真一郎
DTP　安藤紫野
印刷所　大日本印刷株式会社

発行者　永田金司　金承福
発行所　株式会社クオン
〒101-0051
東京都千代田区神田神保町1-7-3 三光堂ビル3階
電話　03-5244-5426
FAX　03-5244-5428
URL　http://www.cuon.jp/

万一、落丁乱丁のある場合はお取替え致します。小社までご連絡ください。

ISBN 978-4-910214-40-5 C0097

「CUON韓国文学の名作」はその時代の社会の姿や
人間の根源的な欲望、絶望、希望を描いた
20世紀の名作を紹介するシリーズです
